LIEBE, LÜGEN, HALLOWEEN

DIE EASTWIND-HEXEN
BUCH IX

NOVA NELSON

Kapitel Eins

Donovan war gereizt, aber das war nichts Neues. Genauso wenig wie sein Wunsch, die Leute um sich herum merken zu lassen, dass er gereizt war, ohne dass er sagen musste: „Das regt mich auf."

Obwohl, um fair zu sein, das wäre eine etwas seltsame Bemerkung.

Ich konnte vor allem daran erkennen, dass er nicht glücklich war, wie er das Teetablett auf den niedrigen, runden Tisch in seinem Wohnzimmer stellte. Oder besser gesagt, wie er es abstellen wollte und, als es noch einen Zentimeter über der Oberfläche war, losließ, sodass es den Rest des Weges fiel und ein metallisches Klirren verursachte, als der Deckel der kupfernen Teekanne und die sechs Tassen klapperten.

Davor waren Tanner und Eva in ein lebhaftes Gespräch über ihren alten Freund aus der Kindheit vertieft gewesen, der jetzt Polizist in New Orleans war. Tanner hatte an jedem ihrer Worte gehangen. Doch das Klirren des Teetabletts hatte ihn mitten in seiner Frage unterbrochen, wie die Cops in New

Orleans mit Vampiren umgingen, wenn sie keine Holzpflöcke an ihren Gürteln trugen.

Eva starrte ihren Freund finster an. „Stört dich was?"

Donovan runzelte die Stirn und zuckte mit den Schultern. „Nein. Nicht wirklich. Nur, na ja, die Tatsache, dass Eastwind seit den Zeiten meiner Urururgroßeltern keine solchen Spannungen zwischen Hexen und Werwölfen gesehen hat, und trotzdem finden wir es okay, *sie* nach draußen zu lassen und sogar in mein Haus zu bringen." Er nickte zu Grace. „Nimm's nicht persönlich."

Eva starrte ihn noch finsterer an. Ich vermutete, der Streit, den sie gestern in Franco's Pizza gehabt hatten, und der damit geendet hatte, dass Eva hinausgestürmt und Donovan ihr nachgelaufen war, war noch nicht ganz ausgestanden.

Landons Wangen waren geröteter als sonst. „Niemand hat sie gesehen. Sie war verkleidet."

Donovan ließ sich auf den Boden sinken und rutschte an seinen Platz am Tisch, während er an den letzten seiner Pommes herumfummelte. „Ich würde einen magischen Umhang und einen falschen Schnurrbart kaum eine Verkleidung nennen."

Landons Röte wurde intensiver, aber bevor er die Worte fand, um seine Lady zu verteidigen, tat sie es selbst. „Es regnet so stark und schon so lange, dass jeder in dieser Stadt zu deprimiert ist, um zu bemerken, wer unter einer Kapuze stecken könnte. Außerdem bin ich noch im ersten Trimester. Es ist ja nicht so, als würde mir gleich auf deinem schicken Teppich, für den du sicher zu viel bezahlt hast, die Fruchtblase platzen. Du kannst dich also ein bisschen entspannen."

Ich kicherte hinter meinem Burger.

So sehr ich auch Lust gehabt hätte, Donovan wegen seiner überkandidelten Wohnzimmerdeko aufzuziehen, beanspruchten andere Dinge meine Aufmerksamkeit.

Es war der Tag vor Halloween, und seit dem Moment, in dem ich aufgewacht war, hatte ich keine zwei Sekunden für mich gehabt, ohne dass Geister mir ins Genick atmeten und eine Litanei von jedem Unrecht herunterbeteten, das ihnen je angetan worden war. Ich fühlte mich wie eine unbezahlte übernatürliche Seelenklempnerin und tat, was ich konnte, um sie zu ignorieren, während sie in meine Welt auftauchten und verschwanden, begleitet von Bemerkungen wie: „Oh, und noch was, woran ich mich gerade erinnere ...“

Kurz gesagt: der Schleier war so dünn, dass man eine Spinnwebe im Vergleich dazu als Tau bezeichnen könnte. Ich konnte mir nur vorstellen, was der nächste Tag bringen würde, wenn der Schleier ganz zurückgezogen wurde und jeder in Eastwind den Launen ruheloser Geister ausgesetzt war.

Und auch wenn das kein gutes Licht auf mich warf, ja, ich freute mich *sehr* darauf, diese Bürde für einen einzigen Tag mit anderen zu teilen. So sehr ich auch versuchte, mich selbst davon zu überzeugen, dass ich das nach den vergangenen Tagen und den Geistern, die nun *ununterbrochen* um mich herumschwirrten und mir die Haare zu Berge stehen ließen, „nicht einmal meinem schlimmsten Feind wünschen würde“, wünschte ich es meinem schlimmsten Feind tatsächlich. Und sogar einigen meiner besten Freunde. Nur für eine Weile.

Im Moment wünschte ich es besonders Donovan, der offensichtlich nicht wusste, wie gut er es hatte.

„Lass sie in Ruhe!“, sagte ich zu laut und vergaß, dass sie die drei Geister nicht hören konnten, die mir gerade einen Kühlschrank ans Ohr laberten. Ich warf der Geistfrau, die über meiner rechten Schulter schwebte und sich zwischen mich und Tanner drängte, während sie ohne Punkt und Komma über ihre Schwester plapperte, die ihre Kleider ohne zu fragen ausgeliehen und sogar ein paar ruiniert hatte, einen bösen Blick zu.

„Sonst noch was?", fragte ich. „Ich kann nicht einmal meine eigenen Gedanken hören!"

Tanner versuchte, meiner Blickrichtung ins Leere zu folgen. „Ist da einer?"

„Oh ja", sagte ich.

„Ich wusste es! Ich hätte schwören können, ich spüre eine Präsenz." Er schüttelte den Kopf und sah die anderen an. „Halloween, wir kommen!" Er klang wie ein Kind, das gleich auf die höchste Achterbahn der Welt steigt.

Ich brummte den Geistern leise zu, dass ich sie verbannen würde, bevor sie ihre Probleme lösen und wirklich in Frieden ruhen könnten, wenn sie nicht für ein paar Minuten die Klappe hielten. Es funktionierte, aber ich erwartete nicht, dass es lange anhielt. Geister haben sehr wenig Selbstkontrolle.

„Ich verstehe nicht, warum du Halloween magst", sagte Donovan. „Das ist der schlimmste Tag des Jahres."

„So schlimm ist es auch wieder nicht", sagte Tanner. „Es dauert nur einen Tag. Und seit zwölf Monaten ist niemand daran gestorben." Er schmunzelte über seinen Witz. Niemand sonst tat es.

„Jemand ist letztes Jahr gestorben?", fragte Eva.

„Doch", sagte Tanner, „aber die Todesursache war natürlich und nicht Halloween."

Donovan verdrehte die Augen. „Ich würde zu Tode erschreckt kaum als ‚natürlichen Tod' bezeichnen."

„Bruckheimer war alt", sagte Tanner und winkte ab. „Er hatte ein schwaches Herz. Irgendwas hätte ihn früher oder später so oder so zu Tode erschreckt."

Okay, vielleicht würde es mir nicht so großen Spaß machen, alle von Geistern heimgesucht zu sehen, wie ich dachte. Zumindest nicht, wenn das bedeutete, dass jeder über sechzig oder mit einer Herzkrankheit Gefahr lief, den Löffel abzugeben.

Ich hielt inne, bevor ich den letzten Bissen meines Burgers in meinen Mund schob, einen von den sechs, die ich in der Küche des Medium Rare gebraten hatte, das wegen der anstehenden Inspektion weiter geschlossen war. Ich hatte immer noch Hunger, aber ich wusste, was passieren würde, wenn ich nichts für Grim übrigließ.

Als ich jedoch zu der Ecke blickte, wo er sich zusammengerollt hatte, schien er sich nicht sonderlich für Essen zu interessieren. Er schlummerte friedlich vor sich hin, mit Monster, Tanners Vertrauter, einer Munchkin-Katze, in seinem zotteligen Fell eingekuschelt. Sein Rücken hob und senkte sich langsam, und ich entschied mich dagegen, ihn zu wecken. Man soll schlafende Höllenhunde nicht wecken, und so weiter.

Am regennassen Fenster auf der anderen Seite des Wohnzimmers lagen Zola und Hera, Evas und Landons Vertraute, und beobachteten uns aufmerksam. Zolas Berglöwen-Augen waren auf den Tisch gerichtet, während Heras Luchs-Ohren unablässig zuckten, als sie durch den Wasservorhang am Fenster starrte und Wache hielt. Währenddessen schnurrte Gustav, Donovans Vertrauter, leise im Schlaf in einem blaugemusterten Sessel. Und obwohl Donovan nicht begeistert war, dass Grace hier war, schien Gustav nicht besonders verärgert über die Anwesenheit von Graces Vertrauter, Daisy, die sie unter ihrem Mantel hereingeschmuggelt hatte, um der armen Katze einen Tapetenwechsel zu gönnen. Daisy hatte sich neben Gustav auf den Sessel gequetscht, und sie lagen so eng beieinander, dass sein graues Fell mit ihren flauschigen weißen Büscheln verschmolz.

„Du wirst die Halloween-Kirmes lieben, Nora", sagte Landon und zog mich zurück ins Gespräch. „Als Hexe des Fünften Windes bist du praktisch der Ehrengast. Alle werden dich um Rat fragen."

„Wie kommst du darauf, dass mir *das* gefallen würde?",

fragte ich und dachte an all die Ratschläge, die Geister in den sechs Stunden seit meinem Aufwachen von mir verlangt hatten. Als Landons begeisterter Ausdruck schwand, tadelte ich mich innerlich für meine scharfe Antwort und ruderte zurück. „Nein, ich verstehe, was du meinst. Es wird schön sein, sich mal nicht wie eine Ausgestoßene zu fühlen." Ich klopfte ihm auf den Rücken, und das schien ihn aufzumuntern.

„Glaubst du, es wird immer noch regnen?", fragte Eva. „All dieser Regen dämpft meine Kräfte, und ich könnte sie wirklich in voller Stärke gebrauchen, wenn ich mit den Schrecken konfrontiert werde, die ihr Jungs beschreibt."

Als Südwindhexe besaß Eva pyromantische Fähigkeiten, also die Fähigkeit, Feuer zu ihrem magischen Vorteil zu nutzen. Ich hatte nicht einmal daran gedacht, dass Regen ihre Fähigkeiten im wahrsten Sinne des Wortes ertränken könnte, aber die Befürchtung schien mir sinnvoll.

„Keine Sorge", sagte Donovan, „ich beschütze dich. Ich habe mich nie stärker gefühlt."

„Bitte", sagte Tanner, „du bist ein Ostwindhexenmeister in einer Stadt, die von Ostwindhexen gegründet wurde, die die Kraft des Frühlings genutzt haben, um die Macht zu übernehmen. Du hattest es nie schwer mit der Macht."

„Immer langsam", sagte Donovan, „dein Neid wird offensichtlich, Deputy."

Tanner wischte die Bemerkung mit einer Handbewegung weg.

„Sie werden die Regenwolken bis morgen aufgeklart haben", sagte Landon und beantwortete Evas frühere Frage, die im Machogehabe fast untergegangen war. „Ich habe ein paar Zirkelhexen im Pausenraum bei der Arbeit belauscht, als sie über die Maßnahmen gesprochen haben, die einige Nordwinde ergreifen, um den Himmel aufzuklaren. Natürlich hat mich niemand um Hilfe gebeten, aber das ist typisch. Ich stehe nicht gerade auf der Liste der Lieblingshexen des Zirkels."

„Keiner von uns steht da drauf", sagte Tanner. „Nicht seit Lot Flufferbum uns in der Eastwind Watch mit dem Artikel geoutet hat." Er gähnte (und nutzte die Gelegenheit, sich ein paar weitere Trüffelpommes in den Mund zu schieben). Während er kaute, fügte er hinzu: „Ich sollte ein bisschen Schlaf nachholen. Letzte Nacht war verrückt."

„Ich kann mir nicht vorstellen, dass heute Nacht besser wird", bemerkte Eva in ihrem üblichen mitfühlenden Ton.

Sie machte das so gut.

Ich nahm mir vor, sie zu fragen, wie sie das so perfekt hinbekam. Jedes Mal, wenn ich versuchte, mitfühlend zu klingen, kam es nur herablassend oder sarkastisch rüber.

„Eigentlich", schob Tanner ein, „sollte heute Nacht nicht schlimm werden. Ich muss nur bis Mitternacht arbeiten. Alte Tradition, dass die Strafverfolgungsbehörden an Halloween freihaben."

„Wirklich?", fragten wir alle gleichzeitig.

Tanner zuckte zurück und blinzelte. „Ja, wusstet ihr das nicht?"

Donovan war der Erste, der loslegte: „Nein! Ich wusste das nicht."

Dann sagte Landon: „Nun, das ergibt Sinn. Ich sehe Bloom und Manchester immer in Zivil auf der Kirmes. Aber mir ist nie in den Sinn gekommen, dass sie nicht im Dienst sind oder sie kein anderes System eingerichtet haben."

Tanner rieb sich den Bauch durch seine Uniform, während er abzuschweifen begann und auf das Quellwasser starrte, das aus der Mitte von Donovans Tisch sprudelte. „Ja. Sinnlos. Zu viele Notfälle. Bloom sagt, sie sei es leid gewesen zu priorisieren, wessen Leben wertvoller war als das anderer, worauf es hinauslief, bei so vielen Notfall-Eulen, die auf sie einstürzten.

Hat beschlossen, das abzubrechen, jeder soll seine eigenen Probleme lösen, und wir fangen am nächsten Tag mit dem Aufräumen an.“

„Das erscheint auf erschreckende Weise sinnvoll“, sagte ich. „Toll zu wissen, dass es morgen niemanden gibt, den ich anrufen kann, wenn ich Hilfe brauche.“

„Machst du Witze?“, sagte Tanner. „Du rufst mich an. Ich bin vielleicht nicht im Dienst, aber ich bin immer noch dein Freund.“

„Ein Held!“, brummte Donovan und stach mit einer Pommes auf ein Stück Hamburgerbrötchen ein.

„Daran ist absolut nichts falsch“, bemerkte Eva kühl.

Ja, sie stritten definitiv immer noch.

„Bis es ihn umbringt“, knurrte Donovan zurück.

Evas Mund blieb offenstehen. „Wie kannst du das vor Nora sagen?“, zischte sie.

„Wie auch immer.“ Tanner stand auf, und ich sprang mit ihm auf. „Wie gesagt, ich sollte ein bisschen Schlaf nachholen.“

„Und ich sollte besser mit ihm gehen“, sagte ich, „um, ähm, ihm beim Einschlafen zu helfen.“

Landon sprang auf und zog Grace mit sich hoch. „Ich sollte zurück zur Arbeit. Die Pergament-Katakomben fälschen Unterschriften nicht von allein.“

Während jeder von uns hastig seinen jeweiligen Vertrauten weckte, damit Eva und Donovan ihren Streit austragen konnten – was auch immer zwischen ihnen schwelte –, schnappte ich mir den Regenschirm an der Tür und öffnete ihn, nur um festzustellen, dass der Regen jetzt kaum mehr als ein Nieseln war. Wir verabschiedeten uns schnell und gingen.

Nur einen Block weiter trennten sich Landon und Grace von uns, als er sie auf dem Weg zurück zur Arbeit nach Hause brachte, und als Tanner und ich das Eastwind Emporium erreichten, Monster auf Grims Rücken neben mir, hatte der

Regen ganz aufgehört. Die Eastwinder nutzten schnell die Gelegenheit, um ihre lange aufgeschobenen Erledigungen nachzuholen, und die leeren Straßen begannen sich zu füllen.

Ich erwähnte es Tanner gegenüber nicht, aus Angst, ein wenig paranoid zu klingen, aber die Regenpause fühlte sich unheilvoll an. Ich konnte es nicht erklären. Vielleicht hatten die Nordwinde des Zirkels früh mit dem Wettermanagement angefangen, aber etwas in mir, von dem ich glaubte, dass ich darauf hören sollte, sagte mir, dass es die Ruhe vor dem Sturm war, und ich rede hier nicht von Gewittern.

Da die Straßen der Stadt während des nassen Wetters so verlassen gewesen waren und die Leute, wenn sie draußen waren, meist die Köpfe gesenkt hielten, hatte ich mir den Luxus erlaubt, zu vergessen, dass jeder in der Stadt mich hasste.

Okay, vielleicht war das ein bisschen dramatisch.

Aber sie misstrauten mir definitiv, schon bevor die *Eastwind Watch* eine Schlagzeile über den ersten vollständigen Hexenzirkel veröffentlicht hatte, den die Stadt seit dem letzten Krieg gesehen hatte ... und jeden von uns namentlich genannt hatte. Zumindest davor hatten die meisten noch genug Anstand besessen, einen Teil ihres Argwohns vor mir zu verbergen. Gesellschaftlich waren sie ausreichend konditioniert, um zu wissen, dass man üblicherweise so tut, als würde man andere mögen – und man jemanden nicht einfach nur wegen seiner Herkunft oder, nun ja, weil er oder sie mit Geistern sprach, durch vergangene Leben reiste und nur die Götter wissen, was sonst noch alles konnte, offen vor den Kopf stieß. Dieser weitverbreitete Glaube hatte mir viele unnötige tägliche Konfrontationen erspart.

Aber das hatte sich innerhalb eines einzigen Tages geändert. Flufferbum hatte ein Foto von uns Fünfen zusammen vor dem Haus der Bouquets in Erin Park nach dem Beinahezusammenstoß mit den Doppelgängern aufgenommen, was die zuvor unbekannte Nordwindhexe in unserem Zirkel bestätigte.

Und einfach so hatte sich das Machtgefüge verschoben.

Das war der wichtigste Teil von allem: die Macht. Oder besser gesagt, die *vermeintliche* Macht, denn das war der Kern jedes Problems, oder? Es ist gesellschaftlich akzeptabel, Leute oder Gruppen anzugreifen, die mächtiger sind als man selbst. Dafür muss man sich nie schämen. Tatsächlich stößt das oft auf Beifall. Aber auf die mit weniger Macht loszugehen, ist einfach falsch, und die zivilisierte Gesellschaft sieht das nicht gern.

Aber wer bestimmt, wer oder was mächtiger ist als andere?

Anscheinend jeder. Und der Konsens in der Stadt schien zu sein, dass die normale Nora Ashcroft ein wenig unheimlich, aber nicht besonders mächtig war. Doch sobald unser Zirkel bestätigt war, wurde Nora Ashcroft – die entscheidende Hexe des Fünften Windes – plötzlich zu einer mächtigen Bedrohung für die Gesellschaft.

Das war offensichtlich falsch, da keiner von uns darauf aus war, diese Macht zu nutzen, und um ehrlich zu sein, hatten wir keine Ahnung, was wir taten. Wir hatten uns durch den Kampf gegen den Archetyp improvisiert, aber ohne Liberty Freeman, der ihn erledigt hatte, hätten wir es nicht geschafft.

Und doch interessierte das niemanden. Die Stadt nahm uns als Macht wahr, von der angenommen wurde, dass wir sie unterdrücken könnten, und das bedeutete, dass wir eine will-kommene Zielscheibe für Feindseligkeiten waren. Meistens äußerte sich das in zufälligen Hexen, Werwesen, Elfen, Kobol-den, Faunen und dergleichen, die uns unverhohlen finstere Blicke zuwarfen, wenn wir vorbeigingen. Sie mussten ihr Miss-trauen nicht verbergen, denn Misstrauen gegenüber jeglicher Autorität galt als Tugend.

Zumindest sah ich das so. Ich wünschte nur, wir würden

nicht als „Autorität" betrachtet. Das kam mir ein bisschen lächerlich vor.

Als wir über den großen Platz des Emporiums gingen, auf dem die üblichen Stände und Karren fehlten, näherten sich zwei hochgewachsene Gestalten in hitziger Diskussion aus der anderen Richtung, und als der Erste aufsah und uns bemerkte, tat der Mann etwas sehr Angenehmes. Er lächelte.

„Tanner! Nora!", rief Liberty Freeman und winkte. Er legte eine Hand auf den Rücken von Graf Sebastian Malavic, der ihn begleitete, und die beiden kamen auf uns zu.

Als der Graf uns mit seiner üblichen milden Gleichgültigkeit begrüßte, war ich tatsächlich erleichtert. Nie hätte ich gedacht, dass ich den Tag erleben würde, an dem Malavic einer der angenehmeren Leute war, denen ich in der Stadt begegnete.

Liberty sprang direkt ins Thema. „Seid ihr zwei auch vorsichtig?"

Tanner nickte. „So vorsichtig wie möglich."

„Ich kann mir vorstellen, dass Vorsicht nicht in deinem Blut liegt", sagte Malavic und musterte Tanner mit etwas im Blick, das fast wie Anerkennung wirkte.

Liberty beugte sich vor und sagte leise: „Die *Sicherer-Hafen-Gesetze* sind so gut wie erledigt. Wir wollten sie so schnell wie möglich vom Tisch haben."

„Das ist gut", sagte ich. „Glaubst du, das hilft? Es scheint, als hätten viele Eastwinder nur auf die Gelegenheit gewartet, diese dummen Verbotsschilder aufzuhängen." Mein Verstand sprang zu dem „Keine Werwölfe"-Schild, das jemand ständig im Schaufenster von Franco's Pizza aufhängte – immer dasselbe Schild, und Donovan hatte es sich zur Aufgabe gemacht, es jeden Morgen abzureißen.

„Es ist ein Anfang", sagte Liberty. „Normalerweise bin ich dagegen, dass die Regierung bei moralischen Fragen die

Führung übernimmt – ihre Rolle ist es, die Wünsche der Leute durchzusetzen, nicht uns zu sagen, was richtig und falsch ist –, aber, na ja, mein Job ist auch, die Bürger zu schützen, und ich kann einfach nicht sehen, dass der Weg, den wir einschlagen, Sicherheit für alle bringt." Eine dünne Falte zwischen seinen Augenbrauen zeigte eine Sorge, die für den geselligen Dschinn untypisch war.

„Sollten diese Gesetze nicht einfach aufgehoben werden?", fragte Tanner. „Darius und Quinn haben eidesstattliche Erklärungen abgegeben, nicht abgestimmt zu haben, dass sie von den Doppelgängern gefangen genommen wurden, bevor sie es konnten."

„Ah ja", sagte Malavic kühl. „Das ist das Wunderbare an unserem System. Es funktioniert schnell, wenn du es nicht willst, und kommt zum Stillstand, wenn du es eilig hast."

Liberty schien genug von deprimierender Politik zu haben und wechselte dankenswerterweise das Thema. „Seid ihr zwei bereit für den Halloween-Kirmes-Wahnsinn morgen?" Er wirkte regelrecht begeistert davon, aber vielleicht lag das daran, dass er zu den mächtigsten Wesen in der Stadt gehörte und nichts aus der Astralebene ihm etwas anhaben konnte. Zuzusehen, wie alle schreiend herumgejagt wurden, wie ich mir das mittlerweile vorstellte, was an diesem Tag passierte, musste für ihn ein echter Zuschauersport sein.

Tanner nickte. „Kann's kaum erwarten, die Ziehung zu sehen."

Aber ich sagte: „Wahrscheinlich nicht."

Malavics Lippen verzogen sich zu einem dünnen Grinsen. „Ich hätte gedacht, du wärst begeistert. Hexen des Fünften Windes haben ziemlichen Spaß daran, zu beobachten, wie alle anderen ihrem täglichen Kampf ausgesetzt sind. Zumindest Ruby hat immer ihren Spaß."

Das überraschte mich nicht. „Und du? Ich nehme an, du

musst dir morgen nicht viele Sorgen machen. Kannst du die Geister überhaupt sehen?"

Er seufzte, als wäre ich dumm geboren, aber diesmal schien er bereit, es zu tolerieren. „Ja, ich kann die Geister an Halloween sehen. Nur, weil ich keinen Geist haben werde, der hierbleiben wird, wenn irgendein verrückter Spinner in dieser Stadt mich endlich überrascht und einen Pflock durch mein Herz jagt, heißt das nicht, dass ich sie nicht sehe, wenn sie direkt vor mir stehen."

„Gütiger Golem", sagte ich. „Da ist wohl jemand auf der falschen Seite des Sargs aufgewacht."

„Oh bitte. Ich bin gerade in fantastischer Stimmung."

„Und warum das?", fragte ich.

„Weil ich gleich ‚Adieu' zu euch sagen werde." Er nickte mir und dann Tanner zu, und er und Liberty setzten ihr Gespräch im Weitergehen fort.

„Sind alle Vampire so unhöflich?", fragte ich.

Tanner legte seinen Arm um meine Schulter. „Weiß nicht. Er ist der Einzige, den ich kenne. Aber soweit ich gehört habe, sind sie normalerweise höflicher, saugen dich aber aus, sobald du unvorsichtig wirst. Da ist mir unhöflich und nicht blutdurstig lieber als nett und mörderisch."

Ich lachte. „Da hast du recht."

Kapitel Zwei

Teile von Tanners abgelegter Uniform bildeten einen Pfad von seiner Haustür bis zu seinem Bett.

Es war nicht so sexy, wie es sich vielleicht anhört. Er war einfach erschöpft und konnte es kaum erwarten, seine Klamotten loszuwerden, die nass geworden, dann magisch getrocknet und wieder nass geworden waren, damit er ins Bett kriechen konnte.

Sobald er im Bett war, dauerte es natürlich noch eine halbe Stunde, bevor er auch nur die geringste Chance hatte, einzuschlafen.

Ich übernehme die Verantwortung dafür, und, nein, auch das war nicht so sexy, wie es klingt. Nicht, dass der Mann nicht seine übliche Begeisterung gezeigt hätte, aber er war müde, und ich war gereizt. Keine tolle Kombination.

Ich legte meinen Kopf auf seine Schulter, während er auf dem Rücken lag und langsam einzudösen begann. Ich dachte, ich könnte genauso gut auch ein Nickerchen machen, da ich bis zu meinen Unterrichtsstunden mit Ruby und Oliver am Nachmittag nichts anderes zu tun hatte.

Es war seltsam, nicht zur Arbeit zu gehen, aber es schien auch klug zu warten, bis der Hohe Rat sich wieder eingekriegt hatte, bevor ich eine dritte Inspektion beantragte. Wenn Liberty und Malavic wieder Fuß fassen konnten, wären Bürgermeisterin Esperia und Hohepriesterin Springsong vielleicht zu sehr mit ihrem eigenen Ansehen beschäftigt, um den Inspektor zu bedrängen, mich wieder grundlos durchfallen zu lassen.

Außerdem würde es nicht schaden zu warten, bis die Flutwelle von Geistern mich in Ruhe ließ, damit ich klar denken konnte.

Apropos, die Schutzzauber, kombiniert mit ein paar der seltsamen Dinger, die ich von Rubys Decke geborgt (okay, gestohlen) hatte und an der Tür und den Fenstern von Tanners Schlafzimmer angebracht hatte, hatten glücklicherweise recht gut funktioniert, um uns ein bisschen Privatsphäre zu verschaffen. Noch ein Grund, warum ich nicht bereit war zu gehen.

Ein Geist war mir hereingefolgt – zu sehr in seine eigene Tirade über die mangelnde Anerkennung seines Genies durch seine Professorenkollegen vertieft, um die Barriere zu bemerken. Aber einen der baumelnden Talismane, der wie ein Mobile aus Vogelknochen aussah, zu schütteln, reichte und schickte ihn direkt wieder zur Tür hinaus.

Ruby hatte mir den Trick heute Morgen gezeigt, als ich, von einer wahren Horde von Geistern umgeben, die Treppe heruntergekommen war, die alle um meine Aufmerksamkeit und Hilfe buhlten.

Sie hatte „Fänge und Klauen, Nora!" geschrien, als hätte ich das absichtlich gemacht, und war dann durch den Salon gestürmt, hatte diesen Talisman geschüttelt und mit jener Perlenkette gewackelt, bis jeder einzelne der anhänglichen Geister durch die Haustür hinausgesogen worden war.

Danach hatte sie mir erklärt, wie die baumelnden Talismane funktionierten.

Ich wusste, sie hatte es aus eigennützigen Gründen getan. Sie wollte einfach nicht von all meinen nervigen Anhängseln gestört werden. Aber wie auch immer, ich hatte auf dem Weg zur Tür ein paar ihrer Amulette mitgenommen und, nachdem ich die Burger im Medium Rare gebraten hatte, sie in Tanners Schlafzimmer aufgehängt, bevor er Feierabend hatte und wir zum Mittagessen zu Donovan gegangen waren.

Die Sache war, diese Dinger hielten Geister nicht automatisch fern. Sie konnten immer noch nach Belieben hereinplatzen, wie Bruce Saxon und Heather Lovelace und all die anderen es gern taten. Aber sie wehrten tatsächlich die wirklich böse Energie ab (na ja, solange sie nicht dreimal klopfte und ich sie einließ), und sie erlaubten eine schnelle Entfernung unerwünschter Gäste, ohne auf permanente Verbannung zurückgreifen zu müssen.

Und anscheinend war es für die Geister extrem unangenehm, auf diese Weise hinausgeworfen zu werden, also blieben die schlaueren von ihnen ganz weg, anstatt das Risiko einzugehen.

Meine Augenlider wurden schwer, und gerade bevor sie sich schlossen ... *pop, pop!*

„Gah!", schnaubte ich und fuhr hoch, erschreckt durch das ungewöhnlich laute Geräusch der geisterhaften Besucher. Normalerweise konnte ich ein leises Klicken bei der Manifestation hören, wenn ich aufpasste, aber bei einem so dünnen Schleier klang es eher wie zwei Champagnerflaschen, die entkorkt wurden.

Zwei Gestalten, ein Mann und eine Frau, schwebten direkt hinter dem Fußende des Betts. Ich zog die Bettdecke hoch, um sicherzugehen, dass ich bedeckt war, während ich mich aufsetzte. Mein Herz raste vor Schreck.

Tanner schnaubte, als er aufwachte, und sah sich mit schweren Lidern um, während er murmelte: „Wah? Was is' los?"

Ich seufzte und sammelte mich. „Nichts. Schlaf weiter. Nur ein paar ungebetene Gäste."

Er stützte sich auf seine Ellbogen und sah zum Fußende des Betts, wo er nichts sehen konnte. „Ich dachte, die Dinger an der Decke sollen das verhindern."

Ich wandte mich den Geistern zu, die mir vage bekannt vorkamen. Hatten sie mich heute schonmal besucht? Ich war mir nicht sicher. „Kann ich euch helfen?"

Die Frau, die nur ein paar Jahre älter als ich zu sein schien – zumindest bevor sie gestorben war –, verschränkte die Arme und starrte missbilligend auf mich herab. „Eher können wir *dir* helfen?"

„Honey", sagte der Geist neben ihr beschwichtigend. „Lass uns nicht mit Vorwürfen anfangen." Er schien etwa im gleichen Alter wie die Frau zu sein, von der ich vermutete, dass sie seine Frau war. Ich sah auf seine Hand und, ja, da war der Ring – ein einfacher Bandring, obwohl ich in seiner geisterhaften, durchscheinenden Gestalt nicht sagen konnte, ob er aus Gold oder Silber war.

Aber Moment. Konnten Geister im Jenseits fremdgehen? Ich lehnte mich zur Seite, um ihre linke Hand zu sehen, die aus der Beuge ihres rechten Ellbogens hervorlugte. Ja. Sie trug auch einen Ring, identisch mit seinem, soweit ich das sehen konnte. Nun, das war wohl gut.

„Sag ihnen, sie sollen verschwinden", sagte Tanner. „Ich versuche zu schlafen."

„Sah vor ein paar Minuten nicht so aus, als würdest du es wirklich versuchen", schnaubte die Frau missbilligend.

„Ihr habt uns beobachtet?", zischte ich.

„Das wollten wir nicht", versicherte der Ehemann. „Wir

sind nur reingekommen und ... Wenn es dich beruhigt, wir sind rausgegangen, bis wir sicher waren, dass ihr zwei nicht –"

Ich hob eine Hand. „Okay, okay. Zu spät, um das zurückzunehmen. Aber würde es euch was ausmachen, uns in Ruhe zu lassen? Mein Freund und ich versuchen zu schlafen."

Als der Mann lächelte, war ich absolut sicher, dass ich ihn von irgendwoher kannte. Dieses Lächeln kam mir so bekannt vor. „Freund, was?"

Die Frau schien sich jedoch keinen Deut um unseren Beziehungsstatus zu scheren. „Wir müssen mit dir reden, Nora. Es ist dringend. Wir haben es gerade erst durch den Schleier geschafft."

Sie kannte meinen Namen. Entweder hatten die Verstorbenen im Geisterreich wieder über mich getratscht, oder ich war ihnen wirklich schonmal begegnet.

Tanner schauderte. „Verschwindet", knurrte er ihnen zu. Dann drehte er sich zur Seite, griff nach mir, versuchte, mich an sich zu ziehen, und zog dabei an der Bettdecke. Ich griff schnell danach, um nicht nackt vor den Besuchern zu sitzen. „Mir ist so kalt", sagte er mit einer Stimme, die schwer vor Erschöpfung war. „Ich brauche jemanden, der mich aufwärmt." Selbst wenn er völlig erledigt war, war er bereit für eine Runde. Wie schön es doch war, in den Zwanzigern zu sein.

Als ich über seine Beharrlichkeit kicherte, grinste er zurück.

Ich keuchte, als die Erkenntnis mich wie ein Schlag traf.

Ich wusste, woher ich diese beiden Geister kannte. Ich hatte sie Dutzende Male gesehen, da sie mich von einem Foto in Tanners Wohnzimmer anstarrten.

Es waren Tanners Eltern!

Kapitel Drei

„Sie – Sie sind –“ Ich bekam die Worte nicht heraus. Aber Mr. Culpepper übernahm das für mich.

„Wir sind Tanners Eltern, ja. Ich bin Dean, und das ist meine Frau, Aria, kein Grund, uns zu siezen.“

„Kann er uns sehen?“, fragte Aria.

Ich warf Tanner einen Blick zu. „Nein, aber ich glaube, er spürt eure Anwesenheit.“

„Sprichst du mit den Geistern über mich?“, fragte Tanner, jetzt etwas wacher klingend.

„Ähm ...“ Sollte ich es ihm sagen? Auf den ersten Blick schien die Antwort offensichtlich: Ja. Immerhin waren es seine Eltern, und er hatte sie seit über einem Jahrzehnt nicht gesehen. Er würde wahrscheinlich wissen wollen, dass sie hier waren.

Aber andererseits ...

Ich stellte mir vor, wie es wäre, wenn unsere Rollen vertauscht wären und er die Geister meiner Eltern sehen und mit ihnen sprechen könnte. Würde es mir Trost spenden zu wissen, dass sie zurück waren, oder würde es nur alte Wunden aufreißen? Immerhin waren sie nicht *wirklich* zurück. Nur vage Schatten der Menschen, die sie einst gewesen waren, waren zurückgekehrt, zumindest war das mein Verständnis von Geistern, obwohl Ruby es viel komplizierter klingen ließ, wann immer sie darüber sprach.

Ich hatte keine Zeit, zwischen den Optionen hin und her zu überlegen, also entschied ich mich für Ehrlichkeit. „Tanner, die zwei Geister sind ... ähm ... Es sind deine Eltern."

Sein genervter Ausdruck erschlaffte, und für einen Moment dachte ich, er würde so bleiben.

Oh nein, ich habe ihn kaputtgemacht.

Aber dann weiteten sich seine Augen, und er griff eine Handvoll Bettdecke und riss sie bis knapp unter sein Kinn hoch. „Mom! Dad! Kann ich bitte ein bisschen Privatsphäre haben? Fänge und Klauen!"

Dean Culpepper lachte, aber Aria spitzte missbilligend die Lippen, bevor sie sagte: „Du solltest nichts tun, von dem du nicht willst, dass deine Eltern es herausfinden."

Ich entschied mich dagegen, diese Nachricht weiterzugeben.

Tanner nickte mir zu. „Kannst du nicht diese Dinger an der Decke schütteln und sie hier rausschaffen?"

Ich warf ihm einen strengen Blick zu, der hoffentlich die Absurdität seiner Forderung vermittelte, da ich dafür unter der Bettdecke hervorkriechen müsste, direkt vor seinen Eltern.

„Oh", sagte er. „Stimmt." Und trotz der seltsamen Situation, in der wir uns befanden, grinste er mich lüstern an.

Ich stöhnte genervt und wandte mich wieder seinen Eltern zu. „Ich nehme an, ihr zwei seid aus einem bestimmten Grund hier und nicht nur, um früh mit den Halloween-Feierlichkeiten anzufangen?"

Dean sog Luft ein, und seine unbeschwerte Miene verfinsterte sich. „Leider ja. Wir hatten nicht vor, zurückzukehren.

Wir haben in Frieden geruht, und es war schön. Es ist wie Ruhestand, nur unendlich besser. All die Bücher, die ich nie Zeit hatte zu lesen? Ich muss nur an den Titel denken, und zack, habe ich es gelesen! Puff!" Er bemerkte den strengen Blick seiner Frau und räusperte sich. „Aber ja, wir wurden zurückgezogen, was nur eines bedeuten kann."

„Und das wäre?"

„Was?", sagte Tanner. „Was sagen sie?"

Ich brachte ihn zum Schweigen und ließ Dean fortfahren. „Es bedeutet, dass die Natur schrecklich aus dem Gleichgewicht ist und versucht, es zu korrigieren. Möglicherweise auf jede erdenkliche Weise, einschließlich Herumpfuschen in der Astralebene. Ich weiß nicht genau, warum wir involviert sind, nur dass es etwas gibt, das wir tun müssen, um alles wieder ins Gleichgewicht zu bringen."

„Was passiert, wenn das Gleichgewicht der Natur gestört ist?"

„Oh", sagte Aria, „manchmal reicht eine kleine Überschwemmung, um es wieder zu richten. Aber manchmal ist es etwas exponentiell Schrecklicheres."

„Und ihr habt keine Ahnung, was der Grund sein könnte?"

Dean öffnete den Mund, schloss ihn aber schnell wieder, als würde er versuchen, einen Klumpen Luft zu schlucken.

„Nein", sagte Aria und warf ihrem Mann einen scharfen Seitenblick zu. „Wir wissen nicht, was es sein könnte."

Dean nickte, bevor er hinzufügte: „Aber wir haben die Idee, dass du die Person bist, die es richten kann."

„Ich? Warum ich?"

Bevor Dean antworten konnte, was er offensichtlich vorhatte, fiel ihm Aria ins Wort: „Weil du eine Hexe des Fünften Windes bist, natürlich. Du hast die Gabe der Einsicht. Wir haben von den Krisen gehört, die du seit deiner Ankunft hier schon abgewendet hast, und wir sind sicher, dass du die Richtige bist, um diese zu meistern."

„Aber ich weiß nicht einmal, was die Krise ist. Ich habe keinen Schimmer, wo ich anfangen soll."

„Doch, hast du", sagte Dean beruhigend.

Tanner hatte genug vom Warten. „Wissen sie, wer sie umgebracht hat?", platzte er heraus.

Ihre Aufmerksamkeit wandte sich ihrem Sohn zu, und ich wartete auf eine Antwort. Als sie keine gaben, fragte ich: „Und? Wisst ihr, wer euch getötet hat?"

„Nein", sagte Aria, und ich spürte nichts als Ehrlichkeit darin.

„Und es ist uns egal", sagte Dean. „Wir sind nicht ruhelos. Das ist nicht der Grund, warum wir zurückgekehrt sind. Wir wussten, dass die Möglichkeit bestand, dass jemand in den Tagen vor unserem Tod hinter uns her war, und wir haben das akzeptiert. Wir müssen nicht wissen, wer es war."

„Was sagen sie?", verlangte Tanner.

„Sie sagen, sie wissen nicht, wer es war."

Er sah sich um, als könnte er sie sehen, wenn er nur angestrengt genug schielte. „Deshalb sind sie zurück, oder? Sie wollen, dass wir herausfinden, wer es war?"

Aria blickte mit einem weicheren Ausdruck auf ihren Sohn herab, als ich bisher bei ihr gesehen hatte.

Ich sagte: „Nein, Tanner. Das ist nicht der Grund, warum sie hier sind. Es ist ihnen egal, wer es war."

Er setzte sich kerzengerade auf und ließ die Decke auf seine Taille herabfallen. „Was?! Wie könnt ihr das nicht wissen und es nicht wissen wollen!"

„Ich wusste, er würde das nicht verstehen", sagte Dean. „Ich würde es auch nicht, wenn ich an seiner Stelle wäre."

Ich war es leid, Dolmetscherin zu spielen, also sagte ich:

„Ich weiß nicht, Tanner. Vielleicht kannst du morgen direkt mit ihnen reden, wenn sie hierbleiben."

„Oh, wir werden hier sein", sagte Dean. „Ich habe das Gefühl, dass wir nicht gehen können, bis du das durchgezogen hast, Nora."

Ugh. Leider hatte ich dasselbe Gefühl. „Könnt ihr mir wirklich keinen Hinweis geben, wo ich anfangen soll?"

Aria schüttelte den Kopf, aber Dean sagte: „Okay, doch. Honey, wir müssen, wenn wir wollen, dass sie Erfolg hat." Aria hatte so getan, als wollte sie ihn unterbrechen, und ich spürte eine Welle der Spannung zwischen ihnen. Es war schön zu sehen, dass Dean kein völliger Waschlappen war. Er wirkte angenehm und locker, war aber kein Fußabtreter. Tanner war vielleicht jung gewesen, als sie getötet worden waren, aber sein Vater hatte es zumindest geschafft, diese Eigenschaften an seinen Sohn weiterzugeben, bevor er gegangen war.

Dean fuhr fort: „Es gibt ein Buch. Ich denke, wenn du es findest, könnte das reichen."

Es kam immer auf Bücher an, oder?

„Habt ihr einen Titel für das Buch?", fragte ich.

Dean runzelte die Stirn. „Ja, aber du wirst ihn nicht verstehen. Es ist in einer fast ausgestorbenen Sprache."

Super hilfreich. „Könnt ihr es zumindest *beschreiben*?"

Dean nickte. „Ich kann etwas Besseres tun. Ich werde es dir zeigen." Er bewegte sich auf mich zu, aber Aria streckte schnell die Hand aus. Ihr Arm hinterließ wolkige Schlieren, als sie ihren Mann packte. „Oh nein, das tust du nicht. Wir sind vielleicht tot, aber immer noch verheiratet." Dann trat sie vor und bot mir ihre Hand an, und ich erkannte, was sie vorhatte.

Erlauben Sie mir hier eine Pause einzulegen und zu sagen, dass im Bett mit meinem Freund zu sitzen, während der Geist seiner toten Mutter anbot, kurzzeitig von mir Besitz zu ergreifen, damit ich ihre Erinnerungen erleben konnte, nicht die Art war, wie ich mir meinen freien Nachmittag vorgestellt hatte.

Aber andererseits, wie mir jeder so gern sagt, habe ich nicht viel Fantasie. Obwohl es immer noch scheint, als hätten sich selbst die Fantasievollsten diese unglaublich unangenehme und grenzwertig unangemessene Situation nicht ausgedacht.

Da das Staurolit-Amulett, das ich normalerweise trug, um genau das zu verhindern, auf dem Haufen meiner Kleidung am Boden lag, sagte ich: „Okay", und lehnte mich vor, hielt die Decke aber immer noch fest. „Dann los." Und ich griff nach ihrer Hand.

Sie hatten recht. Ich konnte den Titel auf dem Einband nicht lesen. Aria hatte es geschafft, das Buch in ihrem Geist zu isolieren, und es schwebte in der Dunkelheit, nur von ihrer konzentrierten Erinnerung beleuchtet. Die Buchstaben oder Symbole oder was auch immer sie waren, in Silber auf den dunkelblauen Einband geprägt, waren anders als alles, was ich je gesehen hatte. Weder das lateinische Alphabet noch Griechisch oder gar alte Runen.

Ich versuchte, das Muster im Gedächtnis zu behalten, und gerade, als ich dachte, ich käme voran, löste sich Aria von mir und kehrte an die Seite ihres Mannes zurück.

Ich öffnete die Augen und blinzelte, versuchte, in die Realität zurückzukehren.

„Alles okay?", fragte Tanner. „Deine Augen waren gerade ganz ... komisch."

„Ich bin okay", sagte ich. „Deine Mom hat mir nur was gezeigt."

„Was zum Zauber? Hat meine Mom dich gerade besessen?"

„Ja, aber es war vollkommen einvernehmlich."

Das verschlug ihm lange genug die Sprache, dass ich seine Eltern fragen konnte: „Und worum geht es in diesem Buch?"

Ich müsste es jemandem beschreiben, um es zu finden, und im Moment hatte ich nicht viel, womit ich arbeiten konnte.

„Ein anderes Reich und wie man dorthin gelangt", antwortete Aria.

„Wie man dorthin gelangt, also wo das Portal ist?"

„Ja", sagte Dean. „Nur dass du vielleicht –"

„Oder vielleicht nicht", sagte Aria düster. „Es könnte schon zu –"

„Du hast recht."

Sie machten diese Sache, die Paare tun, wenn sie zu lange zusammen sind, die nicht mehr in vollständigen Sätzen sprechen müssen, um effizient zu kommunizieren. In einer anderen Situation konnte das irgendwie süß sein, aber da wir scheinbar über Portale zu anderen Reichen sprachen, von denen ich sehr wenig wusste, außer, dass man sie nicht anrühren sollte, konnte ich etwas mehr Information gebrauchen.

„Ich kann eure Gedanken leider nicht lesen", sagte ich.

Aria antwortete, und ich wusste, bevor sie überhaupt anfing, dass ich nicht die Informationen bekommen würde, die ich mir erhofft hatte – sie war eindeutig die Verschwiegenere von beiden, obwohl ich nicht sicher war, was sie mir unbedingt vorenthalten wollte.

„Helena arbeitet noch in der Bibliothek, nehme ich an?"

Nicht das, was ich erwartet hatte. „Ja."

„Beschreibe ihr den Einband und sag ihr, dass wir wahrscheinlich die Letzten waren, die es ausgeliehen haben. Sie wird die Aufzeichnung haben und es dir zeigen."

„Warum könnt ihr mir nicht einfach sagen, worum es in diesem Buch geht?"

„Das haben wir schon", sagte sie.

„Und außerdem", fügte Dean hinzu, „gibt es darin eine Menge Informationen. Es deckt viele Themen ab. Es ist am besten, wenn du es selbst siehst."

„Werde ich es überhaupt lesen können?"

„Nein", sagte Dean unbesorgt. „Aber es gibt Leute in Eastwind, die es können. Und ich denke, wenn du es findest, werden ein paar andere Bücher in der Nähe sein, die dich interessieren könnten."

Tanner starrte mich an, und ich erkannte diesen Ausdruck, aber nicht aus dieser Welt. Es war die Art, wie jemand in meiner alten Welt mich ansehen könnte, wenn ich ein besonders intensives Telefongespräch führte und er versuchte, herauszufinden, was am anderen Ende der Leitung gesagt wurde.

Da er überraschend geduldig gewesen war, und ich jetzt einen Ausgangspunkt hatte, um mich mit – ja, was genau war es überhaupt? Um mich mit was auch immer auseinanderzusetzen, dachte ich, es war Zeit, unseren Plausch zu beenden. Wenn das bedeutete, dass ich unter der Decke hervorspringen und ein paar Talismane an der Decke schütteln musste, damit die Culpeppers den Raum verließen, sei's drum, aber ich hoffte, es würde nicht dazu kommen. „Könnt ihr zwei unten auf mich warten?", sagte ich. „Ich sollte wohl anfangen."

Sie nickten, endlich zufrieden, dass ihre Botschaft angekommen war. Die Geister verschwanden.

„Sie sind weg, oder?", sagte Tanner, nachdem er ihre Präsenz nicht mehr spürte.

„Ja."

„Für immer?"

„Nein. Du wirst sie morgen sehen, da bin ich mir sicher."

Seine Nasenflügel blähten sich, als er tief einatmete. „Toll. Okay. Also ... wir werden ihren Mord lösen, richtig?"

„Das hatte ich eigentlich nicht vor."

Er biss die Zähne aufeinander, dann sagte er: „Okay, du machst, was du machen musst, und ich mache, was ich machen muss. Wäre eine Schande, zwei perfekte Zeugen für einen ungelösten Mord zu verschwenden, solange ich sie hier habe."

Er benahm sich viel zu professionell, was mir sagte, dass er emotionaler war, als er sich anmerken lassen wollte. „Okay, Tanner, tu, was du nicht lassen kannst. Wenn ich was in diese Richtung höre, gebe ich es an dich weiter."

Er zwang sich zu einem Lächeln, und lange Grübchen erschienen auf seinen Wangen. „Klingt gut."

Ich stahl mir schnell einen Kuss und sagte: „Aber bevor du loslegst, schlaf ein bisschen. Ich seh' dich später."

Er nickte, und ich zog mich an, schaltete die Lampe für ihn aus und schlich nach unten, um die Culpeppers magisch zu verankern, damit ich anfangen konnte, dieses namenlose Desaster abzuwenden, ohne dass die Eltern meines Freundes mir dabei dauernd über die Schulter spähten ...

Kapitel Vier

Als ich Rubys Salon betrat, blieb ich abrupt an der Türschwelle stehen, schockiert von dem, was ich sah.

Machte sie Schmuck? Sie hatte nie den Eindruck erweckt, der Typ dafür zu sein.

Moment. War das ein Doppelgänger von Ruby? Was ging hier vor?

Offenbar war mein Verstand immer noch in Tanners Schlafzimmer und kreiste um das Gespräch, das ich gerade mit seinen Eltern geführt hatte, anstatt dort zu sein, wo er sein sollte.

Natürlich machte Ruby keinen Schmuck. Sie bastelte neue Schutztalismane. Das erschien sinnvoll, angesichts des Datums.

„Funktionieren die alten nicht mehr?", fragte ich.

Ruby warf mir einen kurzen Blick zu. „Nicht dieses Jahr. Und seltsamerweise sind ein paar wichtige verschwunden."

Ich schnitt eine Grimasse, entschied mich aber, lieber nicht zuzugeben, dass ich sie für Tanners Zimmer mitgenommen hatte. Es war offensichtlich, dass sie es schon wusste.

„Kann ich helfen?", fragte ich, mehr um mein Gewissen zu beruhigen, als weil ich gerade jetzt diese Kunst erlernen wollte.

„Wohl kaum", antwortete Ruby, ohne aufzusehen.

Touché.

Allerdings hatte ich ein paar dringende Angelegenheiten mit der einzigen anderen Hexe des Fünften Windes in der Stadt zu besprechen, also beschloss ich, sie auf die einzige Weise zu besänftigen, die ich kannte.

„Ich mache Tee. Möchtest du welchen?"

„Natürlich."

Ich kochte das Wasser und stellte die Tassen und die Kanne schweigend auf das Tablett, während ich über meine Begegnung mit den Culpeppers nachdachte und versuchte, intelligente Fragen dazu zu formulieren. Es schwirrten so viele vage Ideen in meinem Kopf herum, dass ich eine ergriff, aber sie glitt mir direkt durch die Finger.

Die Culpeppers waren zurück, aber sie wollten es eigentlich nicht.

Etwas hatte sie zurückgebracht. Aber warum?

Die Natur war aus dem Gleichgewicht, sagten sie. Warum war sie aus dem Gleichgewicht? Was bedeutete das überhaupt? Und wie zum Höllenhund sollte ich das richten? Besonders mit dem Chaos von Halloween am Horizont.

Ich brachte das Teetablett zum Salontisch und wollte einige der ungenutzten Materialien beiseiteschieben, besann mich aber eines Besseren. Einige der Gegenstände erkannte ich, wie Eicheln, Eibenzweige und Onyxperlen. Aber bei anderen hatte ich keinen Schimmer, was sie waren, und ich war klug genug, nichts anzufassen, was ich nicht identifizieren konnte. Das ist ein wichtiger Rat für jeden, der sich zufällig in einer magischen Stadt wiederfindet.

Ruby räumte vorsichtig Platz für das Tablett frei, und ich stellte es ab, bevor ich mich hinsetzte und Tee eingoss.

„Heute ist etwas Seltsames passiert", sagte ich.

Ruby reagierte kaum mit einem „Hm?", während sie einen dünnen Lederstreifen durch eine Tigeraugenperle fädelte.

Mir wurde bewusst, dass „etwas Seltsames" kaum eine Diskussion wert war, also sprach ich es einfach aus. „Tanners Eltern sind aufgetaucht."

Das erregte ihre Aufmerksamkeit. Ihr Kopf schnellte hoch. „Dean und Aria Culpepper?"

„Ja." Ich ließ absichtlich weg, wo ich zu diesem Zeitpunkt gewesen war und in welchem Bekleidungszustand. „Sie sind gekommen, um mit mir zu reden."

Ihre Augenbrauen wanderten hoch zu ihrem wilden grauen Haar. „Ich nehme an, es war nicht, um die Freundin ihres Sohnes zu begutachten."

„Nein. Etwas hat sie zurückgezogen."

„Ah." Rubys Interesse schwand sichtlich von ihrem Gesicht. „Das ist der Halloween-Effekt. Es ist nicht ungewöhnlich, dass Geister zurückgebracht werden, selbst wenn sie überhaupt nicht ruhelos sind. Normalerweise treiben sie sich einfach herum, bis sie wieder ins Jenseits zurückgesaugt werden."

„Aber sie schienen zu denken, dass sie aus einem bestimmten Grund hierhergezogen wurden. Sie sagten etwas davon, dass die Natur aus dem Gleichgewicht sei."

Die alte Hexe des Fünften Windes neigte den Kopf zur Seite. „Und?", fragte sie ungeduldig.

„Und ... ist das nicht schlimm?"

Sie winkte ab und machte ein spöttisches Geräusch. „Durchaus, wenn du es so nennen willst. Aber der natürlichste Zustand der Natur ist unausgeglichen. Die Natur ist ein schwingendes Pendel. Es geht von einem Extrem zum anderen, die Zeit zwischen jedem Ausschlag wird kleiner und kleiner, je näher es der Mitte kommt. Aber sobald es dort ist und fast zur

Ruhe kommt, greift etwas zu, zieht es ganz zurück und lässt es wieder los."

„Das klingt nicht unbedingt gut", sagte ich.

„Gut, schlecht – wer kann das schon sagen? Es ist, wie es ist. Klar, einige der größeren Ausschläge enden tödlich, aber ..." Sie begegnete meinem Blick und erkannte vielleicht, wie unsensibel sie war, denn sie schlug einen neuen Kurs ein. „Schau, Gleichgewicht ist kein Zustand. Es ist nur ein Ziel. Und es ist die oberste Priorität der Natur. Aber wenn es jemals einen Moment gab, in dem die Natur oder irgendwas perfektes Gleichgewicht gefunden hat, muss ich das verschlafen haben."

„Heißt das, du denkst, ich sollte mir keine Sorgen über ihre Warnung machen, dass irgendwas Schreckliches auf uns zukommt und ich vielleicht die Einzige bin, die es aufhalten kann?"

Ruby nahm ein gezacktes Stück Metall vom Tisch und hielt es an die nächste Kerze, um es zu inspizieren. „Natürlich solltest du dir darüber Sorgen machen. Klingt ziemlich wichtig, oder?"

„Aber du hast gerade gesagt –"

„Die Natur kennt keine Gnade, wenn sie versucht, sich selbst zu korrigieren. Objektiv betrachtet neige ich zur Haltung ‚C'est la vie'. Aber ich bin kein objektiver Beobachter, oder? Ich bin eine Hexe im Ruhestand, die noch Tausende von Büchern genießen möchte, bevor sie die Radieschen von unten ansieht. Und aus dieser Perspektive werde ich mit Zähnen und Klauen gegen die Natur kämpfen, um am Leben zu bleiben."

Ich überlegte, die Information weiterzugeben, die ich von Dean bekommen hatte, dass man im Jenseits jedes Buch lesen kann, indem man einfach daran denkt, aber bevor ich ein Wort sagen konnte, fügte sie hinzu: „Außerdem sind du und ich nicht natürlich, weißt du? Wir sind nicht wie die anderen Arten von Hexen. Wir haben nichts mit Erde, Wind, Wasser oder Feuer zu tun. Unsere Magie ist die des Geistes. Das ist eine ganz andere Sache. Die Natur ist sowohl unser Freund als auch unser Erzfeind."

Das erklärte nicht wirklich irgendwas, also wandte ich mich dem nächsten Thema in meinem Kopf zu. „Was ist mit Portalen?"

Sie wirkte viel weniger interessiert an diesem Thema. „Was ist damit?"

Leider hatte ich noch weniger Informationen zu diesem Thema. „Aria hat mir ein Buch gezeigt, von dem sie will, dass ich es finde. Sie sagte, es habe mit einem anderen Reich zu tun und wie man ein Portal dazu öffnet."

Ruby kicherte. „Diese Art von Magie ist, was ich selbstkorrigierend nenne. Sie ist so gefährlich und schwer aufrechtzuerhalten, dass die Person, die sie heraufbeschwört, oft stirbt, und – *puff!* –, die Magie fällt in sich zusammen."

„Willst du damit sagen, ich sollte nicht mit Portalen herumspielen?" Es war vielleicht ein bisschen spät dafür, da Donovan und ich schon durch eines in den Deadwoods gegangen waren, um den Dürredämon zu verbannen. Zugegeben, keiner von uns hatte das Portal öffnen müssen, bevor wir hindurchgehen konnten, und keiner von uns hatte versucht, es zu schließen.

„Nein", sagte Ruby bestimmt. „Du solltest nicht mit Portalen ‚herumspielen'. Sie haben einen spezifischen Zweck, und es ist nicht an uns, sie unserem Willen zu beugen."

„Und dieser spezifische Zweck ist?"

Sie sah wieder zu mir auf und schielte leicht, um sich von einem komplizierten Knoten, den sie band, auf mein Gesicht einzustellen. „Keine Ahnung. War nie wirklich daran interessiert, nachdem ich gestorben und durch eines hierher gelangt bin. Klar, ich habe eine Zeit lang versucht, herauszufinden, wie ich zurückkomme. Aber als ich mich daran erinnerte, dass ich in meiner alten Welt wenig hatte, nicht respektiert wurde und wahrscheinlich mein ganzes Leben mit Geld zu kämpfen haben würde, während ich in Eastwind allgemein gefürchtet war und meinen Preis für Arbeit nennen konnte, die mir zuflog, war es nicht schwer zu entscheiden, wo ich meine Zeit verbringen wollte. Also habe ich den Unsinn über die Rückkehr nach Hause aufgegeben und mich eingelebt. Seitdem bin ich ein paarmal für die Arbeit durch ein Portal nach Avalon und zurück gegangen."

Es war im Wesentlichen derselbe Prozess, den ich durchlaufen hatte, nachdem ich angekommen war. Kurz nachdem ich mein Auto zu Schrott gefahren hatte, gestorben und in den Deadwoods mit Grim aufgewacht war, der mein Gesicht geleckt hatte, hatte ich ein großes Gefühl der Dringlichkeit verspürt, in meine alte Welt und mein altes Leben zurückzukehren. Allerdings nie wirklich ein echtes Verlangen. Es war mehr ein Verlangen nach dem Vertrauten als eine echte Bindung an das seltsame, einsame Leben, das ich mein Eigen genannt hatte und das auf dem falschen Glauben aufgebaut war, dass ich, wenn ich nur X, Y und Z gut genug machen könnte, den Respekt und das Geld bekäme, um Glück zu kaufen.

Und dann hatte ich X, Y und Z erreicht und weder Respekt noch Glück waren irgendwo zu finden gewesen.

„Ich denke, ich sollte in die Bibliothek gehen", sagte ich, als ich den letzten Schluck meines Tees getrunken hatte.

Ruby nippte an ihrem, starrte ihn aber nach jedem Schluck misstrauisch an. Ich schätze, sie mochte meine neue Mischung nicht.

Während meine Begegnung mit den Doppelgängern vor ein paar Tagen alles andere als ideal gewesen war (gelinde gesagt), war etwas Positives daraus hervorgegangen, nämlich die Erkenntnis, dass es an der Zeit war, Tee zu kaufen, den ich mochte, anstatt das bittere Zeug, das Ruby im Haus hatte. Zugegeben, ich versetzte meinen nicht mit Verwirrtrank, aber ansonsten versuchte ich, die köstliche Süße nachzuahmen, die der falsche James Bouquet mir serviert hatte. Kayleigh Lytefoot in der Apotheke hatte mir geholfen, die perfekte Kombination zu mischen, und jetzt war ich fast so weit, dass ich meine täglichen sechs Tassen Diner-Kaffee nicht mehr vermisste.

Fast.

„Wir haben heute Nachmittag eine Unterrichtsstunde geplant, Liebes."

„Ich dachte, angesichts von Halloween und allem könnten wir die ausfallen lassen. Nur dieses eine Mal."

Sie seufzte, starrte auf das Chaos, das auf dem Tisch verteilt war, und nickte. „Oh, na gut. Aber du musst dich immer noch mit Oliver treffen."

„Ja. Ich schicke ihm eine Eule, dass er mich in der Bibliothek treffen soll. Ich bin sicher, er wird nicht verärgert sein, mich an einem Ort mit mehr Büchern zu treffen."

Grim leckte seine Pfoten am Feuer, als ich ihn rief.

„Wir gehen schon wieder raus?"

„Ja."

„Aber es ist so viel besser, nicht rauszugehen."

„Pech gehabt."

„Weißt du was", sagte er, *„ich komme mit, wenn wir auf dem Weg beim Medium Rare vorbeischauen und du mir Speck brätst."*

Ich schloss die Augen, schüttelte langsam den Kopf und bat das Universum um Geduld. *„Grim, ich glaube, du hast ein Problem."*

„Ja, nicht genug Speck."

„Nein, ich glaube, du hast eine Sucht."

„Habe ich nicht."

„Doch, hast du. Du tust alles, was ich verlange, wenn du dafür Speck bekommst."

„Das ist übertrieben.“

„Okay, du hast recht. Unabhängig davon: Kommst du mit mir zur Bibliothek, wo ich herausfinden will, wie wir ein potenziell tödliches Portal in ein anderes Reich öffnen können? Es gibt auch Speck für dich.“

Er sprang auf. *„Ich bin dabei.“*

Oh Mann! Ich wusste, eine Intervention war überfällig, aber das musste warten, bis ich ihn dazu gebracht hatte, alles zu tun, was ich von ihm verlangte. Er würde nicht glücklich sein, wenn er herausfand, dass ich ihn wegen des Specks am Ende des Tunnels angelogen hatte, aber damit konnte ich mich befassen, wenn es so weit war.

Ich schnappte mir meine Sachen, öffnete die Tür, um hinaus in die bitteren Winde der Veränderung zu treten, und wir ließen Ruby zurück, damit sie in Ruhe weitere Schutztalismane basteln konnte.

Vielleicht würde ich mir später ein paar nehmen, um sie um meinen Hals zu tragen.

Sie brauchte davon ja nichts zu wissen.

Kapitel Fünf

„Es ist nicht so, dass ich dir nicht vertraue“, sagte Oliver, und seine Augen huschten durch den Eingangsbereich der Bibliothek, als er die Dutzenden von Geistern spürte, die um ihn herumschwirrten. „Es ist nur, dass du das letzte Mal, als du wolltest, dass wir uns hier treffen, was im Schilde geführt hast.“

Grim schlug mit einer Pfote nach einem vorbeiziehenden Geist, schlug der Frau das Buch aus den Händen und kicherte, als sie ihn verfluchte.

„Ich führe nichts im Schilde“, log ich. „Oder besser gesagt, nicht mehr als jeder andere, der in eine Bibliothek geht. Ich meine, warum geht man überhaupt in eine Bibliothek, wenn man nicht was vereiteln will?“

Oliver kniff die Augen zusammen. „Letztes Mal war es der Liebeszauber. Was ist es diesmal? Raus damit!“

Ich verzog entschuldigend das Gesicht. „Ich bin mir nicht wirklich sicher. Ich weiß nur, dass ich ein Buch finden muss.“

„Ähm ... okay. Da musst du schon ein bisschen genauer

sein." Er deutete mit einer ausladenden Bewegung auf die Hunderttausenden von Büchern um uns herum.

„Ich kann es nur beschreiben."

„Dann ist Helena deine Frau."

Ich warf einen Blick über seine Schulter auf die Elfen-Bibliothekarin. Sie saß hinter ihrem Schreibtisch, der Rücken kerzengerade, während sie an einem ihrer Rätsel arbeitete.

„Wäre sie", sagte ich, „aber ich glaube nicht, dass sie mich mag. Dich hingegen mag sie schon."

„Da bin ich mir nicht sicher", sagte Oliver. „Ich habe den ‚Leitfaden zu den Heilkräutern des Nordwestens' ein paar Tage zu spät zurückgegeben, und ich glaube nicht, dass sie mir das je verziehen hat."

„Wann war das?"

Er zuckte mit den Schultern. „Vor zehn, zwölf Jahren."

„Sie hegt so lange einen Groll?"

Er nickte, und ich war mir nicht sicher, ob ich genervt oder beeindruckt sein sollte.

„Okay. Wir gehen zusammen fragen, und im schlimmsten Fall lassen wir Grim an ihren Schreibtisch pinkeln."

Oliver warf einen Blick auf meinen Vertrauten neben mir. „Und was würde das bringen?"

Ich zuckte mit den Schultern. „Rache? Wir behalten das als letzte Option im Auge, nur wenn wir sicher wissen, dass sie nicht helfen wird."

Mein Lehrer schien nicht ganz einverstanden, also fügte ich hinzu: „Nicht wahr, Grim? Du wärst dabei?"

Er nickte mit seinem zotteligen, schwarzen Schädel.

Oliver sagte: „Wie wäre es, wenn wir erst mit Helena reden, bevor wir das Schlimmste planen?"

„Einverstanden."

Wie erwartet wirkte Helena nicht begeistert, als sie zu den

zwei Gesichtern aufsah, die sich an ihren hohen Schreibtisch lehnten, und feststellte, dass wir es waren.

Aber sobald ich das Buch beschrieb und die Culpeppers erwähnte, änderte sich ihr gelangweilt-mürrischer Ausdruck. Sie blinzelte und nahm die Lesebrille von ihrer Nase, anstatt darüber hinwegzuschauen, wie sie es bisher getan hatte.

„Die Culpeppers? Du meinst Aria und Dean?"

Ich nickte.

„Hm." Sie kaute auf ihrer Unterlippe herum und starrte mich nachdenklich an. „Ja, okay. Ich kann in ihrem Ausleihregister nachsehen. Einen Moment." Sie stand vom Schreibtisch auf, verschwand durch eine Tür ein paar Meter hinter ihrem Platz, und ließ Oliver, Grim und mich warten.

„Ich schätze, man muss nur interessant genug sein, um ihre Hilfe zu bekommen", sagte ich.

„Oder wahrscheinlicher", fügte Oliver hinzu, „sie war mit den Culpeppers befreundet. So wie meine Eltern es immer erzählen, war das fast jeder."

Helena kam wieder aus dem Raum, eine kleine Karte in der Hand. „Folgt mir", sagte sie. „Wir müssen ein Stück laufen."

Zum zweiten Mal, seit ich in Eastwind war, betrat ich die unterirdischen Tunnel der Bibliothek.

Das erste Mal war unangenehm gewesen, als ich mit dem Minotaurus-Geist gesprochen hatte, auf der Suche nach Informationen über das, was sich als Ba herausstellte. Ich hoffte, diese Suche würde mich nicht auch in die Deadwoods führen.

Diese Reise in Eastwinds gefährlichstes Gebiet mit Donovan war der Anfang so vieler Probleme gewesen. Aber wenn ich alles noch einmal durchleben könnte, würde ich etwas ändern?

Mein Magen machte einen Sprung, als das Bild von Donovan, der über mir am Klippenrand in dem verlassenen Reich schwebte, in meinem Kopf auftauchte. Diese spezielle Erinnerung war aus Prinzip völlig tabu gewesen, und doch war sie wieder da, tauchte beim leisesten Hauch von Déjà-vu auf …

Der Tunnel wurde enger, und Donovans Hand streifte meine.

Nein, nicht Donovans. Olivers. „Sorry", sagte er und zog die schuldige Körperpartie hastig zurück. „Ich sehe im Dunkeln nicht gut. Macht mich ein bisschen wackelig."

Die Tunnel waren nicht stockdunkel, doch je tiefer wir Helena unter die Erde folgten, desto seltener und weiter entfernt flackerten die Fackeln an den Wänden.

„Manche Bücher bevorzugen die Dunkelheit", sagte Helena. „Sie mögen das Licht, wenn sie geschrieben oder gelesen werden, aber es geht ihnen am besten, wenn sie außer Sicht aufbewahrt werden."

„Warum das?", fragte ich.

Sie warf mir einen herablassenden Blick über die Schulter. „Woher soll ich das wissen? Ich bin kein Buch."

„Da hat sie dich erwischt", sagte Grim.

Der Tunnel teilte sich an einer Gabelung, aber es war so dunkel, dass es schwer war zu sehen, wo die Luft endete und die Wand begann, und als Helena den rechten Pfad nahm, stieß ich mit der Schulter gegen das Gestein. Die Wände waren feucht und kalt. Ich wusste nicht viel über Bücher, aber ich war ziemlich sicher, dass Feuchtigkeit dem Papier nicht gut bekam.

Andererseits stellte sich heraus, dass einige Bücher komplizierter waren, als ich es mir vorgestellt hatte. Sie hatten eine Vorliebe für Dunkelheit und Feuchtigkeit. Warum nicht?

Minuten später, als ich zu zweifeln begann, ob Helena wusste, wohin sie ging, hielt sie am Eingang zu einer kleinen Kammer an. Diese war zumindest ausreichend beleuchtet. Es war keineswegs hell, aber ich musste auch nicht mit vor mir ausgestreckten Armen gehen, um zu verhindern, dass ich mit jemandem kollidierte.

„Da sind wir", sagte sie und ging voran. „Das Buch, das du beschrieben hast, sollte, wenn ich mich richtig erinnere, genau ..." Sie beugte sich vor, ihr Rücken unnötig gerade, und ging fast die gesamte Länge eines Regals entlang, bevor sie den Satz beendete: „... hier sein."

Ich war mir nur vage bewusst, dass sie es aus dem Regal gezogen hatte und es mir brachte. Denn etwas anderes hatte meine Aufmerksamkeit gepackt und hielt sie fest. Oder besser gesagt: viele Dinge.

Die Regale dieser Kammer waren vollgestopft mit allerlei Büchern ... deren Titel oder Autor ich erkannte. Stephen King, die Brontë-Schwestern, sogar die Harry-Potter-Reihe war da. Natürlich waren diese Ausgaben in Leder gebunden, aber die Titel waren alle da. Ich wählte ein Regal zufällig aus und überflog es. William Golding ... William Goldman ...

Aber wie?

„Was ist?", fragte Oliver von dort, wo er und Helena in der Mitte der Kammer standen.

Ich war kaum in der Lage, die Worte zusammenzusetzen. „Diese Bücher ..." Ja, ich konnte den Satz nicht beenden. Der Ansturm des Vertrauten war wie ein Schlag ins Gesicht nach dem Aufwachen. Vielleicht gab es immer noch einen Teil von mir, der glaubte, dass dies alles ein Traum war, dass ich, wenn ich aufwachte, wieder in Texas wäre.

Nicht, dass ich darauf hoffte. Tanner war nicht in Texas, und ich wollte nicht irgendwo sein, wo er nicht war.

„Ja", sagte Helena, „ignoriere einfach diese Titel. Niemand weiß, was sie bedeuten, nur, dass sie alle in derselben Sprache zu sein scheinen. Daher haben wir sie zusammen hier einsortiert."

Ich wirbelte herum. „Was redest du da? Ich kann sie lesen."

„Das kannst du?", sagten Oliver und Helena mit gleich großem Erstaunen.

„Natürlich." Ich griff nach einem. „Das ist ‚*Die Brautprinzessin*‘ von William Goldman. Praktisch Pflichtlektüre. Und das hier" – ich griff zufällig nach einem anderen und betrachtete den Einband – „ist ‚*Herz der Finsternis*‘ von Joseph Conrad. Es ist auch ... na ja, das willst du wahrscheinlich nicht lesen. Ich habe es versucht, und es ist die Mühe nicht wert." Ich stellte es zurück ins Regal.

Oliver und Helena starrten mich immer noch an.

„Was? Ihr könnt das wirklich nicht lesen?"

Oliver schüttelte den Kopf. „Du sagst, diese Titel sind alle aus deiner Welt?"

„Ja. Soweit ich weiß."

Oliver und Helena tauschten einen nachdenklichen Blick, dann kamen sie scheinbar zur gleichen Schlussfolgerung. Helena sprach es aus. „Dann muss es deine Muttersprache sein."

„Englisch", konkretisierte ich. „Aber es gibt viele Bücher auf Englisch in Eastwind."

Oliver runzelte mitfühlend die Stirn. „Ich weiß nicht, was Englisch ist, aber wir haben das hier nicht."

Ich kicherte. „Wovon sprecht ihr da? Es ist das, was wir die ganze Zeit ... oh!" Ich klappte meinen Mund zu, und die anderen waren nett genug, mir einen Moment zu geben, um alles neu zu bewerten. „Es gibt hier kein England, also wahrscheinlich auch kein Englisch. Was für eine Sprache habe ich dann gesprochen?"

„Es wird üblicherweise als Gemeinsprache bezeichnet", sagte Oliver. „Aber genau genommen ist es Honorisch – die Sprache der Hexen, aber es ist die offizielle Sprache unseres Reiches und der meisten anderen, die wir kennen. Es ist sogar in Avalon weit verbreitet. Die Werwesen hatten ihre eigene Sprache, bevor die Hexen kamen, aber niemand spricht sie mehr. Und die Elfen –"

Helena mischte sich ein, um für ihr Volk zu sprechen. „Wir sind mehrsprachig. Aber wir sprechen Honorisch, wenn wir mit anderen als den Unseren zusammen sind. Elbisch ist heilig, und wir mögen es nicht, wenn Außenstehende es hören."

Ich schockierte sogar mich selbst, wie leicht ich diesen Schlag wegsteckte. Die Unlogik der Magie hatte mich wirklich abgestumpft, wenn es darum ging, zu hinterfragen, wie alles in Eastwind funktionierte.

Und ich musste sagen, es war irgendwie schön.

Weniger „warum ist es so?" und mehr „so ist es eben."

Ich überflog die Regale erneut. „Okay, wenn das alles Bücher aus meiner Welt sind, dann ist dieses ..." Schließlich näherte ich mich Helena, um das Buch zu betrachten, das sie in der Hand hielt. Ein Teil von mir erwartete, es jetzt lesen zu können. Immerhin war alles andere in diesem Raum Englisch.

Aber als ich nah genug war, um es im Fackelschein zu sehen, beendete ich den Satz: „... nicht Englisch. Wow. Was ist das?"

Helena reichte mir den schweren Wälzer. „Enochisch, glaube ich."

„Und das ist der Titel, richtig?" Ich deutete auf die Schrift auf der Vorderseite, und Helena bestätigte mit einem Nicken. „Okay, also was steht da?"

Sie kicherte. „Ich habe keinen Schimmer. Ich kann Enochisch nicht lesen. Alles, was ich weiß, ist, dass es in diesem Teil der Bibliothek Hunderte, vielleicht Tausende von Räumen wie diesen gibt, jeder voller Bücher in einer Sprache, die wir nicht lesen können, und jeder enthält ein einziges Buch, wie dieses, in Enochisch geschrieben."

Da war offensichtlich etwas dran, aber wenn Helena, die seit Jahrzehnten (wenn nicht Jahrhunderten) in der Bibliothek arbeitete, es nicht lesen konnte, würde ich die Teile wahrscheinlich nicht in einem einzigen Versuch zusammenfügen.

„Wenn niemand es lesen kann, wie landen die Bücher dann hier? Jemand muss sie verstanden und entsprechend sortiert haben."

„Jemand sicherlich. Aber das war nicht ich oder der Bibliothekar vor mir oder der davor oder die davor. Da wir hier von Enochisch reden, liegt deine beste Chance für eine Antwort bei jemandem, der die Sprache lesen und den Inhalt des Buches für dich entziffern kann."

Sie verstummte, als hätte sie mir gerade einen offensichtlichen Hinweis gegeben, aber ich hatte immer noch keinen Schimmer, wer Enochisch sprechen könnte. Gab es Enochs?

„Und wer in der Stadt spricht Enochisch?" Es war einfacher, direkt zu fragen, als weiter dumme Vermutungen anzustellen.

Helena hob eine Augenbraue, als wäre ich dumm, was ich ihr diesmal zugestand. „Es ist die Sprache von Engeln und Dämonen."

„Oh!" Da ich, seit Donovan und ich Ba verbannt hatten, nichts mehr auch nur entfernt Dämonischem begegnet war, schloss ich, dass es nur eine Person in der Stadt gab, die mir helfen konnte.

Ich musste mit Sheriff Bloom sprechen.

Kapitel Sechs

„Wirst du mir sagen, worum es hier geht?", fragte Oliver, als wir wieder im Hauptraum der Bibliothek von Eastwind waren. Helena war schon an ihren Schreibtisch zurückgekehrt, um nach wie vor unbeeindruckt und genervt von allem auszusehen.

Das schwere enochische Buch war wie ein Ziegelstein in meiner Tasche, und ich zog die Riemen auf meiner Schulter ein wenig höher. Gab es in Eastwind Chiropraktiker? Ich hatte nie Anlass gehabt, mich umzuhören, aber wenn ich dieses Monstrum herumschleppen musste, würde ich sicher einen brauchen.

„Okay", sagte ich und blieb an einem leeren Tisch stehen, um die Last abzulegen. War es klug, Oliver zu erzählen, was los war? Keine Ahnung. Aber fühlte es sich großartig an, mich von diesem Amboss von einem Buch zu befreien? *Ja.* Also schloss ich, dass es das wert war.

Der Geist, der am Tisch saß, wirkte verärgert über meine Invasion seines Platzes, aber angesichts der Tatsache, dass die Bibliotheksgeister die Angewohnheit hatten, ihre Nasen so tief in ein Buch zu stecken, dass sie oft durch Leute hindurchgingen (und die Lebenden dabei mit dem Buch in den Magen oder Rücken trafen), fühlte ich mich nicht besonders schlecht deswegen.

Oliver sah mich ungeduldig an, die Arme vor der Brust verschränkt. Für einen Moment vergaß ich, was ich sagen wollte, denn der „ungeduldige Lehrer" war sein bester Look. Nur ein Hauch von Sorge in seinen Augen, sein Kiefer angespannt und eine Energie, die sagte: „Du bekommst Ärger, wenn du es mir nicht sagst, *Missy*." Heiß auf meinen Lehrer zu sein, war nie mein Ding gewesen, aber in diesem Augenblick konnte ich sehen, wie es Zoes Ding sein könnte.

Außerdem fand ich es immer ein bisschen anziehend, wenn ein Softie plötzlich Stellung bezog.

Ich schüttelte den Gedanken ab, bevor Grim einen Hauch von Pheromonen wittern konnte und mich das nie vergessen lassen würde. Dann sagte ich: „Es wird dir nicht gefallen."

„Natürlich nicht."

Ich seufzte. „Tanners Eltern haben mich heute Morgen besucht ..."

Als ich fertig damit war, ihn auf den neuesten Stand zu bringen, hingen seine Arme schlaff an seinen Seiten, und sein Mund stand einen Spalt offen. Die Sorge in seinen Augen war immer noch da, stärker als je zuvor.

„Also", schloss ich, „will ich dieses Buch zu Sheriff Bloom bringen und sehen, ob sie was davon übersetzen und mir helfen kann, herauszufinden, was ich tun soll."

Er blinzelte schnell, dann nickte er entschieden. „Ja, das klingt gut."

„Stört es dich, wenn ich unseren Unterricht ausfallen lasse?"

„Nein! Bitte tu das! Gute Göttin, wenn die Natur ernsthaft aus dem Gleichgewicht ist, dann ... will ich nicht einmal daran denken." Er kaute an einem Fingernagel und starrte auf das Buch, dessen Einband aus meiner Tasche hervorspähte. „Ja, geh definitiv zu Bloom damit. Sie wird wissen, was zu tun ist."

„Danke." Ich drückte seine Schulter. „Warum verbringst du nicht ein wenig Zeit mit Zoe? Und erzähl ihr vielleicht nichts davon. Je weniger Leute es wissen, desto besser."

„Ja, richtig. Ich kann mir vorstellen, dass das eine Massenhysterie auslösen könnte."

Natürlich konnte er das. Er sah selbst so aus, als stünde er kurz davor.

„*Lass uns losmachen*", brummte Grim. „*Der Gestank seiner Angst ist überwältigend.*"

Ausnahmsweise tat ich, was mein Vertrauter vorschlug, trennte mich von Oliver und ging direkt zum Sheriff-Büro von Eastwind.

❦

„Natürlich habe ich Zeit für eine weitere Ihrer chaotischen Krisen", sagte Sheriff Gabby Bloom, nachdem ich es geschafft hatte, an Jingo am Empfang vorbeizuschlüpfen und ihr alles zu erklären. Glücklicherweise musste ich diesmal nicht auf Grims Ablenkungs-Pinkel-Dienste zurückgreifen, sondern ignorierte den Kobold am Empfang einfach und marschierte durch.

Ich war mir nicht sicher, ob Blooms Bemerkung sarkastisch war, aber ich vermutete es. Die Berge von Papierkram um sie herum waren ein guter Hinweis. Sie waren seit meinem letzten Besuch nur gewachsen. Kontext war alles.

Ich vermutete, dass meine „chaotischen Krisen" etwas mit dem kürzlichen Wachstum der Papierberge zu tun hatten. Schließlich erforderte das Schreiben eines Berichts über die Doppelgänger oder den Archetyp oder Graces Verschwinden – allesamt Dinge, die wahrscheinlich ein paar kreative Umgehungen der Wahrheit für die öffentlichen Aufzeichnungen erforderten – einiges an Papier und viel Zeit.

Das bedeutete nicht, dass ich mich schlecht fühlte, wieder um ihre Hilfe zu bitten. Immerhin war es ihr Job, und ich hatte gesehen, wie ihr Gesicht jedes Mal aufleuchtete, wenn sie diesen Recycling-Container von einem Büro verlassen durfte.

Also sagte ich, anstatt mich zu entschuldigen: „Großartig", zog meine schwere Tasche vor mich und griff nach dem Buch.

„Leider", sagte Bloom, „ist jetzt meine Essenszeit, und es gibt nichts Schlimmeres als einen hungrigen Racheengel. Möchten Sie mich begleiten?"

„Oh, natürlich", sagte ich, etwas aus dem Gleichgewicht. Ein Teil von mir hatte angenommen, dass Engel nicht essen mussten.

Als ob sie meine Gedanken läse, stand sie auf, streckte ihre riesigen weißen Flügel und sagte: „Wir brauchen kein Essen, um am Leben zu bleiben, aber wir sind nicht immun gegen seinen köstlichen Duft. Verbringen Sie genug Zeit in einem sterblichen Reich, und Sie geben früher oder später der Versuchung nach." Sie ging an mir vorbei und nahm ihre Jacke vom Ständer, zog sie an und passte die Schlitze im Rücken an, damit ihre Flügel bequem saßen. „Um ehrlich zu sein, bin ich jetzt ziemlich süchtig nach Essen. Wenn ich zu lange nicht esse, ist es alles, woran ich denken kann." Sie hielt mir die Tür auf, und ich ging vor ihr in den Empfangsbereich, wo Jingo und Grim sich ein Blickduell lieferten.

Der Kobold hatte eine Ausgabe der Eastwind Watch zusammengerollt und hielt sie in der Hand, während er sich über den Schreibtisch lehnte, als forderte er Grim geradezu heraus, etwas zu versuchen.

„Entschuldigung", sagte Bloom, ihre Worte schnitten durch die Spannung, „aber was zum Himmel machen Sie da, dass Sie eine Zeitung wie eine Waffe schwingen?"

Jingo zeigte mit einem langen Finger auf Grim. „Er hat sein Bein gehoben. Ich weiß, was er vorhatte, und ich werde nicht hier sitzen und mir das gefallen lassen."

„Habe ich nicht. Ich habe mich nur gestreckt!"

„Dein Pinkelbein gestreckt?"

„Ja. Mache ich ständig."

„Lügner!"

Bloom riss Jingo die Zeitung aus der Hand und sagte: „Das reicht. Ich hätte ein echtes Problem damit, wenn öffentlich bekannt würde, dass das Sheriff Department Vertraute von Hexen bedroht. Die *Watch* würde daraus eine Party machen, und der kleine Fortschritt, den wir mit dem Hohen Rat gemacht haben, wäre wahrscheinlich dahin."

„Zu Jingos Verteidigung", sagte ich, „ich bin ziemlich sicher, dass Grim wieder an den Schreibtisch pinkeln wollte."

„Verräterin!"

„Böser Hund!"

„Du weißt, dass ich das als Kompliment nehme."

Der Empfangskobold brummte etwas vor sich hin, als wir drei gingen und uns auf den Weg zum Abendessen machten.

„Ist das *Stews and Brews* in Ordnung für Sie?", fragte Bloom.

„Natürlich." Das Restaurant war köstlich und ein bisschen schick. Aber was mich an der Wahl am meisten überraschte, war, dass es ganz oben auf dem Fluke Mountain lag. Hatte sie wirklich Lust auf einen deftigen Eintopf, oder hatte sie einen anderen Grund für den langen Spaziergang?

„Wie viele sind gerade um Sie herum?", fragte sie.

Ich hatte fast vergessen, dass der Engel, obwohl sie außer an Halloween keine Geister sehen konnte, besonders sensibel dafür war.

Ich musste kurz innehalten, um nachzusehen. Ich wurde langsam gut darin, sie zu ignorieren. Sie sprachen auf einer etwas anderen Frequenz als die Lebenden, also konnte ich sie bei dem ständigen Ansturm sozusagen ausblenden, als wären sie weißes Rauschen. „Nur zwei."

Sie nickte. „Die Winde der Veränderung werden definitiv stärker."

Es fühlte sich an, als fischte sie nach Informationen, und ich war mir noch nicht sicher, ob ich anbeißen wollte. „Ja."

„Ich habe sie seit Hunderten von Jahren nicht mehr so stark gespürt. Ungefähr dreihundert, um genau zu sein." Der Seitenblick, den sie mir zuwarf, entging mir nicht.

„Das sagen die Leute ständig."

„Wissen Sie, was vor dreihundert Jahren passiert ist?"

Ich wusste es. Die Gründung von Eastwind. Die sehr *blutige* Gründung von Eastwind, als die Hexen es den Werwesen weggenommen hatten. „Moment", sagte ich, „Sie haben die Winde der Veränderung vor dreihundert Jahren gespürt? Ich meine, ich wusste, dass Sie so alt sind, aber Sie waren während des Krieges hier?"

„Nur gegen Ende. Als die Nachricht von den langen, blutigen Schlachten den Himmel erreichte –"

„Himmel?!"

Bloom blickte auf mich herab, ein leichter Anflug von Belustigung umspielte ihre Mundwinkel. „Ja. Was dachten Sie, wo Engel herkommen?"

„Na ja ... ich meine, in meiner alten Welt sagten wir immer, dass sie aus dem Himmel kommen, aber ich dachte, das wäre eher metaphorisch. Ehrlich gesagt, dachte ich, Sie wären eher metaphorisch. Dann kam ich hierher und habe gelernt, dass es Engel gibt, und dazu noch eine Menge anderer seltsamer Dinge. Also warum sollte der Himmel nicht real sein? Natürlich ist es kein Ort in den Wolken, wie man es den Kindern immer erzählt –"

„Nein", sagte Bloom, „es *ist* ein Ort in den Wolken. Zumindest liegen alle Portale dorthin in der Luft. Und es ist oft neblig dort." Sie zuckte mit einer Schulter.

„Sagen Sie mir, dass der Himmel nur ein weiteres Reich ist?"

Sie nickte. „Genau wie die Hölle."

Mein Mund könnte offen gestanden haben, aber ich wusste es nicht, weil so viel Blut aus meinem Gesicht wich, dass ich kaum etwas spürte. „Sie meinen Dämonen und den Teufel?"

Sie nickte. „Ja, im Wesentlichen. Aber keine Sorge, Engel haben vor Ewigkeiten alle Portale zur Hölle geschlossen. Das war sozusagen die oberste Priorität auf unserer To-do-Liste. Wir haben versucht, sie ihren Zwist mit anderen Reichen ausfechten zu lassen, haben versucht, uns rauszuhalten, aber es war kein fairer Kampf. Sie haben schmutzig gespielt, wie zu erwarten war. Und abgesehen von all ihren bösen Taten waren sie einfach zu nervig, um sie zu ertragen." Sie beugte sich nah heran, als würde sie mich in ein pikantes Geheimnis einweihen. „Sie haben keine Nasenlöcher, also atmen sie immer durch den Mund."

„Ich ... hätte eigentlich angenommen, dass sie nicht atmen müssen."

„Das ist es ja! Sie müssen nicht atmen! Sie atmen nur durch den Mund, weil es so nervig ist, es hören zu müssen." Sie schüttelte den Kopf. „Das ist ein Thema für sich. Sie sollten nur wissen, dass es jetzt viel besser ist, da sie eingesperrt sind."

„Bedeutet das, dass alles Dämonische aus dem Höllenreich kommt?" Ich dachte an den Ba, den Ruby lose als Dämon bezeichnet hatte, unter anderem.

„Nein, überhaupt nicht. Böses kann überall entstehen. Aber das nervigste Böse? Ja, das ist größtenteils in der Hölle einge-schlossen." Sie schüttelte den Kopf. „Wissen Sie, dass jeder in der Hölle einen Song im Kopf hat? Aber nicht den ganzen. Nur die Hälfte des Refrains. Und der spielt in einer Endlosschleife, bis sie sterben, immer dieselben paar Takte." Sie schauderte. „Nein, alle sind besser dran, jetzt, da die Hölle isoliert ist."

Ich glaubte ihr das.

„Aber zurück zum Thema. Sie sagten, Sie kamen am Ende des letzten Krieges?"

„Richtig. Der Himmel hat mich geschickt, um das Chaos aufzuräumen und die Schuldigen von den Unschuldigen zu trennen. Es ist immer eine schmutzige Angelegenheit im Krieg. Manche fangen unschuldig an und tun dann schuldige Taten. Manche tun die ganze Zeit Böses, zeigen aber keine Spur von Reue. Als ich angekommen bin, ließen die Winde der Veränderung schon nach, aber sie waren immer noch stark."

„Glauben Sie, wir steuern auf einen weiteren Krieg zu?" Die Frage hatte in meinem Kopf geschwelt und schien so melodramatisch, dass ich mich fast schämte, sie zu stellen.

Bloom antwortete nicht sofort, und ich gab ihr einen Moment zum Nachdenken. Es war die Art von Frage, die ernsthaftes Nachdenken erforderte, bevor man sie beantwortete.

„Wir steuern auf einen großen Konflikt zu, ja. Der Unterschied, ob er zum Wohl aller gelöst wird oder in einen Krieg mündet, hängt jedoch oft von ein paar Schlüsselmomenten ab, die genauso von denen beeinflusst werden, die unbedeutend scheinen, wie von den Mächtigen. Es gibt immer diese Momente, an denen die Geschichte hängt, und alles, was nötig ist, um sie in die eine oder andere Richtung zu lenken, ist ein schlecht getimtes Niesen oder irgendwo Sekunden zu spät – oder zu früh – anzukommen. Ich bin kein Prophet, also kann ich Ihnen nicht sagen, wie es ausgehen wird, nur dass gerade die Bühne bereitet wird, und Krieg ist wahrscheinlich."

Sie hielt immer noch Jingos Ausgabe der Eastwind Watch in der Hand, entrollte sie nun und las die Schlagzeile vor: „Gibt es Doppelgänger unter uns?" Sie seufzte. „Die lassen das so schnell nicht wieder los. Ein perfektes Werkzeug, um Misstrauen zu säen. Hat ein Verbündeter plötzlich seine Meinung geändert? Dann muss er ein Doppelgänger sein!" Sie warf die Zeitung in den nächsten Mülleimer, als wir durch den Fulcrum Park gingen.

„Ich verstehe, was Sie meinen", sagte ich, „aber andererseits: Wie kann man sicher sein, dass die Person, mit der man spricht, kein Doppelgänger ist?"

Sie lächelte. „Kann man nicht. Nicht sofort. Man könnte ein paar Ungereimtheiten bemerken, wenn man mit einem spricht, sicher. Immerhin sind sie keine Gedankenleser. Sie nehmen den Körper eines anderen an, aber nicht dessen Erinnerungen. Aber am wichtigsten ist: Es ist eines dieser Dinge, die Sie nicht kontrollieren und nicht sicher wissen können, also muss man entscheiden, ob man ständig paranoid und elend sein will oder sich keine Sorgen macht und sich mit möglichen Problemen auseinandersetzt, wenn sie auftauchen. Sterbliche sind viel widerstandsfähiger, als sie sich selbst zutrauen. Wenn ich nur jeden von Ihnen dazu bringen könnte, das zu glauben, dann wären Sie nicht ständig in Alarmbereitschaft."

„Ich fühle mich, als sollte ich Sie für diese Therapiesitzung bezahlen", sagte ich.

Mann, ich vermisste meine alte Therapeutin!

„Keine Sorge", sagte sie. „Das tun Sie. Das nennt man Steuern. Und Sie werden auch für mein Essen zahlen."

„Zahlt die Stadt auch für Ihre Mahlzeiten?"

„Nein. Das kommt direkt aus Ihrer Tasche, da ich annehme, dass Sie mir gleich ein bombastisches Problem auf den Tisch knallen werden. Das ist das Mindeste, was Sie tun können."

Ich nickte. „Einverstanden."

Erst als wir das *Stews and Brews* erreicht und unsere Bestellung aufgegeben hatten, hielt ich es für angebracht, zur Sache zu kommen. Ich griff nach dem Buch, zog es aus der Tasche neben meinem Stuhl und legte es auf den Tisch.

Blooms blonde Brauen schossen himmelwärts, als ihr Blick auf den Titel fiel. „Ich versuche, mir einen Grund vorzustellen, warum Sie ein enochisches Buch besitzen, und mir fällt keiner ein. Also warum sagen Sie es mir nicht einfach?"

„Die Culpeppers."

Eine tiefe Falte erschien über ihrer Nasenwurzel, dann warf sie einen Arm über die Stuhllehne und schlug die Beine übereinander. „Ah. Culpeppers im Plural. Sie meinen Dean und Aria. Ich nehme an, Sie wollen dasselbe, was Tanner heute früh wollte?"

„Hat er Ihnen von ihrem Besuch erzählt?"

„Oh ja, das hat er. Ich schätze, Sie versuchen auch herauszufinden, wer sie umgebracht hat?"

„Nein, eigentlich nicht. Ich bin … mir nicht sicher, was ich herausfinden will. Aber Aria hat mir dieses Buch gezeigt, und ich habe es in der Bibliothek in einer Kammer mit einer Menge Bücher aus meiner alten Welt gefunden. Ich hatte gehofft, Sie könnten mir sagen, worum es geht, und vielleicht etwas über das erzählen, was drinsteht?"

Ihr Blick wanderte wieder zum Titel, aber sie lehnte sich nicht vor. „Sie sagten, sie haben Ihnen nur ein Buch gezeigt? Das war's?"

Ihr durchdringender Blick zog mehr aus mir heraus. „Und sie haben erwähnt, dass die Natur gefährlich aus dem Gleichgewicht ist. Und dieses Buch zu finden könnte ein Schritt sein, es zu korrigieren."

„Das ist alles, was sie Ihnen gesagt haben?"

„Ja. Ehrlich gesagt waren sie ein bisschen zurückhaltend mit ihren Informationen. Besonders Aria."

„Das glaube ich. Aber meine Frage ist: Was erzählen Sie mir nicht?"

„Was?" Ich spürte, wie mein Gesicht unter ihrem intensiven Blick heiß wurde.

„Ich spüre die Schuld, die von Ihnen ausgeht. Etwas über die Begegnung erzählen Sie mir nicht. Und, Nora, wenn Sie meine Hilfe wollen, müssen Sie mir alles erzählen."

Das Letzte, was ich wollte, war, Sheriff Bloom denken zu lassen, dass ich irgendwas Schlimmes im Schilde führte. Und sie hatte recht. Ich hatte ein Detail über den Austausch ausgelassen, insbesondere über den Ort und meine Garderobe (oder deren Fehlen). „Gah", schnaubte ich. Dann biss ich die Zähne zusammen und sagte: „Ich war mit Tanner im Bett, als sie aufgetaucht sind."

Gabby warf den Kopf zurück und kicherte, bevor sie sich vorbeugte und auf den Tisch klopfte. „Sehen Sie? Fühlen Sie sich nicht besser, jetzt, wo Sie es ausgesprochen haben?"

Ich hatte diese Reaktion nicht erwartet, also lachte ich unsicher mit. „Ich schätze schon."

Grim lachte hysterisch unter dem Tisch, und ich versetzte ihm einen leichten Tritt mit dem Stiefel, damit er die Klappe hielt.

„Übrigens", sagte sie und beugte sich verschwörerisch zu mir vor, „ich wusste es schon. Ich habe dasselbe mit Tanner gemacht." Sie kicherte weiter und wischte sich eine Träne aus dem Auge. „Es macht einfach zu viel Spaß, das zu tun ... Ich wünschte, Sie hätten Ihr Gesicht sehen können ..." Dann fügte sie hinzu: „Mir ist es übrigens egal, was zwei Erwachsene hinter verschlossenen Türen tun. Aber es hilft, die nutzlose Schuld abzuhaken, um zu sehen, was darunter liegt. Und, *ja*, jetzt, wo Sie das geklärt haben, weiß ich, dass Sie nichts anderes verheimlichen."

So sehr es mich freute, für die Unterhaltung des Sheriffs gesorgt zu haben, wurde ich ungeduldig. Außerdem starrten alle anderen im Restaurant uns an. „Werden Sie mir erzählen, was dieses Buch sagt, oder nicht?"

Sie nippte an ihrem Wasser, um sich zu beruhigen, dann fügte sie hinzu: „Ich kann es kaum erwarten, Ruby davon zu erzählen", bevor sie ihre professionelle Miene wieder aufsetzte und sagte: „Es ist ein Buch über Hexen des Fünften Windes."

„Hexen des Fünften Windes? Auf Enochisch? Warum sollte es ein Buch darüber in derselben Abteilung wie die Werke aus meiner alten Welt geben?"

Sie betupfte ein letztes Mal mit ihrer Serviette ihren Augenwinkel, dann erklärte sie: „Im Himmel ist es schrecklich langweilig. Die Tatsache, dass man nur hoch in der Luft dorthin kommt, bedeutet, dass es dort an Vielfalt mangelt. Außerdem sind Scharen von Engeln nicht gerade die angenehmste Gesellschaft, also verlassen die meisten, die einen Weg dorthin finden, den Himmel bald wieder. Jedenfalls haben Engel sich zur Aufgabe gemacht, die Ursprünge verschiedener Kreaturen zu katalogisieren. Fun Fact: Es hat sich nie dieselbe Art von Kreatur in zwei verschiedenen Reichen entwickelt. Es gibt immer einen einzigen Ursprungspunkt. Zum Beispiel ist der Himmel der Ursprung der Engel. Natürlich weisen wir uns normalerweise diesem oder jenem anderen Reich zu, um bei der Strafverfolgung oder in der Medizin zu helfen. Nord-, Süd-, Ost- und Westwindhexen stammen alle aus einem Reich namens Nirgendwo. Als ihre Welt zusammengebrochen ist – lange Geschichte –, mussten sie einen neuen Ort finden. Wollen Sie raten, wie viele Jahrhunderte das her ist?"

„Drei?"

„Genau."

„Haben Sie absichtlich die Hexen des Fünften Windes weggelassen?"

Bloom lächelte mich mit etwas wie Stolz an. „Das habe ich. Hexen des Fünften Windes kommen von woanders her. Das

Buch, das auf diesem Tisch liegt, scheint ein umfassender Leitfaden zu Hexen des Fünften Windes zu sein, geschrieben von dem Engel, der mit dieser Aufgabe betraut war."

Ich starrte auf das Buch hinab. Wie viele Antworten über meine Kräfte waren darin enthalten? „Und der Grund, warum es in denselben Regalen wie alle Bücher aus meiner Welt stand, ist ...?" Aber ich vermutete, dass ich es bereits wusste.

Dann bestätigte Bloom es. „Weil jede Hexe des Fünften Windes, die den Engeln bekannt ist, aus Ihrer Welt kommt."

Kapitel Sieben

Bruchstücke meines zugegebenermaßen mageren Wissens über Hexen des Fünften Windes schwirrten wie Mücken nach Regen in Texas in meinem Kopf herum. „Aber in meiner Welt gibt es keine Magie.“

„Das stimmt so nicht“, sagte Sheriff Bloom. „In Ihrer Welt gibt es alle Arten von Magie, aber sie wird unterdrückt. Nehmen Sie zum Beispiel Evangeline. Ich hätte nie erwartet, dass eine Südwindhexe aus Ihrem Reich kommen könnte. Aber da ist sie. Ich habe eine Weile darüber gegrübelt und dann beschlossen, dass es nur bedeuten kann, dass vor langer Zeit eine Hexe in Ihr Reich gekommen ist und entweder gefangen wurde oder sich entschieden hat, sich dort niederzulassen. Und dann hat sie ihre Magie über Generationen weitergegeben, bis sie Eva erreichte, und zu diesem Zeitpunkt hat etwas in Eastwind sie hierher gerufen. Sie hatte immer Magie, und ich glaube, sie hat es in gewisser Weise gespürt, aber sie konnte nie darauf zugreifen, bis sie vom Dämpfer weg war. Und ich nehme an, dass dasselbe für Sie gilt. Zumindest gilt es für Ruby, mit der ich ausführlich über dieses Thema gesprochen habe."

„Ich denke, da steckt mehr dahinter", sagte ich. „Als Rol–" Ich kaschierte meinen Beinaheausrutscher mit einem Husten und trank einen Schluck Wasser. Ich wollte dieses Gespräch nicht mit der Erwähnung von Roland O'Neill, meinem problematischen (und tragisch gutaussehenden) Liebhaber aus einem früheren Leben, entgleisen lassen. „Als ich mit Ruby meine früheren Leben erforscht habe, fand ich heraus, dass ich in jedem von ihnen auf eine bestimmte Weise gestorben bin, die zu diesem Leben geführt hat. Die letzten vier Leben vor diesem endeten durch den Tod durch jedes der vier Elemente. Ich wurde lebendig begraben, ertränkt, verbrannt und ..."

Oh Mann! Ich sah, wie Blooms Ausdruck von mildem Interesse zu der Intensität eines Bluthunds wechselte, der gerade eine Fährte aufgenommen hatte. Ich hätte genauso gut eine direkte Verbindung zu den seltsamen Ereignissen eingestehen können, als Roland O'Neills Geist Hexen in der Stadt besessen hatte, um sie dazu zu bringen, Verbrechen auf ähnliche Weise zu begehen. Und jetzt war Bloom brennend interessiert an dem, was ich als Nächstes sagen würde.

Ich räusperte mich. „Na ja, Sie verstehen schon."

„Ja, ich glaube, ich verstehe."

„Was ich sagen wollte, ist, dass ich in meiner Welt viele Male auf eine bestimmte Weise sterben musste, bevor ich eine Hexe des Fünften Windes werden konnte. Und selbst dann war ich noch nicht fertig. Ich musste nochmal sterben. Und dann fand ich mich in den Deadwoods wieder ... Also, hat das Sterben mich zu einer offiziellen Hexe des Fünften Windes gemacht, oder war ich schon eine, und das Sterben hat irgendwie das Portal zu diesem Reich geöffnet, wo meine Fähigkeiten freigesetzt wurden?"

„Das ist eine interessante Frage", begann sie, „und ich

glaube, die Antwort darauf findet sich wahrscheinlich in diesem Buch." Sie legte ihre Hand darauf, zog sie aber zurück, als die Kellnerin, eine nervös wirkende Faunin, unsere Speisen brachte.

„Ein Rindfleisch-Kartoffel-Eintopf für Sie, Sheriff. Und eine Pilznudelsuppe für Sie, Miss Ashcroft, und ein paar Rinder-spareribs für Ihren Vertrauten. Kann ich Ihnen noch irgendwas bringen?", piepste sie.

„Nein, Linny. Das sieht fantastisch aus", sagte Bloom strahlend.

Sobald das Mädchen davoneilte, griffen Bloom und ich nach unseren Schüsseln und tauschten sie, damit jede die rich-tige vor sich hatte.

Ungeduldig sagte ich: „Also? Werden Sie das Buch aufschlagen und mir alle Geheimnisse meiner Art verraten?"

Bloom führte einen Löffel der Pilzsuppe an ihre Lippen und blies darauf, bevor sie sie kostete. „Mmm ... perfekt für einen kühlen Oktobertag. Um Ihre Frage zu beantworten: Ich habe nicht vor, das Buch aufzuschlagen. Erstens: Wenn ich Brühe auf die Seiten tropfe, würde Helena mir das nie verzeihen. Aber außerdem bin ich eine langsame Leserin, und ein Buch wie dieses würde mich Zeit kosten, die ich nicht habe."

„Gibt es irgendwo eine Kopie, die nicht auf Enochisch ist? Vorzugsweise auf Englisch oder Honorisch?"

„Wohl kaum." Sie nickte auf meine Schüssel. „Der Eintopf ist zu gut, um ihn zu verschwenden."

Ich akzeptierte den Wink. Sie war fertig mit dem Thema. Ich hätte mich wahrscheinlich durch das Wissen getröstet fühlen sollen, dass ich ihr alles erzählt hatte, was ich über den Besuch der Culpeppers wusste, und sie nicht panisch reagiert hatte. Aber die Wärme des Eintopffleisches in meinem Magen gab mir mehr Trost als ihre Reaktion.

Als Bloom das Thema wechselte und begann, Tanners

Arbeit zu loben und mich mit einigen ihrer Lieblingskriminal-geschichten zu unterhalten, ließ ich sie. Es hatte keinen Sinn, auf mehr zu drängen, wenn sie es nicht tun wollte. Das würde nur eine wichtige Verbündete in der Stadt verärgern.

Und außerdem waren ihre Geschichten ziemlich gut.

Ich zahlte die Rechnung, wie wir es vereinbart hatten, und als wir wieder den Fulcrum Park erreichten und ich mich verabschieden wollte, baute sie sich vor mir auf, sah mir in die Augen und sagte: „Ich habe Grund zu der Annahme, dass Sie und Tanner nach demselben suchen. Oder besser gesagt, dass sie beide Antworten, die Sie suchen, auf demselben Weg finden werden. Es tut mir leid, sagen zu müssen, dass ich diesen Fall nie abschließen konnte, aber ich habe viele Spuren verfolgt und die halbe Stadt befragt. Ich habe meine Vermutungen, wie es abgelaufen ist, aber es ist kaum fair, diese von meiner Machtposition aus zu äußern, wenn es keine Beweise gibt. Das Letzte, was ich will, ist, einen wütenden Mob anzustacheln, der auf Selbstjustiz aus ist." Sie hielt inne. „Nicht, dass ich in bestimmten Fällen etwas gegen Selbstjustiz hätte. Was ich meine, ist: Geben Sie noch nicht auf. Ich kann immer Hilfe gebrauchen. Aber Sie wissen, was ich meine."

Da ich genug wütende Mobs gesehen hatte, die mehr auf Blut als auf Wahrheit aus waren, antwortete ich: „Ja."

„Also sage ich Ihnen dasselbe, was ich Tanner gesagt habe. Wenn Sie mehr über die Morde an den Culpeppers wissen wollen, was Sie, das versichere ich Ihnen, tun, sollten Sie mit den Leuten sprechen, die in der Nacht, als sie gestorben sind, bei ihnen waren."

„Und wer war das?"

„Die Stringfellows."

„Die ..." Mein Verstand konnte es nicht verarbeiten, obwohl die Antwort so offensichtlich war.

„Donovans Eltern", ergänzte sie.

Ich starrte sie ausdruckslos an, das Begreifen setzte ein wie ein Gehirnfrost.

„Jetzt wird's kompliziert", bemerkte Grim wenig hilfreich. Er war größtenteils still gewesen, seit er die Rippchen verschlungen hatte, was mir recht gewesen war.

Hatten Donovans Eltern etwas mit dem Mord zu tun?

Die Vorstellung kam mir pervers vor. Aber ich musste es wissen.

Und es gab nur einen Weg, das selbst herauszufinden.

„Gut", sagte ich und versuchte, Bloom zu beweisen, dass ich nicht vollkommen begriffsstutzig war. „Natürlich." Ich zwang mich zu einem Lächeln und hievte meine schwere Tasche weiter auf meine Schulter. „Vielen Dank für Ihre Hilfe."

Sie nickte. „Natürlich. Alles, was ich verlange, ist, dass Sie mir einen kleinen Gefallen tun."

„Und der wäre?"

„Wenn Sie herausfinden, wer die Culpeppers ermordet hat, lassen Sie es mich wissen, bevor Sie es publik machen. Der Abschluss dieses alten Falls könnte mir wirklich helfen, dem Hohen Rat den – wie sagen Sie es in Ihrer Welt? – den Stinkefinger zu zeigen."

Ich schmunzelte. „Das ist das Mindeste, was ich tun kann."

Als sie zurück zur Arbeit ging, stand ich da und starrte vage ins Nichts.

Ein Punkt stach aus allem anderen hervor, etwas, das meinen Magen aus Gründen, die ich nicht zu genau untersuchen wollte, einen Salto schlagen ließ:

Ich musste Donovans Eltern kennenlernen.

Kapitel Acht

Mein nächster Halt war also Franco's Pizza. Ich musste ein Treffen mit Donovans Eltern vereinbaren, obwohl ich keine Ahnung hatte, wie ich eine so seltsame Bitte formulieren sollte, ohne zu erwähnen, dass sie mögliche Verdächtige im Mord an Tanners Eltern waren.

Der Fulcrum Park, wo ich mich von Sheriff Bloom verabschiedet hatte, war zu dieser Zeit friedlich. Es konnte nicht später als acht Uhr sein, aber es war schon eine ganze Weile stockdunkel, und da Halloween nur noch wenige Stunden entfernt war und die Winde der Veränderung hier hindurchheulten, schien niemand Lust zu haben, seine Zeit an diesem Ort zu verbringen.

Ich schlenderte gemächlich, ignorierte die zwei Geister, die hinter mir stritten (ich entnahm ihrem Gespräch, dass sie in einem früheren Leben verheiratet gewesen waren, aber Eheberatung stand derzeit nicht auf meiner Prioritätenliste). Ich wurde besser darin, die Geister auszublenden, die um mich herumschwirrten, und es half, dass ich genug anderes im Kopf hatte. Ich versuchte, etwas von dem aufzunehmen, was Bloom mir erzählt hatte, während ich meine Bitte an Donovan formulierte.

Das Plätschern des Fulcrum-Brunnens zog für einen Moment meine Aufmerksamkeit auf sich, und ich hielt inne, bevor ich ganz daran vorbeiging. Ich hatte fast Lust, eine Münze hineinzuwerfen und mir zu wünschen, dass der Weg, auf dem ich war, nicht schrecklich enden würde, aber ich tat es nicht, weil es in Eastwind keine Pennys gab und ich sicher mehr Hilfe brauchte als das.

Die Erinnerung zog mich zurück zu meinem Geständnis Tanner gegenüber, als ich auf der Mauer des Brunnens gesessen hatte. Ich erinnerte mich an den Schmerz in seinen Augen, als ich ihm sagte, dass es Donovan war, und fühlte einen schwachen Nachhall des Stichs in meinem Herzen, als er sich umgedreht und weggegangen war.

Er hatte mich allein gelassen, aber ich hatte es verdient.

Na ja, nicht wirklich allein. Donovan war aufgetaucht, nicht wahr?

Ich verdrängte die Erinnerung und ging weiter zu Franco's.

Bevor mein Verstand es genug registrieren konnte, um Adrenalin in meine Gliedmaßen zu schießen, kam etwas Großes, in Dunkelheit Gehülltes aus den Schatten auf mich zugeeilt. Nein, es war nicht Grim. Der trottete neben mir her, vollkommen zufrieden, mit einem der Rippchenknochen noch in seinem Maul.

Aber ich hörte ein leises Klappern, als der Knochen aus seinem Mund auf das Kopfsteinpflaster fiel, genau als das dunkle Ding aus den Schatten sprang.

Meine Hand schoss hoch und umklammerte meinen Staurolit-Anhänger durch mein Shirt.

Dann erkannte ich, wer es war.

„Ted!", zischte ich. „Du hast mir fast die Wirbel aus dem Leib erschreckt!"

„Was?", sagte der Sensenmann und sah sich um. „Oh, sorry, Nora. He, he. Hab' dich gar nicht gesehen."

„Wie?", fragte ich, ein bisschen schnippischer, als er es verdiente. „Ich bin nicht diejenige, die in Dunkelheit gehüllt ist und in den Schatten lauert."

„Oh. Ich hab' nur nach ..." Er zeigte kurz zum Himmel, bevor er seine behandschuhte Hand auf die Hüfte sinken ließ, während er sich mit der anderen am oberen Ende seines verhüllten Kopfes kratzte. „Hey, du hast nicht zufällig ein bisschen Feuer gesehen, oder?"

„Was? Nein."

„Nicht auf einem Dach oder ... vielleicht einem Baum?"

Ah. Stimmt. Sein kleines Hobby. „Nein. Aber schön zu hören, dass dein Versuch, die Phönix-Population wiederaufzubauen, nach Plan läuft."

„He. Nicht ganz." Er sah sich wieder um und betrachtete die Dächer der nächstgelegenen Gebäude, bevor er in die Luft schnupperte, vermutlich auf der Suche nach Rauch. „Aber sie sind sicher in die Deadwoods zurückgekehrt. Und sie lieben die neuen Häuser, die ich für sie gebaut habe. Erwärmt wirklich mein Herz. Verstehst du? Erwärmt mein Herz?" Ich nickte, damit er mit dem schlechten Wortspiel aufhörte. „Allerdings ... hab' ich vielleicht mehr bekommen, als ich erwartet hatte. Es gibt eine Menge von ihnen. Und da ist diese eine, die ein bisschen ein faules Ei ist, so eine Rebellin, man könnte sie sogar eine Feuerteufelin nennen, weil sie das so gern legt. Und die Schar, die folgt ihr einfach."

„Toll. Das klingt nach guten Neuigkeiten für Eastwind."

„Nein", sagte er, denn die Ironie in meinen Worten schien ihm vollkommen entgangen zu sein, „es sind wirklich schreckliche Neuigkeiten. Zum Glück ist bei all dem Regen alles zu durchweicht, um wie üblich in Flammen aufzugehen. Ich dachte, ich hätte es geschafft, sie davon abzuhalten, die Deadwoods zu verlassen, indem ich ihre Häuser dort gebaut habe, aber es scheint, als wären sie –"

„Dem Nest entflogen?", fragte ich.

Er neigte den Kopf wie ein verwirrter Welpe. „Nein. Es gibt kein Nest."

„Ich weiß, ich hab' nur … egal."

Er seufzte, und es klang, als würde jemand einen Holzkelch voller Kreidestücke schütteln. „Vielleicht reagiere ich über. Hey, was ist das?" Er nickte auf meine Tasche, aus der das große Buch herausspähte.

„Nur ein Buch, von dem ich gehofft habe, dass Bloom es für mich übersetzen würde, aber sie sagte, sie hat keine Zeit."

„Bloom? Dann muss es Enochisch sein, wenn du sie dafür gebraucht hättest."

Ich tippte darauf. „Ja. Gutes altes Enochisch. Aber es hilft mir nicht, wenn ich es nicht lesen kann, und jetzt muss ich es herumschleppen."

„Darf ich mal sehen?"

„Klar, nur zu."

Ich reichte es ihm, und er betrachtete den dunkelblauen Einband einen Moment schweigend, bevor er nickte. „Ich verstehe, warum du an einem Buch über Hexen des Fünften Windes interessiert bist."

Als er es mir zurückgeben wollte, dämmerte mir, was er gerade gesagt hatte. „Warte, woher weißt du, dass es um Hexen des Fünften Windes geht?"

„Ich kann Enochisch lesen. Es sprechen" – er lachte – „ist allerdings eine ganz andere Sache. Das passiert auf Frequenzen, die ich mit meiner Stimme nicht hinbekomme, egal wie sehr ich es versuche. He, he."

Ich ignorierte die letzte Bemerkung. „Ted. Lust auf einen Drink?"

Sein Rückgrat richtete sich mit einem Knacken auf. „Klar. Aber das Sheehan's ist immer noch geschlossen. Wo –"

„Ich kenne den perfekten Ort."

Warum Echo Chambers glaubte, einen Türsteher für die Lyre Lounge anstellen zu müssen, wenn sie neunzig Prozent der Zeit leer war, war mir ein Rätsel. Aber als Ted, Grim und ich ankamen, hielt uns der angeheuerte Oger auf, bevor wir eintreten konnten. „Nein", grunzte er.

„Nein?", fragte ich. „Was nein?"

Ich konnte schon die verstärkte Lautenmusik von drinnen hören, aber das bedeutete nicht, dass jemand da war und zuhörte.

„Kein Eintritt."

„Was? Warum nicht?"

Der Oger verschränkte die Arme vor seiner tonnenförmigen Brust und antwortete in typisch wortkarger Oger-Manier: „Zu schlampig."

Klar, ich war nicht schick angezogen, aber … Ich sah an mir herunter.

Okay, ich sah ziemlich schlampig aus.

„Sie sollten wissen", sagte Ted, „das sind meine feineren Gewänder. Ich habe sie bei *Reap What You Sew* in Avalon gekauft. Die waren nicht billig, mein Herr!"

„*Und ich habe wochenlang an meinem Winterfell gearbeitet*", protestierte Grim.

„*Wie jeder bezeugen kann, der die Haufen schwarzer Fellmäuse in meinem Schlafzimmer gesehen hat.*"

„*Nicht meine Schuld, dass du nicht oft genug kehrst.*"

Ich stellte mir einen Roomba vor, der einen verängstigten Grim in meinem Schlafzimmer jagt, und fühlte mich dadurch nach seiner Stichelei viel besser. Dann wandte ich mich wieder dem Türsteher zu. „Lassen Sie uns mit Echo reden. Es wird ihn nicht stören, wenn Sie uns reinlassen."

Die Tür hinter dem Türsteher öffnete sich. Der Satyr stand darin und lehnte sich gegen den Rahmen. „Na, wenn das nicht die Todespatrouille ist. Ich schätze, ich bin endlich dran, oder? Ich wusste, ich hätte wenigstens einmal in meinem Leben Sport machen oder vielleicht nicht ständig Wein trinken sollen. Wer hätte gedacht, dass die Heiler wussten, wovon sie reden?" Er seufzte. „Na, kommt schon rein."

Der Türsteher trat widerwillig zur Seite, und wir folgten Echo in einen – Überraschung! – leeren Club. Na ja, abgesehen von den Geistern. Zwei durchscheinende Paare tanzten langsam zur Musik, zweifellos um ihre nichtexistenten Muskeln für die Schrecken des nächsten Tages aufzuwärmen. Aber Echo konnte diese Gäste noch nicht sehen. War wohl besser, ihm nicht von ihnen zu erzählen.

Obwohl ich wusste, dass der Satyr dieses Geschäft nur mit dem schmutzigen Geld, das Seamus Shaw ihm gegeben hatte, am Laufen hielt, fragte ich mich, wie weit dieses Geld reichen würde und ob es nicht noch andere illegale Arrangements gab, die Echo halfen, Miete oder Hypothek und einen Türsteher zu bezahlen.

Nicht, dass das mein Problem gewesen wäre.

Grim, der unheimlich leichtfüßig sein konnte, wenn er wollte, nahm keine Rücksicht, als er über den goldenen Boden des Clubs stapfte und bei jedem Schritt riesige, schlammige Pfotenabdrücke hinterließ.

Echo führte uns zu einer der runden Sitzecken, und Ted und ich rutschten hinein, während Grim unter dem Tisch Kreise drehte, bis er einen bequemen Platz fand, um sich fallen zu lassen. Der Satyr kauerte sich dann auf seine Ziegenbeine, bis sein Kopf kaum über der Tischplatte war, und sagte: „Hört zu, ich habe eine Menge Geld. Wenn es einen Weg gibt, das so zu regeln, dass ich nicht sterben muss, bin ich bereit, einen Deal zu machen."

Oh. Es war kein Witz gewesen. „Wir sind nicht hier, um dich ins Jenseits zu bringen, Echo", sagte ich.

„Wirklich?"

„Ja", fügte Ted hinzu.

Er sah uns nacheinander an, ein seltsamer Ausdruck im Gesicht. „Also, ihr drei ... genießt einfach die Gesellschaft des anderen?"

„Ja", sagte Ted wieder, und ich fügte hinzu: „Wir sind geschäftlich hier."

„Also gut", sagte Echo und stand auf. „Nachdem ich annehme, dass euer Geschäft der Tod ist, überlasse ich euch eurem Gespräch. Getränke?"

Ted und ich bestellten je ein Bier, nur um Echo luftig kichern zu hören, bevor er sagte: „Das servieren wir hier nicht, aber ich finde das schrecklichste Getränk, das wir haben, und bringe euch das stattdessen. Sollte ein guter Ersatz sein." Und dann klipp-klappte er davon.

„*Du hättest das Bestechungsgeld nehmen sollen*", bemerkte Grim. „*Er hätte nie herausgefunden, dass das nicht der Grund war, warum wir hier sind, und wir wären reicher gewesen. Vielleicht könntest du dann jemanden einstellen, der für dich kehrt.*"

Ich ignorierte seinen skrupellosen Rat, holte das enochische Buch aus meiner Tasche, und reichte es Ted. „Ich weiß schon, worum es geht, aber wenn es darin was über das Gleichgewicht der Natur gibt oder ..." Ich versuchte, an die anderen Dinge zu denken, die die Culpeppers erwähnt hatten. „Vielleicht was über Portale?"

Portale zu meiner Welt, dachte ich. Die unzusammenhängenden Teile hatten seit meinem Gespräch mit Bloom darum gebettelt, zusammengesetzt zu werden.

Das wusste ich jetzt:

Die Culpeppers machten sich Sorgen wegen eines Portals.

Sie wollten, dass ich dieses spezifische Buch finde.

Dieses spezifische Buch handelte von Hexen des Fünften Windes.

Alle Hexen des Fünften Windes kamen aus meiner alten Welt.

Und das führte zu dieser Frage: Hofften die Culpeppers, dass ich ein Portal nach Hause finde?

Es schien wahrscheinlich.

Aber warum? Warum sollte ich dieses Portal finden? Hatte es was mit dem gestörten Gleichgewicht der Natur zu tun?

… Oder war das alles ein Trick, damit ich aus Eastwind verschwand und nicht mit ihrem Sohn ausging?

Nein, natürlich nicht. Das war albern. Aber Punkte für Unsicherheit!

Ted räusperte sich, blätterte eine Seite um und schüttelte dabei langsam den Kopf.

„Was? Was ist los?" Ich musste laut sprechen, um mir über die unnötige Lautenmusik Gehör zu verschaffen.

Echo erschien mit unseren Getränken und stellte sie vor uns ab. Leicht schwappend in den Kristall-Martinigläsern sahen sie eher nach radioaktivem Schlamm aus als nach etwas, das die Anspannung lösen könnte.

„Kannst du die Musik leiser stellen?", rief ich.

„Nein."

Ted blickte plötzlich vom Buch auf, richtete sein dunkles, verhülltes Gesicht auf den Satyr und sagte: „Um des Todes willen! Tu, worum die Lady dich bittet! Dreh die Musik leiser, oder ich schleife dich hier raus!"

Eine von Echos Händen schoss hoch, um seinen keuchenden Mund zu bedecken, und er zuckte zurück, während seine Augenbrauen in seinem Schopf dunkler, lockiger Haare verschwanden. „Donnerschlag!", keuchte er und huschte dann davon. Einen Moment später war die Musik leiser.

Die tanzenden Geister murrten über die Unterbrechung, bevor sie durch die Wand hinausglitten.

Ich starrte Ted an und empfand einen Schwall von Stolz und vielleicht ein kleines bisschen Angst.

„He, he", begann er, „ich würde ihn nie wirklich wegschleifen. Aber weißt du, für jemanden, der mit dem Tod zu tun hat, ist es erstaunlich, wie oft ich meine ernste Stimme benutzen muss, damit irgendjemand auf mich hört."

„*Ted ist mein neuer Held*", stellte Grim fest. „*Frag ihn, ob er einen Vertrauten braucht. Vorzugsweise einen Grim, der früher in den Deadwoods gelebt hat und gern Speck unter dem Tisch im Medium Rare teilt.*"

„Was steht in diesem Buch?", fragte ich, um wieder zum Thema zurückzukehren. Als er antwortete, nahm ich einen Schluck von dem Getränk und bereute es in dem Moment, als die überwältigend süßen und sauren Geschmäcker meine Zunge trafen. Ohne jede Scham spuckte ich es zurück ins Glas.

„Es ist im Wesentlichen ein Leitfaden zu Hexen des Fünften Windes, wie du gesagt hast, aber dieses Kapitel, das ich mir gerade ansehe ... na ja, Enochisch kann knifflig sein, und ich bin Autodidakt, aber ich glaube, dieser Abschnitt erklärt, wie man ein Portal zum Reich der Hexen des Fünften Windes manuell öffnet und dann wieder schließt."

„Das ist möglich? Portale können einfach so auf Kommando geöffnet und geschlossen werden?" Ich hatte das Gefühl, dass es möglich war, aber das war etwas anderes, als das Wort eines Engels darauf zu haben.

„Scheint so." Ted griff nach dem Stiel seines Glases und kippte das gesamte Getränk in einem einzigen Schluck hinunter, ohne auch nur mit der Wimper zu zucken. „Aber sag mir, dass du nicht daran denkst, das zu tun. Erstens würde ich dich vermissen, wenn du gehst, und zweitens könnte es dich und alle, die du liebst, umbringen, wenn du dabei was falsch machst."

Ich blinzelte. „Deine zweite Bemerkung scheint die wichtigere zu sein."

„Da muss ich dir zustimmen", sagte Ted unbeschwert. „Vor allem, weil ich derjenige wäre, der das alles aufräumen müsste. Wenn ich es einmal gesagt habe, habe ich es hundertmal gesagt: Ich fände es schrecklich, deinen entstellten Leichnam wegschaffen zu müssen, Nora."

„Das ist so süß von dir, Ted. Danke."

Als Echo vorbeiging, winkte Ted ihn herüber und bestellte noch eines der grellgrünen Getränke. Dann sagte der Sensenmann: „Du hast etwas über Gleichgewicht erwähnt, und das macht mich nachdenklich. Könnte das, wovon du sprichst – ein gefährliches Ungleichgewicht – mit den Winden der Veränderung zusammenhängen?"

„Das nehme ich an, aber warum sagst du das?"

„Na, es ist doch einfach, oder? Veränderung und Gleichgewicht können nicht gleichzeitig existieren. Veränderung verursacht zwangsläufig ein Ungleichgewicht. Je mehr Veränderung stattfindet, desto stärker wird das Ungleichgewicht. Also, wenn du dir Sorgen über ein großes Ungleichgewicht in der Natur machst, könnte man annehmen, dass es irgendeine Verbindung zu den stürmischen Winden der Veränderung hat, die sich in den letzten paar Monaten aufgebaut haben."

„Das hört sich logisch an."

„Und mehr noch, wenn du nach einer Möglichkeit suchst, das Gleichgewicht wiederherzustellen, würdest du wahrscheinlich die Winde der Veränderung zu ihrer Quelle zurückverfolgen wollen."

„Die haben eine bestimmte Quelle?" Vielleicht war das eine

dumme Frage, aber ich hatte immer gedacht, dass Winde einfach so von einem Ort zum anderen wehen. Kein Anfang und kein Ende.

Was? Ich bin keine Meteorologin.

„Natürlich haben sie eine. Erinnerst du dich nicht? Wir hatten dieses Gespräch schonmal. Ich saß in der Nische im Medium Rare, hatte keinen Augenblick Schlaf bekommen, und du hast danach gefragt. Ich habe dir gesagt, die Winde der Veränderung haben die ganze Nacht vor meinem Haus geheult."

„Ohhh ... Ich erinnere mich! Aber warte. Das bedeutet, dass der Ursprung der Winde in den Deadwoods liegt."

Grim hob den Kopf von dort, wo er auf seinen Pfoten ruhte. *„Ich bin dabei! Lass uns sofort losgehen! Ich habe gehört, es gibt eine blutrünstige Meute von Hidebehinds, die unruhig geworden ist. Kannst du dir vorstellen, wenn ich einen fange? Das würde ich diesen dummen Höllenhunden ewig unter die Nase reiben."*

„Wahrscheinlich", sagte Ted. „Entweder die Deadwoods oder irgendwo knapp dahinter. Hoffen wir, dass das nicht stimmt, denn die Deadwoods sind ein Kinderspielplatz im Vergleich zum Mordsumpf."

Ich verschluckte mich fast an meiner eigenen Spucke. „Wie bitte?"

Echo kam mit einem weiteren Getränk an den Tisch und wirkte äußerst unzufrieden, sich in einer Bedienungsposition zu befinden. Ted dankte ihm und nahm einen kleinen Schluck, bevor er antwortete: „Der Mordsumpf. Wenn du weit genug in die Deadwoods gehst, werden die Bäume etwas lichter, und von da an ist alles Mordsumpf." Er kippte sein Getränk herunter, während ich versuchte, nicht zu sehr darüber nachzudenken, was passieren musste, damit ein Ort diesen Namen verdiente. Dann sagte er: „Sehr wenige Eastwinder wissen davon, weil man verrückt sein müsste, so weit in die Deadwoods zu wandern, wenn man nicht, na ja, ein Sensenmann oder eines der Raubtiere ist, die dort herumstreifen."

„Ich war einmal dort", sagte Grim. *„Nichts los, wirklich. Nur blubbernder Schlamm und Drachen, die sich in der Luft mit Harpyien prügeln."*

„Das nennst du ‚nichts los'?"

Aber ich ließ es auf sich beruhen, anstatt diese Büchse der Pandora zu öffnen. Es gab wichtigere Angelegenheiten, und ich hatte nicht die Absicht, den Mordsumpf je selbst zu besuchen.

Alles begann sich zusammenzufügen, aber nur gerade genug, dass ich sehen konnte, wo noch entscheidende Teile fehlten.

Die Culpeppers hatten vor einem Ungleichgewicht gewarnt.

Die Winde der Veränderung schienen sich zu einem Crescendo aufzubauen.

Und die Winde hatten ihren Anfang in den Deadwoods.

Dann war da noch die Sache mit dem Portal ...

War es dasselbe, durch das Donovan, Grim und ich gegangen waren? Hatten wir meine Welt betreten, ohne es zu wissen? Es hatte sich sicher nicht wie meine Welt angefühlt, obwohl ich nicht beschreiben konnte, woher ich das wusste.

Eine andere Möglichkeit, und eine, von der ich nicht gern zugab, dass sie viel Sinn ergab, war, dass wir, als wir dieses andere Reich betreten hatten – ob es nun meine Welt war oder nicht –, irgendwie diese unglückliche Kette von Ereignissen ausgelöst hatten.

Also, obwohl das Letzte, was ich wollte, war, zurück in die Deadwoods zu gehen, sah es so aus, als müsste ich genau das tun, um zu beenden, was auch immer ich begonnen hatte.

Kapitel Neun

Auf dem kurzen Weg von der Lyre Lounge zu Franco's Pizza ignorierte ich entschlossen die Geister, die um mich herumschwirrten und um meine Hilfe baten oder sie unverfroren forderten, und versuchte, mich auf meinen nächsten Schritt zu konzentrieren – sowohl bildlich gesprochen als auch wörtlich, da es draußen dunkel war.

Ted hatte mir einiges zum Nachdenken gegeben, und obwohl ich versucht war, die ganze Nacht in der Sitzecke zu verbringen und ihn das Buch in einem narzisstischen Wahn übersetzen zu lassen, um mehr über mich selbst zu erfahren, war die Zeit nicht auf meiner Seite. Es würde bald Mitternacht sein, und dann wäre es offiziell Halloween, und ich wusste, dass danach nichts einfacher werden würde.

Vielleicht war es meine Einsicht, aber ich hatte das Gefühl, dass Halloween irgendwie der entscheidende Moment für das war, was die Culpeppers mir aufgetragen hatten.

In dem Augenblick, als ich Franco's Pizza betrat, fiel mein Blick auf Donovan hinter der Theke. Er schauderte sichtbar, bevor er mich bemerkte, dann verdrehte er die Augen.

„Ich hätte wissen müssen, wer mit einem Todesfrösteln ankommt", sagte er, als ich mich der Theke näherte und einen Hocker herauszog. Das Restaurant war für diese Zeit ungewöhnlich voll, aber das hatte wahrscheinlich damit zu tun, dass das Sheehan's geschlossen war. Und als ich die Gäste genauer betrachtete, bestätigte sich meine Vermutung, als ich einige der älteren Stammgäste des Sheehan's in den Nischen am Rand entdeckte, die in tiefem Gespräch an romantisch beleuchteten Tischen saßen.

„Kannst du sie schon sehen?", fragte ich, während er ein sauberes Pintglas nahm, ein Bier zapfte und es vor mir auf die Theke stellte.

„Die Luft um dich herum wabert ein bisschen, und vom Frösteln will ich aus der Haut fahren, aber das war's auch schon. Ich habe es nicht gerade eilig, einen Haufen Geister zu sehen." Er beugte sich vor, die Unterarme auf der Theke gekreuzt. „Brauchst du nur einen Drink, oder hoffst du auch auf meine großartige Gesellschaft?"

„Ich könnte definitiv ein Bier gebrauchen nach dem alkoholischen radioaktiven Schlamm, den Echo Chambers mir serviert hat." Er zog eine Augenbraue hoch, aber ich machte mir nicht die Mühe, zu erklären, was zum Zauber ich in der Lyre Lounge gemacht hatte. „Aber ich habe auch eine Bitte."

Er nickte, als wüsste er es schon. „Du fragst dich, wie du mit Tanner Schluss machen kannst."

„Du bist so ein Idiot. Nein, natürlich nicht. Ich frage mich ... also, könntest du ein Treffen mit deinen Eltern arrangieren?"

Er lachte leise. „Ah! Also genau, was ich dachte. Du wirst mit Tanner Schluss und mir einen Antrag machen, aber du brauchst erst ihre Erlaubnis."

Ich schlug nach ihm, aber er sprang aus dem Weg, bevor meine Faust seine Schulter treffen konnte. „Pass besser auf. Du hast eine Freundin, Idiot. Du kannst nicht ständig mit mir flirten."

Er keuchte und täuschte Schock vor. „Ich mit dir flirten? Du bist diejenige, die hier reinkommt und um den Segen meiner Eltern bittet."

Ich verdrehte die Augen. Das lief ungefähr so angenehm, wie ich es mir vorgestellt hatte.

„Okay, okay", sagte er. „Ich werde mit ihnen reden. Aber darf ich fragen, warum sie plötzlich so beliebt sind? Du bist die zweite Person, die in der letzten Stunde darum gebeten hat, mit ihnen zu sprechen."

„Wirklich?"

„Ja, ich habe gerade eine Nachricht von Tanner dazu bekommen. Oh! Vielleicht könnt ihr zwei zusammen gehen. Wie das seltsamste Date der Welt."

Ich trank einen langen Schluck von meinem Bier. „Klingt toll. Apropos Dates, wie geht's Eva?"

Donovan räusperte sich, griff schnell nach einem Lappen und begann, die Theke abzuwischen. Das war etwas, das er mit Magie hätte tun können, also verriet die Tatsache, dass er sie nicht nutzte, dass er etwas brauchte, um seine Hände zu beschäftigen.

Ich hatte offensichtlich einen wunden Punkt getroffen.

„Großartig. Es geht ihr großartig."

Ich hätte nicht nachhaken sollen. Aber der Drang war zu stark. Ich redete mir ein, dass es daran lag, dass beide Teil meines Zirkels waren, und nicht an irgendwas anderem.

„Aber?", sagte ich.

Er schickte den schmutzigen Lappen mit seinem Zauberstab in einen Waschkorb und lehnte sich wieder an die Theke. „Aber sie scheint ständig wegen irgendwas wütend auf mich zu sein."

Ich nickte mitfühlend. „Das liegt wahrscheinlich daran, dass du ein Idiot bist."

Er warf mir einen vernichtenden Blick zu, und ich hob beschwichtigend die Hände. „Sorry, sorry. Sprich weiter. Ich bin ja schon still."

„Sie wirkt in letzter Zeit abgelenkt, und ich weiß nicht, warum. Es ist, als wäre sie ... woanders. Glaubst du" – er zuckte zusammen, und der kurze Moment der Verletzlichkeit brach mir das Herz – „glaubst du, sie denkt an jemand anderen?"

„An wen?"

„An wen wohl?"

Ich runzelte die Stirn. „Ich habe keine Ahnung. Ich sehe sie nur, wie sie dich ansieht."

„Denk nach, Nora. Ich bringe das Thema Zusammenziehen auf, und sie will es nicht einmal in Erwägung ziehen. Aber es wäre einfach sinnvoll, wenn sie es täte. Sobald das Medium Rare wieder öffnet, hätte sie einen viel kürzeren Weg zur Arbeit jeden Tag, als wenn sie weiter auf dem Fluke Mountain wohnt. Das Einzige, was ich mir vorstellen kann, das sie dort hält, ist –"

„Darius", sagte ich. „Du denkst, sie könnte auf Darius Pine stehen?" Wenn dem so wäre, könnte ich es ihr nicht verdenken. Der Anführer der Bärenwandler von Eastwind war definitiv nett anzusehen. Er besaß die Hütten oben auf dem Fluke Mountain, von denen sie eine gemietet hatte, und lebte selbst in einer. Dort oben hatte man leicht Zugang zu den Wäldern, und er konnte sich bei Bedarf in seine Bärengestalt verwandeln und außerhalb der Stadt herumtollen. Ich schätze, manchmal wollte ein Bärenwandler einfach frei laufen, wo nicht das Risiko eines blutigen Todes bestand, wie in den Deadwoods.

„Es scheint so, oder?", fragte er. „Ich kann nichts Kritisches über ihn sagen, ohne dass sie ihn sofort verteidigt."

„Vielleicht ist er einfach ihr Freund. Du weißt, dass Eva unglaublich loyal ist und ein großes Herz hat. Ich bin sicher, sie verteidigt dich auch, sollte Darius je schlecht über dich reden.“

„Aber sie sollte das tun, weil ich mit ihr zusammen bin.“

Ich streckte die Hand aus und legte sie auf seinen Unterarm, um ihn zu erden. „Die ganze Zeit, seit ich sie kenne, hat nichts darauf hingedeutet, dass sie jemand ist, der fremdgehen würde. Und ich sehe, wie sie dich ansieht. Ihr zwei seid gut füreinander. Vielleicht geht es um etwas anderes. Etwas, das nichts mit dir zu tun hat. Hast du mit ihr darüber gesprochen?“

„Ich habe es versucht“, sagte er. „Aber sie hat mich nur angeschnauzt.“

„Was hast du gesagt?“

„Ich habe sie gefragt: ‚Was stimmt nicht mit dir?‘, und sie hat nur gekeift, ich müsse lernen, wie man mit Frauen spricht.“

Ich ließ seinen Arm los und sah ihm direkt in die Augen. „Sie hat recht. Vielleicht solltest du es nochmal versuchen, aber, weißt du, formuliere es nicht auf die schlimmstmögliche Weise.“

Er brummte, murmelte etwas von „jede einzelne Frau ...“ und zauberte dann die Rechnung vor mich.

„Im Ernst?“, fragte ich. „Wie du willst. Ich schicke dir morgen eine Rechnung für meine Beratungsdienste.“

„Du kannst die Rechnung direkt an meine Eltern schicken, wenn du sie siehst.“

„Das werde ich nicht tun, aber ich werde sie definitiv fragen, was sie bei dir so schrecklich falsch gemacht haben.“ Ich knallte eine Kupfermünze auf die Theke und ging zur Tür. Ich blieb an dem Tisch stehen, an dem Gunther McGovern saß, ein Kobold und einer der verdrängten Stammgäste des Sheehan's. Ein halb aufgegessener Teller Lasagne stand vor ihm und wurde kalt, während er in seinem Stuhl döste.

„Wirst du das noch essen?“

Er antwortete nicht, sondern schnarchte nur weiter.

„Toll. Danke.“ Ich lud, was ich konnte, auf eine Serviette und nahm es für Grim mit nach draußen.

Kapitel Zehn

Rubys Vorsichtsmaßnahmen mussten gewirkt haben, denn ich wachte am nächsten Morgen genauso auf, wie ich eingeschlafen war: völlig geisterfrei.

Grim lag immer noch auf dem Rücken und schnarchte, als gäbe es kein Morgen, und ich beschloss, schlafende Höllenhunde nicht zu wecken.

Ich hätte wahrscheinlich noch ein oder zwei Stunden Schlaf gebrauchen können, aber ich musste los. Eine Eule war nur eine halbe Stunde nach meiner Rückkehr aus dem Franco's auf meinem Fensterbrett gelandet, mit einem Brief, der die Details meines Treffens mit Mr. und Mrs. Stringfellow am nächsten Morgen enthielt.

Auf Zehenspitzen ging ich nach unten und fand Ruby, die fröhlich Frühstück und Tee zubereitete. Sie summte sogar dabei.

„Sieh einer an, wer da gut gelaunt ist", sagte ich.

Sie warf mir einen Blick über die Schulter zu und lächelte. „Happy Halloween!"

„Happy?", lachte ich. „Niemand, mit dem ich über Halloween gesprochen habe, hat es als happy beschrieben."

„Das liegt daran, dass sie keine Hexen des Fünften Windes sind. Für sie ist das ein alljährlicher Alptraum. Für dich und mich dagegen ... kennst du das Wort *Schadenfreude*?"

„Freude am Leid anderer? Ja. Sehr vertraut damit."

„Nun, an Halloween ist es das, was du und ich, und ich schätze auch Ted, haben dürfen."

Der Teekessel pfiff. Sie goss zwei Tassen ein und reichte mir eine. „Das ist eine spezielle Mischung. Süß und kräftig, mit ein wenig Zimt. Perfekt für einen klaren Geist und ein klares Herz."

Ich atmete den Dampf ein und spürte, wie er durch mich hindurchging. Schon der Duft schien meinen Geist zu klären. „Das ist unglaublich. Warum machst du den nicht jeden Tag?"

„Oh, weißt du", sagte sie und wandte sich wieder den Würstchen auf dem Grill zu. „Er ist nicht billig. Hauptsächlich, weil drei der Zutaten streng genommen nicht legal sind."

Ich nahm die Tasse von meinem Gesicht und starrte auf die dunkle Oberfläche der Flüssigkeit. „Aber sind sie sicher?"

„Natürlich, Liebes. Ezra würde mir nie etwas verkaufen, das gefährlich zu konsumieren ist."

Ich beschloss, nicht zu tief in den Schwarzmarkt von Eastwind einzutauchen, und ging stattdessen ins Bad, um mich zurechtzumachen. Warum kümmerte es mich, wie ich aussah, wenn ich Donovans Eltern traf?

Vielleicht ging es nicht darum. Vielleicht wollte ich einfach nur für Tanner gut aussehen. Und ich konnte mich genauso gut für die Halloween-Kirmes später am Tag fertig machen.

Ja, das war natürlich der Grund

Mr. und Mrs. Stringfellow lebten nur ein paar Blocks vom Atlantis Day Spa und Echo's Salon entfernt, in einem der schöneren Teile von Eastwinds Stadtmitte. Obwohl sie in einem Reihenhaus wohnten, war es ganz anders als Rubys charmantes Häuschen. Jeder Winkel der Fassade schrie Reichtum.

Überraschte es mich, dass Donovan aus einer wohlhabenden Familie kam? Natürlich nicht. Er arbeitete als Barkeeper, besaß aber irgendwie sein eigenes Haus, und dazu noch ein schick eingerichtetes. Sein Job und sein Lebensstil hatten für mich nie ganz zusammengepasst, nicht ohne zusätzliche Einkommensquelle.

„Guten Morgen, Schönheit", sagte eine Stimme hinter mir. Ich wandte mich vom Haus der Stringfellows ab, um meine Arme um Tanner zu schlingen und auf meine liebste Weise Hallo zu sagen. Sein Körper war warm in der kühlen Luft.

„Heiliger Mond, es ist schön, dich zu halten", sagte er. „Ich hatte eine wilde Nacht, und meine Nerven sind angespannt von all den Geistern, die mir allein auf dem Weg hierher begegnet sind. Wie geht's dir?"

„Gut", sagte ich wahrheitsgemäß. „Die Geister haben mich heute weitgehend in Ruhe gelassen."

„Schätze, sie haben neue Opfer zum Nerven." Und während er sprach, fiel mir eine Bewegung hinter ihm ins Auge, und ich sah Echo Chambers die Straße hinunter zu seinem Salon rennen, heulend, während eine Horde geisterhafter Satyrn hinter ihm her galoppierte.

„Sieht ganz so aus."

„Sollen wir?", sagte Tanner und nickte zur Haustür.

„Noch nicht." Ich stahl mir noch einen Kuss.

„Nehmt euch ein Zimmer, Ashcroft", hörte ich Donovans Stimme, und ich zog mich zurück, um ihn die Straße auf uns zukommen zu sehen. „Meine armen Eltern brauchen eure öffentlichen Liebesbekundungen nicht."

Ich sagte: „Ich wusste nicht, dass du kommst.“

„Weil ich es dir nicht gesagt habe. Aber wenn du denkst, ich lasse euch zwei meine Eltern nach peinlichen Kindheitsgeschichten über mich ausquetschen, während ich nicht dabei bin, hast du den Verstand verloren.“

Tanner lachte. „Ich muss deine Eltern nicht danach fragen. Ich habe schon einen ganzen Vorrat davon. Erinnerst du dich an die Zeit, als du davon überzeugt warst, dass unsere Tranklehrerin auf dich stand, und du –“

„Ich habe dieses Treffen organisiert, und ich kann es auch absagen“, sagte Donovan scharf. „Bringen wir's hinter uns.“

Er ging voraus zur Tür und klopfte zweimal, bevor er sich selbst einließ. „Mom? Dad? Tanner und Nora sind hier.“

Mr. und Mrs. Stringfellow warteten schon im Wohnzimmer und standen auf, um uns zu begrüßen, als wir erschienen. Ihre Kleidung erzählte eine Geschichte: Seine Mutter in einem hellblau-weiß gestreiften Kleid mit einem Kragen, der bis zum Kinn zugeknöpft war, und sein Vater in Mokassins und etwas, wovon ich nur annehmen konnte, dass es sein Freizeitoutfit war. Die dunkelblaue Hose war mit scharfen Falten gebügelt, und sein passendes Jackett hatte eine frische Seerose am Revers.

War das etwa ihre Vorstellung von entspannt?

Donovan kam im Aussehen nach seiner Mutter. Er hatte ihre kristallblauen Augen und ihr dunkles Haar. Sein Vater war attraktiv, aber ich hätte ihn aus einer Reihe von Männern nicht als Donovans Verwandten erkannt. Sein Haar war silbern, mit weißen Strähnen, und seine braunen Augen und das runde Gesicht waren freundlich.

„Tanner“, sagte seine Mutter herzlich und eilte zu ihm, um ihn zu umarmen.

Mr. Stringfellow folgte seiner Frau und schüttelte Tanners Hand, bevor Donovan sagte: „Das ist Nora Ashcroft.“

Ein unverkennbares Funkeln lag in Mrs. Stringfellows Augen, als sie ihre Hand ausstreckte und sagte: „Schön, Sie endlich kennenzulernen, Nora. Nennen Sie mich Jasmine."

Mr. Stringfellow schien weniger begeistert von meiner Ankunft in seinem Haus, aber er schüttelte mir trotzdem die Hand und sagte: „Freut mich. Sie können mich Hans nennen."

Jasmine, eindeutig die, die von dem Treffen begeisterter schien, führte uns in das Wohnzimmer, eher ein schicker Salon, wo bereits ein Teetablett bereitstand. Ein Geist schwebte durch eine der Wände herein, und sie scheuchte ihn hinaus und schalt ihn dafür, ungeladen eingedrungen zu sein. Zu meiner Überraschung gehorchte der Geist, murrte jedoch, während er mit gesenktem Kopf hinausschlich.

„Ich schätze, Sie müssen das ständig ertragen", sagte sie zu mir.

Ich lächelte und nahm die Tasse und Untertasse, die sie mir reichte. „Normalerweise nicht so schlimm, aber ja."

„Ich würde gern ein paar Tricks von Ihnen lernen."

Ich zuckte mit den Schultern. „Sieht aus, als hätten Sie das ziemlich gut im Griff."

Sie strahlte, und ihre Augen wanderten zu ihrem Sohn. „Ich mag sie."

Donovan stöhnte leise und kniff sich in den Nasenrücken.

„Tanner", sagte Hans jovial, „wie läuft der neue Job? Ich glaube nicht, dass wir seit deinem Aufstieg zum neuesten Deputy von Eastwind Gelegenheit hatten, miteinander zu reden. Ein ordentlicher Aufstieg vom Bedienen in einem Restaurant!" Ich nahm die Bemerkung nicht persönlich, konnte aber nicht umhin, mich zu fragen, ob das ein bewusster Seitenhieb auf die Berufswahl seines Sohnes war.

Während Tanner Hans und Jasmine mit entschärften Geschichten von seiner Arbeit unterhielt, hatte ich die Gelegenheit, den Raum zum ersten Mal genauer zu betrachten. Der

Zweisitzer, auf dem sie saßen, sah aus, als wäre er von derselben Person gefertigt worden, die auch das kunstvolle Sofa gemacht hatte, auf dem Veronica Lovelace gelegen hatte, als ich sie in ihrem Haus in Hightower Gardens befragt hatte. Es war eines dieser teuren Stücke, die mehr dazu gedacht waren, diesen Umstand auszudrücken, als für Komfort. Die Wände des Salons waren mit gerahmten Fotos verziert. Zuerst dachte ich, es sei Donovan, der mich aus den meisten anstarrte, aber als ich eines der größeren in meiner Nähe bemerkte, bekam ich einen kleinen Schock. Das war nicht Donovan auf dem Bild. Es war jemand, der Donovan ähnlich-sah. Er musste einen Bruder haben. Aber warum hatte er das nie erwähnt?

Dann erkannte ich, dass er nie jemanden aus seiner Familie erwähnt hatte.

Als ich ein weiteres Bild in der Nähe entdeckte, bestätigte das schnell meinen Verdacht. Alle vier Stringfellows waren für ein Familienfoto versammelt, und der, der wie Donovan aussah, musste sein Bruder sein. Keine Frage. Die Ähnlichkeit war zu groß. Und nicht nur ein Bruder, sondern ein älterer, vielleicht um zwei, drei Jahre. Er war etwas größer als Dono-van, zumindest, als dieses Familienporträt aufgenommen worden war. Donovan sah aus, als wäre er etwa achtzehn, und er war der Einzige auf dem Foto, der nicht strahlte, als wäre es der beste Tag seines Lebens.

Passte irgendwie.

Mein Blick wanderte zu ihm. Er saß auf einem Hocker, wo er sich die Schläfen massierte, als würde er gegen Migräne ankämpfen.

„Nun", sagte Jasmine, „ich bin einfach so froh, dass wir Leute wie dich haben, die für unsere Sicherheit sorgen, Tanner. Ich wusste immer, dass du Großes erreichen würdest. Deine Eltern wären unglaublich stolz."

„Apropos", unterbrach Donovan, „deshalb sind die beiden hier."

„Sei nicht unhöflich, Donny", schalt Jasmine.

Donny? Oh ja, den würde ich ihm noch lange unter die Nase reiben.

„Aber er hat recht", sagte Tanner. „Wir sind hier, um über meine Eltern zu sprechen."

Hans schlug ein Bein über das andere, sodass graue Rautensocken aus seinen Mokassins hervorspähten. „Worüber möchtest du reden?"

„Nun", begann Tanner, „leider kein besonders schönes Thema. Sie haben uns gestern besucht." Er ließ die Worte wirken, und das taten sie.

Jasmines Gesicht wurde blass, und sie griff nach der Opalkette um ihren Hals.

Hans justierte den Knöchel auf seinem Knie und legte eine Hand auf die Schulter seiner Frau. Dann wanderte sein Blick zu mir. „Ich schätze, das ergibt einen Sinn, angesichts dessen, was Sie sind."

Nicht die freundlichste Art, das zu formulieren, aber er hatte nicht unrecht.

„Ja", sagte ich und lächelte höflich. Hans war eine patriarchalische Figur, die ich aus meiner Zeit als Geschäftsfrau in Texas gut kannte. Er erinnerte mich an einige der wohlhabenden „Good ol' Boys", denen ich begegnet war, die ganz sachlich waren, bis das Gespräch auf ihre College-Football-Tage oder die Jagd kam. Dann boten sie einem einen Scotch an und erzählten eine Geschichte nach der anderen über ihre glorreichen Tage.

Ich konnte sehen, dass Hans es gut meinte, also nahm ich ihm seine offensichtliche Zurückhaltung mir gegenüber nicht übel.

Schließlich fand Jasmine ihre Sprache wieder. „Geht es

ihnen gut?" Ihr Gesicht verlor noch mehr Farbe, als sie sich vorbeugte und schnell hinzufügte: „Ich meine, nicht gut. Offensichtlich sind sie ... Aber stimmt irgendwas nicht? Ist das der Grund, warum sie zurückgekommen sind?"

„Es geht ihnen tatsächlich gut", sagte ich. „Sie scheinen das Jenseits zu genießen."

Jasmine entspannte sich ein wenig nach ihrem kleinen Fauxpas. „Das ist gut."

Tanner übernahm von da an, und ich konnte sehen, dass er seine Deputy-Routine benutzte. Ich machte ihm keinen Vorwurf daraus. Es war eine gute Rolle, die er parat hatte für das unappetitlich emotionale Zeug, wenn er einen klaren Kopf behalten musste. „Wir untersuchen ihren Tod, der laut Sheriff Bloom immer noch ungelöst ist. Sie erwähnte, dass ihr zwei in der Nacht, als sie gestorben sind, bei ihnen wart."

„Sie haben es nicht getan", mischte sich Donovan ein.

Tanner wandte sich seinem besten Freund zu und kniff die Augen zusammen. „Ich weiß."

„Ja, *Donny*", fügte ich hinzu, „wir wissen das."

Ich wusste es eigentlich nicht. Ich hatte sie nicht von meiner Verdächtigenliste gestrichen, aber ich brannte darauf, ihn Donny zu nennen. Es hatte die erhoffte Wirkung, und er presste die Lippen zusammen, schluckte hinunter, was er sagen wollte, aber nicht vor seinen Eltern aussprechen würde.

Tanner wandte sich Hans zu. „Ich würde einfach gern alles durchgehen, an was ihr euch von dieser Nacht erinnern könnt. Alles, was sie gesagt haben, oder wer in der Nähe war? Ist euch irgendwas Seltsames aufgefallen?"

Hans nickte, als wüsste er bereits genau, worauf Tanner hinaus wollte. „Ich erinnere mich lebhaft an diese Nacht. Wir hatten Pläne, uns im Sheehan's zu treffen, um was zu trinken, zu essen und uns nach unserem Urlaub auszutauschen – Jasmine und ich hatten gerade ein wunderbares Wochenende in Avalon verbracht, und deine Eltern waren gespannt, davon zu hören."

Oh, klar, dachte ich. *Weil alle nichts mehr lieben, als von den extravaganten Trips anderer zu hören.* Tanners Eltern hatten im Tierheim seiner Großmutter gearbeitet, das hauptsächlich dank Spenden existierte, und nach dem Gespräch mit Zoe Clementine, die die Leitung nach dem Tod von Tanners Großmutter übernommen hatte, wusste ich, dass da nicht viel Geld floss. Es war unwahrscheinlich, dass sie sich einen Urlaub in Avalon leisten konnten, also warum sollten sie von dem eines anderen hören wollen? Sie mussten Heilige sein, wenn sie das ertragen konnten.

Mir fiel auch schwer, mir die Stringfellows in Sheehan's Pub vorzustellen. Donovan ging oft dorthin, aber er hatte offensichtlich einige der steiferen und abgehobeneren Eigenschaften seiner Eltern abgelegt.

Aber Freundschaft lässt sich nicht wirklich erklären, und während Hans weitersprach, spürte ich echte Bewunderung für die Culpeppers und klare Trauer über den Verlust in seinen Worten.

„Sie waren früh da, was keine Überraschung war. Sie hatten dich an diesem Morgen früh bei deiner Großmutter abgesetzt, damit sie einen ganzen freien Tag hatten, um sich zu erholen, und sie waren immer begabt darin, das meiste Vergnügen aus einer Gelegenheit herauszuholen. Großartige Gesellschaft, die beiden. Wir hatten angeboten, sie nach Avalon einzuladen, aber sie sagten, sie hätten eine Arbeitsveranstaltung geplant, die sie nicht verpassen konnten. Immer pflichtbewusst. Wie gesagt, es überrascht mich nicht, dich zum Deputy aufsteigen zu sehen.

„Jedenfalls", fuhr er fort, „waren sie schon da, als wir ankamen. Sie hatten ihre Runde Getränke schon fast geleert und führten ein intensives Gespräch mit Serenity Springsong."

Jasmine nickte, während er sprach.

„Der Hohepriesterin?", fragte ich ungläubig.

Hans lehnte sich auf dem Sofa zurück. „Ja, aber sie war damals noch nicht Hohepriesterin. Sie war nur eine Zirkelhexe, wenn auch eine ehrgeizige. Wir alle hatten so eine Ahnung, dass sie übernehmen würde, sobald Hohepriesterin Clearbrook starb. Aber damals war sie nur jemand aus dem Zirkel, wie wir anderen. Ich glaube, deine Eltern mochten sie, was mich ein bisschen überraschte. Sie war so ganz anders als sie."

„Wie kommen Sie darauf, dass sie sie mochten?", fragte ich.

„Nun, ich schätze, ich hatte bemerkt, dass sie viel Zeit zusammen verbrachten, bevor ... na, Sie wissen schon. Also habe ich nicht viel darüber nachgedacht, als ich sie mit ihnen am Tisch gesehen habe. Aber sobald sie uns bemerkt haben, hat Serenity sich entschuldigt und den Pub verlassen. Ich nehme an, sie war kein Fan von uns."

Oder sie wollte nichts von Ihrem Urlaub hören.

Tanner sagte: „Nachdem ihr euch zu meinen Eltern gesetzt habt, wie wirkten sie?"

„Oh, ein bisschen abgelenkt. Ich dachte, es wäre nur Zirkel-Drama. Davon gab es immer reichlich. Aber es hat nicht lange gedauert, bis sie sich entspannt haben."

„Und während eures Abendessens, habt ihr jemand Verdächtiges bemerkt? Jemanden, der normalerweise nicht ins Sheehan's geht?"

Ich war mir nicht sicher, wonach Tanner fischte, aber ihn bei der Befragung zu beobachten, bewirkte wirklich etwas in mir. Ich verschränkte die Hände fest und legte sie in meinen Schoß, damit ich nicht anfing, an ihm herumzufummeln.

Hans dachte gründlich über die Frage nach und kniff die Augen zusammen, bevor er sich seiner Frau zuwandte, um ihre Meinung einzuholen. „Ich erinnere mich nicht. Jasmine?"

„Lass mich überlegen. Ted und Malavic waren natürlich da.

Ich erinnere mich, dass sie ein paar minderjährige Kids, die versuchten, ein alkoholisches Getränk zu kaufen, fast zu Tode erschreckt haben. Wahrscheinlich zu ihrer Unterhaltung. Das Leben muss für sie ziemlich langweilig sein." Sie kaute auf ihrer Unterlippe herum, dann runzelte sie die Stirn. „Nein, tut mir leid. Ich erinnere mich nicht mehr an viel. Es ist eine Weile her, und Sheehan-Abende neigen dazu, ineinander überzugehen."

Stimmt. Und die Nacht, an die Hans und Jasmine sich erinnerten, schien ihnen damals nicht einmal bedeutend.

Tanner nickte. „Schon gut. Haben sie erwähnt, worüber sie mit Springsong gesprochen haben? Du hast gesagt, es war ein intensives Gespräch."

Hans schüttelte den Kopf. „Sie haben es nicht erwähnt, und wir haben nicht gefragt. Sobald wir uns gesetzt haben, haben sie uns über den Urlaub ausgefragt."

Ablenkung, dachte ich. Auf keinen Fall konnten sie scharf darauf gewesen sein, über den Urlaub zu hören.

„Nach dem Pub, seid ihr noch woanders hingegangen?"

Hans lachte leise. „Wohin geht man nach dem Sheehan's, außer direkt ins Bett? Wir waren eine Weile dort, dann haben wir uns verabschiedet und sind nach Hause gegangen."

Jasmine starrte auf die gefalteten Hände in ihrem Schoß, aber wahrscheinlich nicht aus demselben Grund, aus dem ich meine dort hielt. „Wenn wir gewusst hätten, dass es das letzte Mal war, dass wir sie je sehen würden ..."

Tanner beugte sich vor und legte eine Hand auf ihre. „Vielleicht seht ihr sie heute auf der Halloween-Kirmes."

Sie richtete sich auf. „Sind sie immer noch hier?"

Er nickte. „Ich habe heute Morgen mit ihnen gesprochen." Ein freudiges Lächeln durchbrach seine professionelle Haltung. Ich würde ihn fragen müssen, was sie gesagt haben, aber fürs Erste ließ ich ihn die Erinnerung genießen.

Jasmine löste ihre gefalteten Hände, um eine auf Tanners zu legen. „Oh, das ist einfach wunderbar, Darling. Ich hoffe, wir können heute Abend mit ihnen sprechen. Es wäre eine willkommene Ablenkung vom Schrecken Halloweens."

Weil ich wusste, dass Tanner auf das gute Verhältnis zu Donovans Eltern baute, entschied ich, den bösen Cop zu spielen und direkt zur Sache zu kommen. „Denken Sie, es ist möglich, dass Hohepriesterin Springsong Dean und Aria getötet hat?"

Hans schüttelte entschieden den Kopf. „Nein. Deputy Manchester hat das gründlich untersucht und ist zu dem Schluss gekommen, dass sie es nicht war. Ich weiß, es sieht nach unserer Beschreibung fragwürdig aus, und anfangs war sie auch auf meiner Liste wahrscheinlicher Verdächtiger, aber was auch immer der Deputy gefunden hat, hat ihn vom Gegenteil überzeugt, und er ist der Profi, nicht ich. Ich weiß auch, dass er Aria sehr gemocht hat – nicht auf unangemessene Art und Weise, aber die beiden waren früher Nachbarn gewesen, bevor sie Dean geheiratet hat –, und ich zweifle nicht daran, dass er alles aus jedem erdenklichen Winkel beleuchtet hätte, bevor er einen Verdächtigen von seiner Liste gestrichen hat."

Auch wenn dem überforderten Deputy schon zuvor manches entgangen war, war ich überzeugt, dass Hans recht hatte.

Trotzdem würde ich bei der ersten Gelegenheit, die sich ergab, mit Manchester sprechen.

„Warte", sagte Tanner, und seine Hand glitt zwischen Jasmines hervor. „Stu Manchester hat den Fall bearbeitet?"

„Natürlich. Deputy Titterfield war damals schon zu alt, um sich allein die Nase zu putzen. Ich glaube, er ist nur ein paar Monate später gestorben. Stu war der Neueste in der Truppe, aber er hat da schon so ziemlich alles übernommen, was liegengeblieben war. Ich glaube, er war auch als Erster am Tatort."

„Warum hat er mir das nie erzählt?", fragte Tanner, offensichtlich mehr zu sich selbst als irgendjemand anderen im Raum.

Aber Jasmine antwortete trotzdem. „Er wollte dich wahrscheinlich nicht aufregen, indem er alte Wunden aufreißt."

Tanner nickte. „Wahrscheinlich."

„Ich glaube, Springsong hatte auch ein starkes Alibi, aber ich bin mir nicht sicher, was es war. Da musst du Manchester fragen. Jedenfalls hat das Verbrechen alle so sehr erschüttert, dass Bloom die Verdächtigen persönlich befragt hat – sogar wir wurden aufs Revier bestellt. Wenn Springsong verantwortlich war, hätte Bloom das gewusst."

Ich hatte in meiner kurzen Zeit in Eastwind genug über die Hohepriesterin gelernt, um zu wissen, dass nur, weil sie ein Verbrechen nicht begangen hatte, es nicht bedeutete, dass sie nicht darin verwickelt war. Ich dachte an Grace Merryweather. Während der Rest ihres Zirkels verhaftet worden war, was sie dazu getrieben hatte, nach Avalon und dann nach Wisconsin zu fliehen, verängstigt, schwanger und allein, waren es Springsong und Bürgermeisterin Esperia gewesen, die bei Ruby aufgetaucht waren und von Mord gesprochen hatten, obwohl sie wirklich keinen Grund gehabt hatten, das zu vermuten. Und wir fanden nie heraus, wer die Mordszene am Scandrick-Anwesen inszeniert hatte.

Und dann waren da die Doppelgänger-Angriffe, der auf das Medium Rare und der auf das Sheehan's. Springsong hatte keinen von beiden selbst begangen, aber sie weinte sicher nicht über die Folgen, dass beide Läden, die das friedliche Zusammenleben zwischen den Arten förderten, ihre Türen schließen mussten. Und die Doppelgänger, die die Verbrechen begangen hatten, hatten meines Wissens keine ausreichende

Erklärung dafür geliefert, warum sie das alles getan hatten, insbesondere die Entführung prominenter Mitglieder des Hohen Rates, die gegen die Gesetze gestimmt hätten, die sowohl Esperia als auch Springsong befürwortet hatten.

Stu mochte die Hohepriesterin von seiner Liste gestrichen haben, aber auf meiner stand sie ganz oben.

Tanner trank einen Schluck von seinem Tee, und ich folgte seinem Beispiel, da ich meinen bisher vernachlässigt hatte und die Stringfellows nicht beleidigen wollte, nachdem sie so hilfreich gewesen waren. Und weil ich vermutete, dass es Donovan viel persönliche Befriedigung bereitet hätte, wenn ich es getan hätte.

Erst nach meinem ersten langen Schluck, bei dem ich einen reichen Jasmin- und Blaubeerduft schnupperte, erinnerte ich mich an das letzte Mal, als ich jemanden befragt und Tee von demjenigen angenommen hatte. Da war ich anschließend vollkommen verwirrt in einem Keller aufgewacht.

Aber Hans und Jasmine wirkten nicht wie eine Bedrohung. Und Tanner und Donovan waren bei mir. Wurde ich langsam paranoid?

Hm. Irgendwie fühlte sich das an, als wäre ich eine echte Detektivin.

„Vielen Dank für eure Zeit", sagte Tanner und stand auf, und der Rest des Raumes folgte.

„Bist du sicher, dass ihr nicht bleiben und ihnen mehr von deinen tollen Leistungen erzählen wollt?", fragte Donovan.

„Donny", keuchte seine Mutter und warf ihm einen scharfen Blick zu. „Lass deine berufliche Frustration nicht an Tanner aus."

Donovans Wangen wurden rot, und ich war überrascht, dass ich keine Befriedigung, sondern Mitgefühl für ihn empfand. Mein Blick wanderte zu einem großen Porträt an der Wand über seiner Schulter. Darauf strahlte sein Bruder, Licht schien auf ihn hinab, als wäre er von den Göttern geweiht. Ich suchte nach einem Ähnlichen von Donovan, fand aber keines.

„Es ist in Ordnung, Jasmine", sagte Tanner unbeschwert. „Ich ertrage seine Sticheleien schon lange. Aus irgendeinem Grund mag ich ihn immer noch."

Sie strahlte ihn an. „Er hat Glück, einen Freund wie dich zu haben."

Sie wandte sich mir zu, und da war ein verschmitztes Funkeln in ihren Augen, als ihr Lächeln breiter wurde. „Und eine wie Sie, Nora."

Süßes Baby-Jackalope ... hatte Donovan ihnen von ...?

Ich versuchte, seinen Blick einzufangen, und hatte das Gefühl, dass er meinem absichtlich auswich, während er sich den Nacken rieb und ein altes Bild an der Wand betrachtete.

Nachdem wir uns für den Tee und die Gastfreundschaft bedankt hatten, gingen wir nach draußen, wo der Geist wartete, den Jasmine aus ihrem Haus gescheucht hatte.

„Kannst du das Ding nicht einfach verbannen?", fragte Donovan gereizt, die Hände in den Hosentaschen vergraben.

Anstatt ihn sofort das Thema wechseln zu lassen, sagte ich: „Ich wusste nicht, dass du einen Bruder hast."

„Oh, du meinst den großen und mächtigen Leonardo Stringfellow?"

„Klingt, als würdet ihr zwei prächtig miteinander auskommen."

„Schwer, wenn er immer so nett und perfekt ist."

„Oh wow, du kannst ihn wirklich nicht ausstehen, oder?"

Er kickte einen Kieselstein und schoss ihn beeindruckend weit. „Nicht im Geringsten. Zum Glück war Eastwind zu klein für seine Großartigkeit, also ist er nach Avalon gezogen, und das Problem hat sich von selbst gelöst." Er seufzte. „Nun, ich lasse euch zwei Turteltäubchen dann mal loslegen. Ich sollte besser meine Freundin aufspüren und herausfinden, weshalb sie jetzt wieder sauer auf mich ist. Sehen wir uns heute Abend auf der Kirmes?"

„Ja", sagte Tanner, und Donovan nickte und machte sich auf den Weg zum Fluke Mountain und kickte dabei weitere Kiesel vor sich her.

Nachdem ich ihn einen Moment beobachtet hatte, wandte ich mich an Tanner. „Stu Manchester?"

Er bot mir seinen Arm an. „Bist du jetzt Gedankenleserin?"

Ich hakte mich bei ihm unter. „Noch nicht. Und wenn es eine Göttin oder einen Gott in diesem Universum gibt, wird dieser Tag nie kommen."

Dann machten wir uns auf, um ein kleines Gespräch mit dem Werelch-Deputy zu führen.

Kapitel Elf

Da es in der Nähe war, machten wir einen Abstecher zum Necro Coffee, um uns unsere Dosis Koffein zu holen. Mein Körper litt offiziell unter Entzugserscheinungen ohne meinen gewohnten Diner-Kaffee (was hatte ich mir nur dabei gedacht, nur Tee zu trinken?!), also hatte Koffein Vorrang vor meiner generellen Abneigung gegen den Laden und seinen Slogan, der auf das Schaufenster geschrieben war: „Kaffee so gut, dass er die Toten weckt!"

Das kam mir immer ein bisschen unsensibel vor für Nekromantinnen wie mich, die sich regelmäßig mit diesem Mist herumschlagen mussten.

Der Halt gab Tanner auch die Gelegenheit, die Eule des Cafés auszuleihen, um Stu einen Brief zu schicken. Da das gesamte Department während des Halloween-Wahnsinns die Hände in den Schoß gelegt und sich einen Tag freigenommen hatte, konnten wir nicht einfach zur Wache marschieren oder ihn auf einer Patrouille aufspüren. Unser Plan war jedoch, uns trotzdem auf der Wache zu treffen. Sie würde schön leer sein.

Was nicht schön leer war, war das Necro Coffee. Ich

machte mir nicht die Mühe, mein Lachen zu unterdrücken, als wir eintraten und ich das Chaos bemerkte, das dort herrschte. Geister schwebten um jeden einzelnen Gast herum, während die Lebenden nach den Toten, die ihre Wünsche kein bisschen respektierten, schlugen und fluchten. Geister poppten mit leisen knackenden Geräuschen in unsere Realität und heraus, und ich beobachtete, wie einer mitten auf dem Tisch eines Mannes erschien, der schon leicht zitterte, während er seinen Kaffee trank und versuchte, die *Eastwind Watch* zu lesen – ob das Zittern von übermäßigem Koffeinkonsum oder allgemeiner Angst vor dem Tag kam, wäre reine Spekulation. Das plötzliche Erscheinen des Geistes ließ den Mann aufschreien und seinen Kaffee über sein Hemd verschütten. „Nicht schon wieder du!", schrie er, bevor er so schnell aufstand, dass sein Stuhl nach hinten umkippte, und zur Tür sprintete, die Zeitung als Schutzschild vor dem Geist über seinem Kopf wedelnd, während er an uns vorbei stürmte und Tanner auf seinem Weg zum Ausgang einen Schritt zurückdrängte.

Ich küsste zwei Finger, drückte sie auf die Rückseite des Glases, wo der unsensible Slogan stand, und flüsterte: „Wie köstlich."

Als wir uns der unruhigen Schlange näherten, schoss ein weiblicher Geist auf uns zu, stöhnend und klagend. Bevor sie ein Wort herausbringen konnte, hob ich eine Hand und sagte: „Kannst du nicht sehen, dass ich eine Hexe des Fünften Windes bin? Geh heute jemand anderen nerven, und wenn du morgen immer noch ein Problem hast, reden wir."

Das brachte sie zum Schweigen, und sie schwebte davon, um einen nervös aussehenden Teenager zu belästigen.

Halloween wurde schnell zu meinem Lieblingsfeiertag.

„Gott sei Dank, dass du hier bist", sagte die Barista, als sie mich entdeckte. „Kannst du irgendwas tun, um zu helfen? Sie überrennen uns! Wenn nicht alle so süchtig nach Koffein wären, würde das sicher unser Geschäft ruinieren."

Ich holte tief Luft und atmete die Schadenfreude tief ein, während ich Mitgefühl heuchelte. „Sorry, nein. Da kann ich heute nichts machen."

Sie ließ die Schultern hängen. „Was kann ich euch dann bringen?" Die Art, wie sie es sagte, klang wie eine Drohung.

Wir gaben unsere Bestellung auf, und Tanner bat darum, ihre Eule ausleihen zu dürfen. Sie musterte ihn von oben bis unten und überlegte offensichtlich, ob sie seiner Bitte nachkommen musste, wenn er keine Uniform trug, aber dann nickte sie und reichte ihm ein Stück Eulenpergament und einen Stift.

Wir bestellten unseren Kaffee aus offensichtlichen Gründen zum Mitnehmen, trotz der Kühle draußen. Wir wurden jetzt nicht von Geistern belästigt, wahrscheinlich, weil sie im Café zu viel Spaß hatten.

Bitte lass diesen Laden auf irgendeinem spirituellen Wirbel gebaut sein.

Der Kaffee war ziemlich gut, auch wenn der Laden von der schicken Sorte war. Aber dennoch ...

Ich warf einen letzten Blick über die Schulter, um das Chaos drinnen zu beobachten. Ich wünschte, ich hätte Grim bei meinen morgendlichen Besorgungen mitgenommen. Er hätte das genossen.

„Da", sagte Tanner, als die Eule davonflog. „Wir haben ein bisschen Zeit, bevor Stu uns dort trifft, selbst mit dem langen Weg. Willst du irgendwo eine Pause einlegen?"

„Klingt gut." Wir hielten Händchen, und ich schmiegte mich an ihn, um warm zu bleiben. Seine lange khakifarbene Jacke war nur an einer Stelle oben zugeknöpft, und der Wind ließ den unteren Teil um seine Beine flattern, als wir uns auf Rainbow Falls einigten und in Richtung Erin Park gingen.

„Der Kaffee ist gar nicht schlecht", sagte ich.

„Ich wollte es nicht sagen. Ich weiß, dass du kein Fan des Ladens bist."

„Der Besuch heute war ganz okay. Aber unser Kaffee ist immer noch besser."

Er drückte meine Hand und sah auf mich herab. „Ja, das ist er. Ich kann's kaum erwarten, dass das Medium Rare nächste Woche wieder öffnet, und nicht nur wegen des Geldes. Fühlt sich an, als wäre ich obdachlos, wenn es geschlossen ist."

„Ich weiß, was du meinst."

Die Fälle waren schön wie immer, das mehrfarbige Sprudeln warf Regenbögen in die Luft von dem Sprühnebel, der über dem Abgrund schwebte, wo das Wasser von der Klippe stürzte. Das Gras drumherum war ein leuchtendes Smaragdgrün, üppig, weich, wie alles Gras sein sollte.

Rainbow Falls war der Ort, wo Eastwinds Goldreserven gelagert wurden, die, wie ich erst erfahren hatte, nachdem sie kurzzeitig von den herausragenden Superhirnen Lucent, Slash und Seamus gestohlen worden waren, von einem Drachen bewacht wurden, der nur Befehle von Graf Malavic entgegennahm.

Die Diebe waren glücklicherweise verhaftet worden, aber sie hätten nie die Chance gehabt, den schlampigen Raubüberfall durchzuziehen, wenn nicht zwei dumme Teenager-Hexen beschlossen hätten, einen Dürredämon heraufzubeschwören, der den Fluss ausgetrocknet und das Gold freigelegt hatte.

War diese Stadt immer so ein Chaos?

Ich wollte den Pfad verlassen und ins dichte Gras gehen, aber Tanner sagte: „Nein, hier entlang. Ich möchte dir was zeigen."

„Okay", sagte ich zögerlich, folgte ihm aber, da ich wusste, dass er mich nie an einen gefährlichen oder unangenehmen Ort bringen würde.

Wir gingen noch fünf Minuten weiter, bogen dann um eine Kurve, und der Pfad öffnete sich wieder. Vor uns erstreckten sich grüne Weiden und …

Oh.

Mein.

Gott!

Tanner lachte, nahm mir den Kaffee aus der Hand und stellte beide Becher auf eine niedrige, bröckelnde Steinmauer. Ich bemerkte es kaum.

Ich war nicht vorbereitet auf das, was ich direkt vor mir sah, oder auf meine Reaktion. Der Drang, zu den wunderschönen weißen Tieren mit ihren fließenden, mehrfarbigen Schweifen und Mähnen, strahlend wie Rainbow Falls, zu rennen, war stark. Ich musste Tanners Hand so fest drücken, wie ich konnte, um nicht in vollem Sprint auf sie loszugehen, was sie wahrscheinlich sowieso nur verscheucht hätte.

Tanner trat auf sie zu und hielt inne, als ich nicht mitkam. „Was ist?", fragte er. „Ich dachte, du magst sie. Hast du etwa Angst vor ihnen?"

Erst da merkte ich, dass ich bei meinem Versuch, nicht direkt auf die majestätischen Tiere zuzusprinten, tatsächlich die Fersen in den Boden gegraben und mich keinen Zentimeter weiterbewegt hatte. „Nein, ich habe überhaupt keine Angst."

Ich sammelte mich und ließ mich von ihm zu ihnen führen.

Zwei grasten am Zaun, als wir uns näherten und genossen das weiche und gesunde grüne Gras, das nur in Erin Park gedieh.

„Ich nehme an, das ist das erste Mal, dass du die Einhörner siehst", sagte er und biss sich auf die Lippe, um sich ein Lächeln zu verkneifen.

„Wie hast du das erraten?"

Wir gingen zum Holzzaun, und eines der prächtigen Tiere hielt inne und sah zu uns auf, dann streckte es seinen Kopf über die obere Latte in unsere Richtung. Während es weiter das Gras kaute, nahm Tanner meine Hand, die er hielt, und führte sie zum Kopf des Tiers. Sein Horn sah aus wie ein riesiger Dolch aus Perlmutt, aber in seinen Augen war nichts, das andeutete, dass es je in Erwägung ziehen würde, es als solchen zu benutzen.

In dem Moment, als die Spitzen meiner Finger die weiche Stelle direkt über seiner Nase berührten, fühlte ich eine Welle der Ruhe durch mich branden. Tanner ließ meine Hand los, und es waren nur sie und ich.

Die Stute richtete ihre tiefen Onyxaugen auf mich und schien die Streicheleinheiten zu schätzen.

„Ich dachte, du könntest heute eine Pause gebrauchen", sagte Tanner. „Meine Eltern haben das vorgeschlagen. Als ich klein war, sind wir immer hierhergekommen, wenn ich einen schlechten Tag hatte. Ich hatte es ganz vergessen, bis sie es heute Morgen erwähnt haben."

Die Tatsache, dass Tanner mit seinen toten Eltern über mich gesprochen hatte, wäre fast zu einem Ohr hinein und zum anderen herausgegangen, ohne mein Gehirn zu erreichen. Aber dann drang es zu mir durch, dass er etwas Wichtiges sagte, und ich zwang mich, den Blickkontakt mit meiner neuen besten Freundin (bitte Daumen drücken!) abzubrechen, um mich ihm zuzuwenden. „Geht's dir gut?", fragte ich.

Er lächelte. „Ja. Es war komisch, wieder mit ihnen zu reden, aber es war gut."

Ich trat zur Seite, und er ging instinktiv vor, um das Einhorn zu streicheln. Ich konnte es ihm eine Weile überlassen, sos ehr ich alles andere vergessen und die nächsten ... sagen wir ... zwei Tage in der Gesellschaft der Tiere verbringen wollte.

Aber als das Zweite in der Nähe des Zauns den Kopf hob und näherkam, fühlte ich eine Welle der Erleichterung, nicht warten zu müssen, und streckte meine Hand aus, in die sie sich direkt hineinkuschelte. Mmm ...

„Worüber habt ihr geredet?", fragte ich. „Wer sie umgebracht hat – oder, ähm ..."

„Nein, nicht das. Ich dachte, das würde ich sie fragen, aber als ich nach unten gegangen bin und sie gesehen habe, konnte ich mich nicht dazu durchringen, daran zu denken. Ich hatte viel mit ihnen zu besprechen. Vielleicht zu viel. Sie haben nach dir gefragt." Er lächelte mich jungenhaft an.

„Oh, ja? Du meinst, sie wollten was über die Frau wissen, die sie in deinem Bett erwischt haben? Schockiert mich."

Er winkte meinen Sarkasmus ab. „Nein, das ist ihnen egal. Sie wollten wissen, was unsere Pläne sind."

„Um diesen Schlamassel zu richten?"

„Nein", sagte er bestimmt. „Unsere Pläne ... für das hier." Er gestikulierte mit einer Hand zwischen uns.

„Oh. Und was hast du ihnen gesagt?" Redeten wir wieder über Heirat? War das das Thema dieses Gesprächs?

Oh, Fänge und Klauen ... würde er mir einen Antrag machen? War das der Grund, warum er mich hierhergebracht hatte? Es wäre der perfekte Ort dafür. Das Timing? Nicht so sehr. Nicht an Halloween.

Ich spürte, wie mein Gesicht trotz der kühlen Luft und der beißenden Winde heiß wurde, und während ich auf seine Antwort wartete, wiederholte ich lautlos: *Bitte nicht jetzt, bitte nicht jetzt* ... Ich wusste nicht einmal, was ich sagen würde, wenn er fragte. Nein, ich müsste Ja sagen. Ich würde Ja sagen.

Die Sorge war jedoch unbegründet (wie meistens), was ich nur einen Moment später herausfand, als er seufzte und sagte: „Ich habe ihnen gesagt, dass wir das noch herausfinden. Aber was mich angeht, gefällt mir meine Zukunft viel besser, wenn ich sie mir mit dir an meiner Seite vorstelle."

Ich spürte, wie ich mich entspannte ... und fühlte mich ein bisschen albern.

Okay, ziemlich albern.

Ich hatte mich ganz umsonst aufgeregt.

Ich nahm seine Hände in meine und sagte: „Mir gefällt meine Gegenwart besser, wenn du bei mir bist."

Seine Hand sank vom Einhorn, und er packte mich und zog mich fest an sich. „Dann haben wir was ziemlich Gutes am Laufen, findest du nicht?" Sein Gesicht schwebte nur wenige Zentimeter über meinem, und sein warmer Atem, mit dem Duft von Kaffee, fühlte sich göttlich an.

„Du hörst mich nicht klagen."

Er war derjenige, der den darauffolgenden Kuss unterbrach. „Wir sollten besser zur Wache fahren. Wir wollen Stu an seinem freien Tag nicht warten lassen."

Ich gab jedem der Einhörner eine letzte Streicheleinheit, und als Tanner und ich Hand in Hand weggingen, sagte ich: „Können wir morgen wieder herkommen?"

Er lachte. „Alles, was du willst, Schönheit."

„Und übermorgen?"

„Klingt gut."

„Und am Tag danach?"

Er drückte meine Hand. „Ich komme für den Rest meiner Tage mit dir hierher, wenn dich das glücklich macht, Nora Ashcroft."

Als wir unsere Kaffeebecher von der bröckelnden Steinmauer nahmen, wo er sie abgestellt hatte, erkannte ich, dass mich das tatsächlich glücklich machen würde.

Kapitel Zwölf

„Es war nicht grässlich, aber definitiv seltsam", erklärte Stu Manchester, während wir ihm gegenüber an seinem Schreibtisch in seinem Büro saßen.

Tanner leistete weiter beeindruckende Arbeit damit, keine Emotionen zu zeigen, während er sich nach dem Mord an seinen Eltern erkundigte, mit denen er nur wenige Stunden zuvor gesprochen hatte. Ich wusste, wie das laufen würde. Es würde seinen Tribut fordern, aber er würde erst später dafür bezahlen. Vielleicht viel später.

„Keine äußeren Anzeichen von Trauma?", fragte er.

Ich hielt mich davon ab, seine Hand zu nehmen, um ihn zu trösten. Jetzt war nicht der richtige Zeitpunkt, und diese kleine Geste des Mitgefühls könnte einen Riss in die Fassade bringen, die er so angestrengt aufrechterhielt.

Manchester trug ein jagdgrünes Hemd und eine Khakihose. Es war immer seltsam, ihn ohne Uniform zu sehen. Normale Kleidung wirkte an ihm wie ein Kostüm, als müsste er an einem Verkleidungsspiel teilnehmen, um die gesellschaftliche Erwartung zu erfüllen, dass er ein Privatleben haben sollte.

Seine Zivilkleidung schien zu schreien: Seht ihr? Ich bin nicht immer bei der Arbeit, jetzt lasst mich zurück an die Arbeit gehen.

Stu fuhr sich mit einer Hand über das Gesicht, bevor er aufstand und den Raum zur Kaffeemaschine durchquerte, die gerade fertig gebrüht hatte. Während er sich eine Tasse eingoss, beantwortete er schließlich Tanners Frage. „Nein. Nichts. Sie haben ausgesehen, als würden sie schlafen. Wenn Mr. und Mrs. Lark nebenan nicht von einem Mann und einer Frau berichtet hätten, die geschrien haben ... Nun, als sie nicht antworteten, musste ich die Tür öffnen, und ich fand sie im Bett, als hätten sie beschlossen, ein Nickerchen zu machen, nur ... na ja, du weißt schon."

„Also hat jemand sie dort hingelegt", sagte Tanner. Keine Frage.

„Ja, das denke ich auch." Er trank einen Schluck von seinem Kaffee und verzog das Gesicht. „Zwanzigender! Ich weiß nicht, wie du das machst", sagte er, jetzt an mich gewandt. „Ich habe in den letzten Tagen alles versucht, und das kommt nicht ansatzweise an deinen Kaffee ran. Ist das Magie?"

„Nein", sagte ich. „Nur altes Equipment, soweit ich weiß." Ich wandte mich Tanner zu, der es mit einem Nicken bestätigte. „Und jede Menge Kaffeepulver. Du benutzt wahrscheinlich nicht genug."

Stu nickte und starrte finster auf seinen Kaffee. „Muss wohl reichen, schätze ich. Aber ihr zwei solltet den Laden besser wieder geöffnet bekommen, und sei es nur, um die Leute zu ärgern, die wollen, dass er geschlossen bleibt.

Wie auch immer", sagte er, und grunzte, während er sich wieder auf seinen Stuhl setzte. „Deine Eltern sahen aus, als würden sie schlafen. Schön friedlich. Bloom vermutet, dass sie nichts gespürt haben, als es passiert ist."

Kaufte ihm Tanner das wirklich ab? Ich musterte sein Gesicht nach einem Zeichen dafür, fand aber keins. Es gab keinen Hinweis, ob Stu die Wahrheit sagte, schätze ich. Egal, wie es abgelaufen war, das Einzige, was man dem Sohn der Opfer so lange nach der Tat sagen konnte, war, dass sie nichts mitbekommen haben.

Ich setzte die Teile zusammen, und ein Bild begann sich zu formen. Jemand war an diesem Abend bei den Culpeppers vorbeigegangen, und ein Streit war ausgebrochen. War er auch körperlich gewesen oder nur verbal? Wer weiß? Aber die Culpeppers überlebten es nicht, und wer auch immer sie getötet hatte, hatte versucht, es zu verschleiern, als wären sie einfach früh ins Bett gegangen und nie aufgewacht. Oder hatte der Mörder versucht, es wie Selbstmord aussehen zu lassen?

„Wurde irgendwelches Gift im Blut gefunden?", fragte ich. „Irgendwelche Spuren?"

Stu seufzte schwer. „Die Tests haben nichts ergeben, aber ... na ja, du musst verstehen, dass Eastwind sich manchmal selbst im Weg steht. Damals war unser Pathologe nur ein Jahr von der Pensionierung entfernt, obwohl jeder wusste, dass er sich schon ein paar Jahre zuvor aus dem Job verabschiedet hatte. Aber egal, wie sehr Bloom beim Hohen Rat dagegen protestiert hat, ihn in einer so wichtigen Position bleiben zu lassen, während er weiter schlampige Arbeit lieferte, wollten sie ihn nicht vor der Pensionierung rausschmeißen. Ich glaube, er war mit Quinn verwandt. Oder vielleicht bilde ich mir das nur ein, weil er ein Kobold war." Er beugte sich vor und murmelte: „Erwähn das niemandem gegenüber. Ich will nicht als koboldfeindlich rüberkommen und an Glaubwürdigkeit verlieren." Er nahm noch einen Schluck von seinem Getränk und verzog bei jedem Schluck das Gesicht ein bisschen weniger, bevor er sagte: „George McInerny war sein Name. Ich bin mir ziemlich sicher, gehört zu haben, dass er zwischenzeitlich gestorben ist."

„Was bedeutet, dass unmöglich bestätigt werden kann, dass sie nicht vergiftet wurden", schloss ich.

„Richtig. Das war aber sicher die Geschichte, die die Runde gemacht hat. Weniger beunruhigend als die andere Option."

„Und die wäre?"

Er zuckte mit einer Schulter. „Ein magischer Mord."

Während die Idee sich bei mir festsetzte, fragte Tanner: „Was ist mit der magischen Pathologin? Hat sie sich das nicht angesehen?"

Stus üblicher Ausdruck von Trotz und abgeklärter Gleichgültigkeit, die so gut zu seinem borstigen Schnurrbart passte, verschwand ein wenig. Er sah müde aus. Und als er sprach, verstand ich, warum. „Doch. Und ihr Schluss war, dass keine Magie an ihrem Tod beteiligt war. Zumindest stand das in ihrem Bericht. Ich habe meine Zweifel, dass sie ehrlich war."

„Warum das?"

„Weil sie später, als sich der Staub gelegt hatte und wir mehr über die Ereignisse vor dieser Nacht erfahren haben, an die Spitze unserer Verdächtigenliste gerückt ist."

Die Luft in meiner Brust wurde zäh, und ich konnte kaum quietschen: „Du willst mir doch nicht sagen, dass die magische Pathologin ... Serenity Springsong war?"

Tanners Kopf schnellte herum, um mich anzusehen, bevor er direkt zurückschoss, um Stu anzustarren.

Manchester nickte nur einmal. „Doch. Ich fürchte, ja."

„Warum wurde sie nicht zverhaftet?", fragte ich. „Die Stringfellows sagten, sie wurde entlastet."

„Nun, zum einen hatten wir keine Beweise gegen sie. Und zum anderen hatte sie ein starkes Alibi für diese Nacht."

„Und das war?", hakte ich nach. Ich konnte mir kein Alibi

vorstellen, das stark genug war, um die wachsenden Beweise gegen sie zu entkräften.

Stu räusperte sich. „Sie war in der Elch-Lodge. Ich war dort. Ich habe sie gesehen."

„Was hat sie in der Elch-Lodge gemacht?" Ich hatte noch nie gehört, dass jemand außer Werelchen dort hinging. Und ich war mir nicht ganz sicher, was sie dort machten.

„Das glaubst du jetzt vielleicht nicht, aber sie hat versucht, die Zusammenarbeit zwischen Hexen und Werwesen zu fördern. Es ist wohl sinnvoll, mit Werelchen anzufangen, schätze ich, da wir gesprächsbereiter sind als die Werwölfe, besonders wenn es um unsere Führung geht."

„Also hat sie Sheehan's Pub verlassen, wo sie sich mit den Culpeppers getroffen hatte, und ist direkt zur Lodge gegangen?"

„So wie es aussieht, ja."

„Und du bist sicher, dass sie während des gesamten Zeitfensters des Mordes in der Lodge war?"

Er nickte. „Definitiv, und obwohl ich mir bei diesem nächsten Teil nicht ganz sicher sein kann, bin ich zumindest ziemlich sicher, dass sie bis zum nächsten Morgen in der Lodge geblieben ist. Damals hatten sie und Edgar Shallows, der Großbulle der Werelche, eine On-off-Beziehung. Aber sie musste nicht die ganze Nacht bleiben, um ein solides Alibi zu haben, weil ich in dieser Nacht zum Tatort gerufen wurde. Zugegeben, es war spät in der Nacht, aber wir waren alle noch versammelt, und sie war da. Ich bin direkt rübergegangen, und die, die ich zurückgelassen habe, haben bestätigt, dass sie nicht einmal für ein paar Minuten gegangen ist. Also konnte sie es nicht gewesen sein."

Tanner fuhr sich mit einer Hand übers Gesicht. „Fänge und Klauen", sagte er. „Ich verstehe, warum der Mord nie gelöst wurde."

„Ich habe es versucht", sagte Stu, seine Stimme ungewöhnlich dünn. „Ich schwöre, ich habe mein Bestes gegeben. Aria war einzigartig, und Dean war einer der besten Männer, die ich je gekannt habe. Ich verbringe immer noch schlaflose Nächte deswegen, aber was soll ich tun? Niemand in der Strafverfolgung hat eine perfekte Bilanz."

Es war einen Moment still. Ich hatte einen Vorteil, da meine Emotionen mir nicht im Weg standen, wie es bei Tanner und Stu der Fall zu sein schien. „Geh zurück zu dem Teil, dass es eine seltsame Szene war. Du hast gesagt, sie waren im Bett, als würden sie schlafen, aber das scheint nicht besonders seltsam. War da noch irgendwas?"

Manchester schien dankbar für die Ablenkung. „Sicher war da was", sagte er und richtete sich auf. „Vor allem unten. Wer auch immer es getan hatte, wollte es offensichtlich erledigen und dann verschwinden. Wenn derjenige nach irgendwas gesucht hat, war er oder sie nicht gründlich. Alles war genau dort, wo man es erwarten würde, außer im Esszimmer."

„Was war da los?"

„Alles ordentlich, außer dem Tisch. Allerlei seltsame Dinge lagen darauf. Ich konnte mit keinem einzigen davon was anfangen."

Ich tauschte einen Blick mit Tanner aus, bevor ich sagte: „Besteht die Möglichkeit, dass du diese Gegenstände noch irgendwo hast?"

Stu stellte seine halb volle Tasse auf den Schreibtisch und schien froh, sie los zu sein. „Ja. Alles unten im Beweiskeller. Lust auf eine Führung?"

Kapitel Dreizehn

Eastwind hatte definitiv keine Angst davor, unterirdisch zu bauen. Vielleicht, um fußgängerfreundlich zu bleiben und nicht von hohen Gebäuden überragt zu werden, die die Sonne verdecken oder die Atmosphäre ruinieren würden, hatte die Stadt zahlreiche unterirdische Netzwerke gebaut. Die Pergamentkatakomben, wo Landon Hawker arbeitete, waren ein solcher Ort, und dann war da noch die Bibliothek von Eastwind.

Und jetzt der Beweiskeller.

Wir betraten ihn über eine enge, Spindeltreppe aus Stein, die durch eine Öffnung im hintersten Teil des Büros des Sheriffs nach unten führte. Der unterirdische Raum erstreckte sich weiter, als die spärlichen Fackeln an den Wänden nützlich waren. Während Stu uns den langen Korridor entlangführte, passierten wir alle paar Meter schwere Steintüren zu beiden Seiten.

Tanner war natürlich schon hier unten gewesen, und sein Staunen über ein weiteres unterirdisches Netzwerk von Kammern war offensichtlich abgeflaut. Doch nach ein paar

Minuten des Gehens bemerkte er: „Das geht ganz schön tief runter, oder?"

Stu sagte: „Ich wollte nicht, dass jemand sich daran zu schaffen macht. Nicht, solange der Fall ungelöst ist. Dachte, ich sorge dafür, dass es sicher ist, bis jemand Schlaueres als ich auftaucht. Schätze, ihr zwei müsst reichen."

Er fummelte an dem großen Schlüsselbund, den er mitgebracht hatte, und steckte einen Schlüssel in das Schloss der Tür, vor der wir stehen geblieben waren. Die schwere Steinplatte schwang auf, und sofort loderten Fackeln im Inneren des Raumes auf.

Es war ein kleiner Raum, kaum mehr als ein tiefer Vorratsschrank, und Regale waren in die Steinwände auf beiden Seiten gehauen. Auf jedem Regal stapelten sich Holzkisten, jede groß genug, um ein halbes Dutzend Bowlingkugeln darin aufzubewahren.

Das war eine Menge Beweismaterial, aber Stu ging direkt auf eine Kiste weiter hinten zu und holte sie vom Regal. Sie war nicht beschriftet, aber er hatte offensichtlich den Aufbewahrungsort im Gedächtnis behalten.

„Das ist das Seltsamste davon. Ich weiß nicht, was dieser Kram ist oder wozu er gut ist."

Er nahm den Deckel ab und legte ihn beiseite, und als er die Kiste zu mir neigte, fluchte ich.

„Was?", fragte Tanner, und seine Hand zuckte instinktiv zu seinem Zauberstab an der Hüfte.

„Nichts, nichts", sagte ich und versuchte, ihn ebenso wie mich selbst zu beruhigen. Denn was ich sah, war nicht gefährlich. Es war nur …

Unmöglich?

„Darf ich es anfassen?", fragte ich.

Stu zuckte mit den Schultern und nickte dann. „Klar, wenn

du sicher bist, dass es nicht gefährlich ist. Weißt du, was irgendwas davon ist?"

Ich griff hinein und nahm das erste Objekt, das mir ins Auge fiel. Es war schwarz, mit weißen Tasten, passte direkt in meine Hand und hatte eine dicke, kurze Antenne am oberen Ende. „Das weiß ich ganz sicher, Deputy."

Ich hielt es nur ein paar Zentimeter von meinem Gesicht entfernt und konnte meinen Augen kaum trauen.

Es war ein altes Nokia-Handy. Aus meiner alten Welt.

„Ich habe sowas noch nie gesehen", hauchte Tanner. „Was macht es?"

„Es … es macht Anrufe." Ich drückte auf ein paar Tasten und spürte, wie sie steif und widerwillig unter dem Druck nachgaben. „Man tippt eine Nummer ein, und der Besitzer dieser Nummer bekommt einen Anruf auf seinem Handy."

Stu und Tanner sahen ein bisschen besorgt aus, als ob sie an meinem Verstand zweifelten, also erklärte ich: „Das ist aus meiner Welt. Na ja, nicht aus meiner Welt, wie ich sie verlassen habe – dieses Ding ist praktisch ein Dinosaurier in der Technikwelt." Ich legte das Handy zurück in die Kiste und holte den nächsten Gegenstand heraus. Es war eine Cabbage-Patch-Puppe. Ich hatte eine ganz ähnliche, als ich klein gewesen war. Ich hatte sie irgendwann in meinen frühen Teenagerjahren verloren, zusammen mit den meisten meiner Kinderspielzeuge, denen ich entwachsen war. Diese hier hatte sogar dasselbe rote Haar und dieselben Sommersprossen wie meine.

In Eastwind gab es natürlich Puppen, aber die waren viel lebensechter. Ich hatte Kinder gesehen, die sie herumtrugen, und sie wirkten meist nicht wie aus Plastik, und das Haar war nicht nur Garn, sondern sah tatsächlich wie Haar aus. Manche der Puppen hier sprachen sogar, und nicht mit den blechernen, fernen Stimmen einer elektrischen Sprachbox, die darauf programmiert war, immer wieder dieselben Phrasen zu wiederholen.

Für Stu und Tanner musste die Cabbage-Patch-Puppe wie ein völlig nutzloses Relikt aussehen, wie der Kadaver einer seltsamen Kreatur.

Ich legte die Puppe zurück in die Kiste und kämpfte gegen den Drang an, weiter in der Nostalgie meiner alten Welt zu schwelgen. Das war ein Pfad, den ich ewig hätte entlangwandern können.

„Das ist alles Zeug aus meiner alten Welt. Alles davon."

„Ich kann mir nicht einmal vorstellen, wozu der Großteil davon gut ist", sagte Stu, schloss die Kiste und stellte sie zurück ins Regal.

„Ehrlich gesagt war der Großteil des Zeugs in meiner Welt nicht besonders nützlich. Viel Müll. Du sagst, du hast das alles in ihrem Esszimmer gefunden?"

Er nickte. „Das und noch viel mehr, verstreut auf ihrem Tisch."

Tanner begann, in anderen Kisten im Raum nachzusehen. „Sie haben wahrscheinlich versucht herauszufinden, was es damit auf sich hat", sagte er. Er öffnete den Deckel einer Kiste, zog den Kopf sofort zurück und rümpfte die Nase. „Oh, komm schon. Hast du alles als Beweis mitgenommen?"

Ich sah zu, wie Tanner sich wieder zur Kiste beugte, hineingriff und einen Stiefel herauszog, ihn an einem Finger baumeln ließ und für Stu zeigte. „Das ist ein alter Schuh meines Vaters, kein Beweis. Es sei denn, du hast Beweise, dass er in irgendwas Ekliges getreten ist."

Der Geruch wehte schließlich durch den kleinen Raum und traf mich ins Gesicht. Ich hustete. „Süßes Baby-Jackalope!"

„Zwanzigender!", keuchte Stu. „Hör auf, mit dem Ding rumzuwedeln, Culpepper."

Er ließ ihn zurück in die Kiste plumpsen und schloss den Deckel. „Sorry."

Aber als er zur nächsten Kiste ging, den Deckel öffnete und den Inhalt inspizierte, verflog der Schock über den unangenehmen Geruch, der über ein Jahrzehnt in einem regelrechten Sarkophag konserviert worden war, und mir kam eine Erkenntnis, die Grim stolz gemacht hätte.

Ich erkannte diesen spezifischen, widerlichen Geruch. So sehr ich es hasste, es zuzugeben, aber dieser besondere Gestank hatte sich in meinem Gehirn festgesetzt nach so vielen Monaten mit Grim.

Der Dreck an der Sohle von Dean Culpeppers Schuh war nicht einfach irgendwelcher Tierkot.

Es war Höllenhundekacke.

Der Geruch war so beißend, dass niemand ihn einfach an seinem Schuh lassen würde. Er musste kurz vor seinem Tod hineingetreten sein und einfach keine Gelegenheit gehabt haben, ihn abzuwaschen.

Was nur eines bedeuten konnte: Dean war kurz vor seinem Tod in den Deadwoods gewesen.

Die Teile begannen, sich zum Zentrum der Wahrheit hin zu verdichten, aber ich konnte immer noch nicht sehen, wie sie alle zusammenpassten.

Eines wusste ich jedoch: Die Geister von Dean und Aria hatten mir viel zu viel vorenthalten. Wenn sie meine Hilfe wollten, brauchte ich die ganze Geschichte. Warum hatten sie Gegenstände aus meiner alten Welt? Woher hatten sie die? Und warum war Dean, und vielleicht auch Aria, am Tag ihres Todes in den Deadwoods gewesen?

Eine kleine Stimme flüsterte mir die Antwort zu, aber ich wollte sie nicht hören. Es war zu seltsam, und ich konnte die Konsequenzen noch nicht ganz greifen.

Ich brauchte ein weiteres Gespräch, und wenn ich die

ganze Wahrheit von ihnen wollte, musste ich dafür sorgen, dass Tanner nicht dabei war.

Ich folgte Tanner zurück zu seinem Haus, und er fragte mich nicht warum.

Ich hatte jedoch nicht vor, lange zu bleiben. Die Halloween-Kirmes würde in ein paar Stunden anfangen, und ich hatte einiges zu klären, bevor ich mich mit diesem Chaos beschäftigen konnte.

Sobald er die Haustür öffnete, waren seine Eltern da, um uns zu begrüßen.

„Nora", sagte Dean herzlich. „Schön, dich unter besseren Umständen zu sehen."

Sogar Aria wirkte etwas entspannter. „Ich hätte Tee aufgesetzt, aber ich wusste nicht, wann ihr zurückkommt. Außerdem kann ich nichts greifen."

Tanner grinste. „Keine Sorge. Wir haben unterwegs Kaffee getrunken. Wie spät ist es?"

„Kurz nach Mittag", antwortete Dean. „Obwohl, weißt du, Zeit ist irgendwie bedeutungslos."

„Vielleicht für euch", sagte Tanner, „aber ich will nicht, dass Nora ihre erste Halloween-Kirmes verpasst."

„Oh, ja", sagte Aria und wandte sich mir zu, „ich schätze, du wirst dort eine Art Star sein."

„Wir werden sehen", sagte ich und lächelte höflich.

Ich versuchte, nicht zu sehr darüber nachzudenken, was ich gleich tun müsste, wenn Tanner nach oben ging.

„Ich gehe mich frischmachen", sagte er und legte seine Hand auf das Treppengeländer, während er mir zunickte. „Kommst du?"

Sein Vater hatte bei der Einladung eine Augenbraue hochgezogen, und ein leichtes Schmunzeln umspielte seinen Mundwinkel. Seine Mutter wirkte jedoch nicht besonders begeistert, dass er mich nach oben einlud.

„Ähm, ich denke, ich gehe zurück zu Ruby und mache mich fertig. Ich muss sowieso Grim holen. Vielleicht auch ein bisschen Zeit für mich haben.“

Falls Tanner etwas Verdächtiges daran fand, zeigte er es nicht. Gut. „Alles klar. Treffen wir uns dort?“

„Ja.“ Ich lächelte und wartete, bis er außer Sicht war, dann schlich ich in die Küche, wo die Ankerschale stand, nahm sie vorsichtig, um nichts zu verschütten, und sagte zu den Culpeppers: „Ich denke, wir haben ein paar Dinge zu besprechen … unter vier Augen.“

Mit der Schale unter dem Arm eilte ich zur Tür hinaus und zurück zu Ruby, in der Hoffnung, dass jeder, den ich auf der Straße passierte, zu sehr mit seiner eigenen Heimsuchung beschäftigt war, um die Hexe des Fünften Windes zu bemerken, die die toten Eltern ihres Freundes entführte.

Kapitel Vierzehn

Ruby summte, als ich durch die Haustür kam.

Nicht nur, dass sie summte, sie saß auch am Boden vor dem Kamin, anstatt wie üblich in ihrem gemütlichen Sessel, eingekuschelt in eine Decke mit einem Buch.

„Was geht denn –", aber ich brachte den Satz nicht zu Ende.

Als Ruby sich umdrehte und zur Seite rutschte, erhaschte ich einen Blick auf Grims Kopf, der zunächst hinter ihr verborgen gewesen war. Ich hätte fast die Ankerschale fallen lassen.

Sein verfilztes Fell war zu einer flauschigen Mähne gebürstet und der Haarschopf zwischen seinen Ohren mit einer orangefarbenen Schleife zurückgebunden.

„Bitte erlöse mich!", flehte er.

Ich stellte die Schale auf den Salontisch, bevor ich mir das Lachen erlaubte, das ich so dringend brauchte.

„Schau mich nicht an!", stöhnte Grim und versuchte, die Schleife mit seiner Pfote herauszukratzen.

Ruby schlug ihm auf die Pfote. „Nein. Böser Junge! Wir hatten eine Abmachung."

„Eine Abmachung?", fragte ich und versuchte, mir vorzustellen, was Ruby ihm angeboten haben könnte, um ihn dazu zu bringen, sich so aufhübschen zu lassen.

„Ja." Sie stand langsam auf und klopfte ihren Bademantel ab. „Wenn er sich von mir für die Kirmes hübsch machen lässt, bekommt er eine Belohnung."

„Eine Belohnung? Ah. Du meinst Speck."

„Natürlich nicht, Liebes. Soweit ich weiß, darf er den nicht haben. Er ist auf so einer Art Entzug wegen seiner Sucht, wenn ich mich richtig erinnere."

Ich wollte ihre Annahme bestätigen, aber ich lachte immer noch zu sehr, um zu atmen.

„*Wildwurst*", stöhnte Grim. „*Wie konnte ich da Nein sagen? Es ist Tage her, seit Anton mir in der Küche Reste gegeben hat.*"

„*Du bist ein Wrack.*"

„Ah, Aria und Dean. Schön, euch wiederzusehen", sagte Ruby, als sie hinter mich blickte. Dann richtete sie ihre Augen auf mich. „Irgendein besonderer Grund, warum du zwei Geister in mein Haus gebracht hast, das ich tagelang gesichert habe, um Geister draußen zu halten?" Ihre Frage klang harmlos genug, aber ich konnte sehen, dass sie ernsthaft genervt war und es nur vor den Gästen nicht zeigen wollte.

Ich riss mich schnell zusammen. „Ich muss mit ihnen unter vier Augen sprechen, ohne Tanner."

„*Ich fühle mich, als wären wir in Schwierigkeiten*", murmelte Dean.

„Ja", sagte ich und drehte mich zu ihm. „Das seid ihr auch irgendwie. Ihr habt mir eine Menge nicht erzählt."

Ruby warf dem Paar einen letzten Blick zu und sagte dann: „Ich habe noch ein paar Vorbereitungen für heute Abend zu treffen, bevor Ezra kommt, um mich zur Kirmes zu begleiten. Wenn ihr mich entschuldigen würdet?"

„Natürlich, Ruby", sagte Aria. „War schön, dich wiederzusehen."

Ruby nickte ihnen zu und lächelte, und diesmal wirkte es echt. „Gleichfalls. Wenn schon zwei Geister meine Festung stürmen, dann sind die Culpeppers ganz oben auf meiner Liste derer, die willkommen sind. Plaudert schön, und lasst euch von Noras Direktheit nicht stören. Sie kann nichts dafür. Sie hat ihre empathischen Gaben noch nicht angezapft." Sie setzte einen Fuß auf die Treppe, hielt dann inne, zeigte auf Grim und sagte: „Wenn die Schleife nicht mehr in deinem Fell ist, wenn ich runterkomme, kannst du den Deal vergessen."

Grim grunzte und ließ seinen Kopf schmollend auf die Pfoten sinken.

Ich zog zwei Stühle am Esstisch hervor, einen für jeden von ihnen, und nahm dann selbst Platz. Geister mussten zwar nicht sitzen, aber die meisten bevorzugten die Gewohnheit, und die Culpeppers gehörten dazu. Aria schlug die Beine übereinander, und Dean lehnte sich lässig zurück, behielt mich aber scharf im Auge. „Hast du das Buch gefunden?", fragte er.

„Das habe ich, vorausgesetzt, du meinst das in einem Raum voller Bücher aus meiner alten Welt. Und vorausgesetzt, du meinst das enochische Buch über Hexen des Fünften Windes."

„Das ist das Richtige", antwortete er.

„Ihr habt mir eine Menge verschwiegen", sagte ich und spürte den Druck der Zeit. „Was habt ihr mit einem enochischen Buch über Hexen des Fünften Windes gemacht, und warum hattet ihr einen Haufen Kram aus meiner Welt auf eurem Esstisch, und warum zum Höllenhund wart ihr am Tag eures Todes in den Deadwoods?"

„Gut gemacht", sagte Aria, unbeeindruckt von meiner wachsenden Ungeduld.

„Wir waren nicht sofort sicher, ob wir dir vertrauen können", sagte Dean. „Wir konnten dir nicht alles erzählen. Sicher, du bist eine Hexe des Fünften Windes, aber das sagt nichts darüber aus, auf wessen Seite du stehst."

„Auf wessen Seite ich wobei stehe? Welche Seiten gibt es?"

Dean hielt inne und sagte dann: „Das ist schwer zu erklären."

„Versucht es. Ich verstehe vielleicht mehr, als ihr glaubt."

Aria nickte. „Und was glaubst du bisher zu verstehen?"

Ich hatte es noch nicht in einen zusammenhängenden Gedanken gefasst, aber ich beschloss, es zu versuchen. „Ihr habt mir gesagt, dass das Gleichgewicht der Natur gestört ist und es wirklich schlimm werden könnte. Dann habt ihr mich losgeschickt, ein Buch über Hexen des Fünften Windes zu finden, das nur ein Engel lesen kann – dachte ich zumindest. Aber andere können es auch lesen. Wie Ted zum Beispiel.

Und ich weiß, dass ich nicht aus der Natur komme. Hexen des Fünften Windes spielen nicht wirklich im gleichen Team wie die anderen. Unser Element ist der Geist. Wir sind das Gegengewicht der Natur. Wir sind die Komplikation. Und seit ich nach Eastwind gekommen bin, sind auch die Winde der Veränderung gekommen. Nicht sofort, aber als ich mich in meine Kräfte eingefunden habe, fingen sie an zu wehen. Und das ist nur der Anfang.

Es ist kein Zufall, dass ich durch die Deadwoods hierhergekommen bin und dort die Winde der Veränderung ihren Ursprung haben, oder?"

Dean wirkte konzentrierter, als ich ihn je gesehen hatte, und schüttelte den Kopf. „Ich glaube nicht, dass das ein Zufall ist."

„Natürlich nicht. Ihr wisst etwas darüber, oder? Deshalb wart ihr in den Deadwoods, um das zu überprüfen. Ihr hattet ein Buch, wie man ein Portal zu meiner Welt erschafft. Ihr wart dort, nicht wahr?"

„Wir beide waren dort", sagte Aria, und jetzt wirkte sie einfach nur traurig. „Du bist ziemlich gut darin, Nora."

Das Kompliment perlte praktisch an mir ab. Ich wollte jetzt keine Schmeicheleien, ich wollte Antworten. „Warum? Warum wart ihr in meiner Welt, kurz bevor ihr gestorben seid?"

Aria übernahm die Erklärung. „Wir wurden auf eine Mission geschickt. Wir ... wir dachten, wir tun das Richtige."

„Auf eine Mission geschickt? Von wem?"

„Dem Zirkel."

„Dem –"

„Genauer gesagt", fügte Dean hinzu, „von Hohepriester Clearbrook. Es war nicht öffentlich bekannt, womit wir beauftragt wurden."

„Und womit wurdet ihr beauftragt?"

Aria sah kurz ihrem Mann in die Augen, bevor sie erklärte: „Der Hohepriester behauptete, ein großes Ungleichgewicht vorausgesehen zu haben, das auf Eastwind zukam. Er sagte, er könne die Störung spüren und dass sie drohte, alles, was diese Stadt aufgebaut hatte, zu zerstören und sie in einen Krieg wie den letzten zu stürzen, mit Verlusten auf allen Seiten. Aber er sagte, es gäbe einen Weg, das zu verhindern, und er brauche unsere Hilfe."

„Nun, eigentlich", sagte Dean, „war es nicht Hohepriester Clearbrook, der uns das alles erzählt hat."

„Richtig", sagte Aria. „Er wollte Distanz zu allem wahren, also schickte er seine vertrauteste Spielfigur, Serenity. Sie war die Vermittlerin. Kaum jemand hat ihn zu diesem Zeitpunkt überhaupt gesehen. Er war nicht bei guter Gesundheit, und rückblickend glaube ich, dass er anfing, den Verstand zu verlieren."

„Also wart ihr dafür verantwortlich, dieses ... katastrophale Ereignis zu verhindern?"

„Ja", sagte Aria. „Springsong gab uns das enochische Handbuch und erklärte, was geschehen musste. Wir waren nicht begeistert davon, aber wir waren sicher, dass es getan werden musste, und ich denke, wir waren beide ein bisschen geschmeichelt, dass wir ausgewählt worden waren."

„Außerdem hatten wir an Tanner zu denken", fügte Dean hinzu.

Aria nickte. „Wir konnten den Gedanken nicht ertragen, dass er in einen Krieg verwickelt werden könnte, selbst wenn er erst Jahre später kommen sollte."

„Woher wusstet ihr, was in dem Handbuch steht? Kann einer von euch Enochisch lesen?"

„Nein", sagte Aria, „aber, wie du erwähnt hast, können es andere."

„Es waren nicht Bloom oder Ted, die euch geholfen haben. Die hätten mir das gesagt. Wer war es dann?"

„Wer wäre so gelangweilt, dass er Enochisch lesen lernt?", fragte Dean. „Graf Malavic."

„Und er war bereit, euch zu helfen?" Es war fast unmöglich, sich vorzustellen, dass Malavic etwas aus reiner Herzensgüte tat. Hatten Vampire überhaupt Herzen?

„Ich vermute, er dachte, es könnte zu unterhaltsamem Ärger führen", sagte Aria und beantwortete meine implizite Frage.

„Was auch passiert ist", fügte Dean hinzu. „Na ja, vielleicht nicht unterhaltsam, zumindest nicht für uns, aber für jemanden wie den Grafen? Ja, sehr unterhaltsam."

Ich müsste später ein Wörtchen mit Malavic darüber reden, aber das stand weit unten auf meiner derzeitigen Prioritätenliste. „Was dann? Graf Malavic hat den Text übersetzt und ... was dann?"

Dean tauschte einen zögerlichen Blick mit seiner Frau aus und sagte: „Wir haben ein Portal in den Deadwoods erschaffen. Wir mussten die Welt der Hexen des Fünften Windes betreten und eine von ihnen davon abhalten, hindurchzukommen. Das war unsere Mission. Wenn wir das nicht schafften, könnte ihr Erscheinen das Ende der Harmonie in Eastwind bedeuten und den nächsten großen Krieg auslösen."

„Es war eine Mordmission", sagte ich und versuchte, nicht zu sehr zu urteilen, aber auch ... was zum Henker? Plötzlich waren die Eltern meines Freundes Auftragskiller?

„Das war es", sagte Dean, und seine Stimme wurde weicher, mit genug Scham, um mich vorerst zu besänftigen. „Aber wir haben versagt. Wir konnten es nicht durchziehen."

Okay, ein Punkt für sie. „Warum nicht?"

Aria fuhr fort. „Nun, als wir es geschafft hatten, die Hexe des Fünften Windes mit den Zaubern, die uns gegeben wurden, aufzuspüren, stellten wir fest, dass es ein junges Mädchen war, nur ein paar Jahre älter als unser eigener Sohn." Sie schluckte und starrte mich an, während die Teile sich zusammenfügten.

Die Haare an meinen Armen stellten sich auf, nicht wegen der zwei Geister mir gegenüber, sondern weil ich plötzlich wusste, wie knapp ich daran vorbeigeschrammt war, meinen Zwanzigsten nie zu feiern.

Ich versuchte zu sprechen, aber mein Hals war trocken. Ich räusperte mich und versuchte es nochmal. „Hätte es mich nicht sowieso hierhergebracht, wenn ihr mich ermordet hättet?"

Arias intensiver Blick blieb auf mich geheftet. „Nicht auf die Weise, wie wir es tun sollten. Es gab ein Ritual und ... es spielt keine Rolle. Wir haben es nicht übers Herz gebracht, es zu tun. Nicht allein aufgrund einer Vision des Hohepriesters. Selbst bei den besten Sehern zeigen Visionen nur den wahrscheinlichsten Ausgang – je höher die Wahrscheinlichkeit, dass er eintritt, desto stärker die Vision. Aber es besteht immer eine Chance, dass sich etwas ändert und die Vision nie eintritt. Wir konnten es nicht rechtfertigen, ein unschuldiges Mädchen zu töten auf die Möglichkeit hin, dass es spätere Konflikte verhindern könnte. Es gab zu viele Variablen. Und du warst jemandes Kind, genauso wie Tanner unseres war."

Ich beschloss, nicht zu erwähnen, dass ich zu diesem Zeitpunkt wahrscheinlich niemandes Kind mehr war, da meine Eltern schon tot und weg waren. Das schien nicht relevant, und ich versuchte nicht gerade, sie dazu zu bringen, zu bedauern, mich nicht ermordet zu haben.

Aber ich war mir nicht sicher, was ich als Nächstes sagen sollte, also ließ ich ein bisschen Stille zu. Das ließ mich nur daran denken, wie peinlich es sein würde, Tanner später davon zu erzählen: *Ähm, also, deine Eltern wurden als Auftragskiller angeheuert, um ein illegales Portal zu meinem Reich zu erschaffen und mich zu ermorden ... Aber keine Sorge! Sie haben es nicht durchgezogen, also ist alles gut.*

Klar. Das würde reibungslos laufen.

„Was ist passiert, als ihr zurückgekommen seid?", fragte ich schließlich. Das Motiv für den Mord an ihnen begann, eine klare Form anzunehmen, aber ich dachte, sie könnten die Gelegenheit nutzen, es durchzusprechen, solange sie hier waren.

Dean nahm den Faden auf. „Wir wussten, dass der Hohepriester nicht glücklich darüber wäre. Wir haben Serenity Springsong gebeten, uns später am Abend im Sheehan's zu treffen, um zu besprechen, was passiert war, und uns zu helfen, einen Plan zu entwickeln, wie wir es ihm erklären könnten. Es war keine Überraschung, dass sie besorgt und aufgebracht war, als wir es ihr erzählten. Aber am Ende sagte sie, sie würde mit Clearbrook sprechen und dafür sorgen, dass er versteht, warum wir es nicht tun konnten. Wir dachten, er würde einfach jemand anderen schicken, um es zu erledigen, aber darauf hatten wir keinen Einfluss. Wir hatten getan, was wir für richtig gehalten haben, und das war alles, was wir kontrollieren konnten."

„Nicht alles", fügte Aria hinzu. „Wir konnten auch das Buch mit den Anweisungen zum Hinübergehen verstecken. Ohne das Buch wäre jeder, den der Hohepriester als Nächstes mit der Aufgabe betraute, aufgeschmissen, es sei denn, er fragte zufällig Malavic, ob er etwas wusste. Aber wer würde daran denken, ihn zu fragen? Und es bestand immer die Möglichkeit, dass er sich entweder nicht erinnern würde oder der nächsten Hexe gegenüber, die daherkam, nicht hilfsbereit wäre, nur um sie zappeln zu sehen."

„Klingt ganz nach dem Grafen, den wir alle kennen und zu hassen lieben", sagte ich. „Ich nehme an, ihr seid nach Hause gegangen und habt das Buch nach eurem Treffen mit Springsong versteckt?"

„Nein", sagte Dean. „Das haben wir vorher getan. Weil wir danach Pläne mit den Stringfellows hatten, die wir nicht verpassen wollten."

Aria verdrehte die Augen. „Ja. Wer würde nicht den Abend damit verbringen wollen, Geschichten von jemandes teurem Urlaub zu hören?"

Dean legte eine Hand auf ihren Arm. „Es war eine angenehme Ablenkung."

Sie zuckte gleichgültig mit den Schultern.

„Und danach seid ihr nach Hause gegangen und ..." Ich hielt inne, in der Hoffnung, einer würde die Lücke füllen.

Aria tat es. „Wir sind ins Bett gegangen. Tanner war für die Nacht bei Deans Mutter, also sind wir nach oben gegangen und eingeschlafen."

„Und nie wieder aufgewacht", beendete Dean.

Das passte nicht zusammen. Verschwiegen sie immer noch etwas? Nichts an ihrem Verhalten schien das anzudeuten. Endlich fühlte es sich an, als wären sie vollkommen ehrlich zu mir gewesen. „Aber was ist mit dem Streit?"

Dean neigte den Kopf leicht zur Seite. „Welcher Streit?"

„Stu sagte, er sei gekommen, weil ein Nachbar von einem Streit berichtet habe. Ein Mann und eine Frau, die geschrien haben. Ist das etwa nicht passiert?"

Aria runzelte die Stirn. „Nicht bei uns. Könnte vielleicht nach unserem Tod passiert sein, schätze ich."

Stimmt. Unangenehm, darüber zu reden, aber wahr.

„Also wisst ihr wirklich nicht, wer euch getötet hat?"

„Nein", sagte Aria, „aber es war nicht wirklich ein Schock."

Dean nickte. „Ich denke, wir wussten beide, was es bedeutete, die Mission nicht auszuführen. Es war die Art von Mission, die schwer zu erklären wäre, wenn sie bekannt würde. Das bedeutete, es war die Art von Geheimnis, das man mit ins Grab nimmt."

„Ich denke, wir wären sicher gewesen, wenn wir nicht unsere Meinung geändert hätten", fügte Aria hinzu, „Unsere Schuld hätte unser Schweigen garantiert. Aber als wir zugegeben haben, dass wir es nicht durchziehen konnten – was würde uns davon abhalten, allen davon erzählen, was wir hatten tun sollen?"

Das war wahrscheinlich der Grund, warum sie nach dem Tod weiterziehen konnten. Es waren oft die Geister, die nicht wussten, wer sie getötet hatte, die blieben und meine Hilfe brauchten, aber die Culpeppers schienen ihr Schicksal akzeptiert zu haben, unabhängig davon, wer es verursacht hatte.

Natürlich waren sie jetzt zurück, aber das schien nicht ihre Schuld zu sein.

„Es war Springsong, oder?", fragte ich.

Dean schüttelte den Kopf. „Auf keinen Fall. Serenity würde sowas nicht tun."

„Aber sie war die Einzige, die wusste, dass ihr gekniffen habt. Ihr habt gesagt, sie war nicht glücklich darüber. Woher wisst ihr, dass sie nicht beschlossen hat, das Chaos, das ihr verursacht habt, zu beseitigen?"

Dean zuckte mit den Schultern. „Ich schätze, ich weiß es nicht."

Dann erinnerte ich mich, dass sie für diese Nacht ein Alibi hatte. Verdammt! Aber es musste sie sein. Ich musste nur herausfinden, wie das alles zusammenpasste, wie sie in der Elch-Lodge gesehen werden *und* die Culpeppers zu Hause in ihrem Bett ermorden konnte.

Moment. Könnte es ein weiterer Fall von einem Doppelgänger gewesen sein?

Fänge und Klauen, diese Dinger konnten einen wirklich paranoid machen.

Ich konnte das nicht ausschließen, aber es schien fast zu einfach. Ich würde es vorerst im Kopf behalten.

„Wenn ich müsste", sagte ich, „könnte ich das Portal zu meiner Welt wieder öffnen?"

„Ja", sagte Aria, „aber ich vermute, das musst du nicht. Ich denke, es ist schon seit geraumer Zeit offen, an den Nähten aufgeplatzt."

Das hatte ich auch gedacht, und die Vorstellung, dass ich einfach zurück in meine alte Welt spazieren könnte, ließ mein Herz rasen, besonders wenn ich bedachte, warum es offen war und was nötig sein könnte, um es zu schließen.

Ein Knarren auf der untersten Stufe zog meine Aufmerksamkeit darauf, und Ruby sah uns amüsiert an. „Ihr seid immer noch hier?", sagte sie zu den Culpeppers. „Kommt schon. Nora muss sich für die Kirmes fertig machen. Wollt ihr nicht ohnehin euren Sohn sehen? Ihr habt nicht ewig auf dieser Ebene." Sie raffte ihre Robe zusammen, die wie üblich schwarz war, aber mit feinen goldenen Fäden durchzogen, und huschte zum Tisch, wo sie die Ankerschale nahm und den Inhalt ins Feuer warf. Die Culpeppers lösten sich sofort auf.

„Wie viel hast du gehört?", fragte ich.

„Den Großteil", sagte sie und zog ein Paar schwarze Handschuhe aus einer Schublade bei der Haustür. „Und den Rest wusste ich schon."

„Du hast schon davon gewusst?"

Sie warf mir einen Blick über die Schulter zu. „Natürlich, Liebes. Wer, denkst du, war die Hexe des Fünften Windes im Dienst, als sie ermordet wurden?"

„Was denkst du dann darüber? Hat Springsong sie ermordet?"

Sie steckte die Handschuhe in ihre Tasche und trug ihre Stiefel zum leeren Stuhl, auf dem zuvor Dean gesessen hatte. „Sie konnte es nicht. Sie war doch in der Elch-Lodge, oder?"

„Du wusstest sogar davon?"

„Natürlich. Springsongs Romanze mit dem Großbullen Edgar Shallows war sehr heimlich, also wusste natürlich die ganze Stadt Bescheid."

„Könnte es ein Doppelgänger in der Lodge gewesen sein? Vielleicht hat die echte Springsong die Culpeppers ermordet."

Ruby hielt in ihren Vorbereitungen inne, um dramatisch zu seufzen. „Nora. Es könnte immer ein Doppelgänger sein. Aber es ist fast nie einer. Klar, ein paar sind kürzlich durch die Stadt gezogen und haben ein bisschen Ärger gemacht, aber sie wurden größtenteils ausgelöscht, weil man ihnen nicht trauen kann, und das ist, was Leute mit Dingen tun, denen sie nicht trauen – sie löschen sie aus. Nicht die beste Lösung, meiner Meinung nach, aber so ist es einfach. Außerdem glaube ich nicht, dass Serenity irgendeinen Groll gegen die Culpeppers gehegt hat. Bei all ihren vielen Fehlern wirkte sie ehrlich erschüttert, als sie von ihrem Tod hörte. Nicht einmal ihr schneller Aufstieg zur Hohepriesterin hat sie für eine Weile aufgeheitert."

Hm. Rubys Abneigung gegen die Hexe übertraf normalerweise meine eigene, also wenn sie überzeugt war ...

„Was ist mit dem Portal? Wusstest du davon?"

„Nein, Portale finde ich nicht besonders interessant. Mehr Ärger, als sie wert sind. Ich muss nicht in andere Welten reisen, um mich zu unterhalten. Außerdem habe ich noch nie gehört, dass etwas Gutes dabei herauskommt, wenn man mit ihnen herumspielt, oder?"

Ich auch nicht, also schüttelte ich nur den Kopf.

„Wenn du wirklich wissen willst, wie sie funktionieren, solltest du – oh, Fänge und Klauen, Clifford!"

Ich folgte ihrem Blick und sah ihren riesigen roten Hundevertrauten, der die Treppe herunterspähte.

„Ich bin fertig damit, dich aufzuhübschen, du großer zotteliger Köter. Komm einfach runter!"

Offensichtlich darauf bedacht, dem gleichen mädchenhaften Schicksal wie Grim zu entgehen, wirkte Clifford zunächst vorsichtig und betrachtete den Raum, als könnte sich eine Schleife auf ihn stürzen und sich dauerhaft an seinem Kopf festsetzen.

„Ich habe nicht einmal Zeit, dich aufzuhübschen, selbst wenn ich wollte", fügte Ruby hinzu und schnürte ihren letzten Stiefel. „Du wirst einfach so zerzaust, wie du bist, auf dem Fest erscheinen müssen. Genau, wie du es magst."

Als es an der Tür klopfte, stand sie auf, vollständig in ihr feinstes Outfit gekleidet, und wirkte fröhlicher, als ich sie je gesehen hatte. War das etwa ein Hauch Rouge auf ihren Wangen?

Mann, sie liebte Halloween wirklich.

„Ich komme!", rief sie, während sie zur Tür ging. Sie

schwang sie auf und enthüllte Ezra Ares, der wie immer jung aussah.

„Süßes oder Saures?", fragte er geschmeidig.

Sie kicherte und versetzte ihm einen Klaps auf den Arm. „Ich hätte dir diesen Spruch nie beibringen sollen. Aus deinem Mund klingt er so schmutzig."

„Ist er das nicht?"

Sie kicherte wieder. „Komm rein. Ich war gerade mit Nora fertig."

Der Zauberstabmacher trat ein und nickte mir höflich zu. Ich versuchte, nicht zu sehr an die Umstände zu denken, unter denen er das letzte Mal Rubys Haus beehrt hatte, als der Liebeszauber noch in vollem Gange gewesen war.

Eine Falte erschien auf Rubys Stirn. „Was habe ich gesagt? Oh, richtig. Portale. Wenn du wirklich an Portalen interessiert bist, ist die Person, die dir wirklich ein Ohr abkauen wird, praktischerweise Serenity Springsong selbst. Und ich glaube, sie wird auf der Halloween-Kirmes leicht zu finden sein, also solltest du dich beeilen und dich angemessen für den bezaubernden Abend voller Schrecken kleiden und dann deinen Hintern da runterschwingen. Du willst das Blind Draw nicht verpassen." Sie nahm eine Handtasche vom Tisch an der Tür, rief Clifford zu sich und fügte hinzu: „Ich würde auf dich warten, aber ... du brauchst zu lange. Bis später!"

Ezra bot ihr seinen Arm, und sie nahm ihn freudig, dann trabten die beiden mit Clifford hinaus und schlossen die Tür hinter sich.

„*Was zum –*", knurrte Grim und sprang auf. „*Sie hat mir nicht einmal Wurst gegeben!*"

Ich sah ihn an und musste mich zusammenreißen, um nicht erneut über die dämliche orangefarbene Schleife zu lachen.

„Komm her", sagte ich. Als er mich skeptisch anstarrte,

marschierte ich zu ihm und zog die Schleife aus seinem Haar. „Happy Halloween!“

„*Danke.*“

„Das war für mich, nicht für dich. Es wäre mir peinlich, mit dir so in der Öffentlichkeit gesehen zu werden.“

Kapitel Fünfzehn

„Das muss mein Glückstag sein!", rief Ted, nur eine Sekunde, nachdem Grim und ich von Rubys Veranda getreten waren.

Er ging gerade vorbei, und ich beschloss anzunehmen, dass es wirklich gutes Timing war und nicht, dass er herumgelungert hatte, um auf mich zu warten, damit er mir „zufällig" begegnete.

„Warum das?", fragte ich. „Ich meine, abgesehen davon, dass eine Menge Geister herumschweben und du nichts dagegen tun musst." Ich trat schnell einen Schritt zurück, gerade rechtzeitig, um einer Hexe auszuweichen, die auf ihrem Besen vorbeisauste, dicht gefolgt von einem der besagten Geister.

„Weil ich dich zur Halloween-Kirmes begleiten darf! Es macht immer Spaß, sie durch neue Augen zu erleben, und das ist in dieser Stadt so selten."

„Ich stelle mir vor, die meisten erleben sie mit weit aufgerissenen Augen."

„Ha! Guter Witz."

Uff.

Der graue Himmel begann, sich zu verdunkeln, und das hatte offensichtlich einige der Geister, die für den Tag herübergekommen waren, ermutigt. Ich konnte schon den Hall von Schreien hören, die vom Eastwind Emporium zu uns herüberwehten, wo die Kirmes stattfand.

„Der Geruch von Angst ist so beißend", bemerkte Grim, *„wenn ich mich darin wälzen könnte, würde ich das glatt machen."*

Nachdem wir ein paar weiteren verängstigten Eastwindern ausgewichen waren, kamen wir von der Seitengasse auf den großen, runden Platz nahe dem Stadtzentrum. Als ich abrupt stehenblieb, um die unglaubliche Szene auf mich wirken zu lassen, hielt Ted neben mir an, atmete mit einem tiefen Rasseln ein und ließ den Atem in einem ebenso kreidigen, aber zufriedenen Zischen wieder raus.

„Es geht doch nichts über den Geruch von Halloween", sagte er.

„Sprichst du von dem Geruch von Angst oder dem von Lagerfeuern?"

„Von allem", sagte Ted und nickte gelassen.

Sahen wir dasselbe? Denn was ich sah, war eine wilde Mischung von Alpträumen, die sich entfaltete.

Geister schwärmten über den Köpfen der Menge wie Fliegen auf einer Müllhalde. Viele der Lebenden bemühten sich, so zu tun, als würde es nicht passieren, aber ich konnte das Weiße in ihren Augen sehen, als ihre nervösen Blicke nach oben huschten, während sie versuchten, einen Truthahnschlegel oder einen gegrillten Maiskolben zu essen.

Kleine Gruppen drängten sich aus Sicherheitsgründen zusammen, schoben sich aber ansonsten vorwärts, wild entschlossen, dort zu sein. Die ganze Veranstaltung wirkte wie der durchgedrehte Cousin des Lunasa-Fests, mit Ständen voller Essen und Waren ... nur, dass einige dieser Stände bereits von den angespannten Kirmesbesuchern umgestoßen worden waren.

„Ich versteh' das nicht", sagte ich. „Warum wollen die Geister unbedingt alle erschrecken? Die Geister, mit denen ich normalerweise arbeite, wollen meist nur ihr emotionales Gepäck abladen und weiterziehen."

„Ganz einfach", sagte Ted. „Wenn der Schleier zurückgezogen wird, sind es nur die Fiesen, die sich durchmogeln und die Lebenden terrorisieren wollen. Die netten genießen lieber die vielen Vorteile des Jenseits."

Ein Verkaufstisch direkt vor dem großen Eingangsbogen fiel mir ins Auge, mit seinen glitzernden Kristallen. Dahinter standen Ezra Ares und Ruby. Wenn ich mich nicht täuschte, hatte sie die Rolle der Halloween-Kirmes-Begrüßerin übernommen, lächelte herzlich und hieß jeden ankommenden Gast willkommen. Diejenigen, die Hallo sagten, schienen ein wenig Trost in ihrer Anwesenheit zu finden, vielleicht waren sie (fälschlicherweise) der Annahme, dass sie eingreifen und es regeln würde, wenn es wirklich außer Kontrolle geriet.

Ezra verdiente derweil wahrscheinlich die Hypothek für das ganze Jahr mit all den Abwehr- und Schutzartikeln, die er verkaufte. Er konnte sie kaum schnell genug aushändigen oder die Münzen einstecken.

„Warum zum Höllenhund kommt überhaupt jemand hierher?", fragte ich.

Ted klang schockiert. „Was meinst du?"

„Ich meine, es scheint, als wäre es besser, einfach zu Hause die Schotten dichtzumachen. Vielleicht früh einen Schlaftrank zu nehmen und aufzuwachen, wenn alle Geister weg sind."

„Ach. Ja. Es mag eine Zeit gegeben haben, in der das in Eastwind üblich war, aber nicht mehr. Ich schätze, alle haben erkannt, dass sie Halloween nicht jedes Jahr aufhalten können.“

„Und was hat das damit zu tun?“

„Na ja“, sagte er, „wenn du weißt, dass Schlimmes auf dich zukommt und du es so oder so erleben musst, würdest du es nicht lieber umgeben von den Leuten angehen, die du kennst und denen du vertraust? Warum es allein durchstehen, wenn sie für dich da sein können und du für sie?“

Das ergab auf seltsame Weise Sinn. Und als ich Efarine Moulton sah, eine eingebildete Hexe, die sich für besser als jede andere Kreatur hielt und gerade kreischend vor einem grässlichen Geist davonlief, der aus ihrer Popcorntüte gesprungen war, und die sich an Stu Manchesters Arm klammerte, um Schutz zu finden, musste ich zugeben, dass Ted wohl recht hatte.

Vielleicht war Halloween genau das, was diese Stadt jedes Jahr brauchte, um den Kopf aus dem Hintern zu ziehen.

„Willkommen!“, trällerte Ruby, als Ted und ich den Eingang erreichten. „Happy Halloween!“

„Meinst du nicht ‚erschreckendes Halloween‘?“, fragte ich. „Niemand sieht besonders glücklich aus. Na ja, Ezra schon, aber ich bin mir nicht sicher, ob das ganz aufrichtig ist. Er scheint die Angst der anderen auszunutzen.“

„Natürlich tut er das, Liebes“, sagte Ruby, unbeeindruckt. „Er ist Geschäftsmann. Außerdem ist es ja nicht so, als würden seine Waren nicht funktionieren. Ich nehme an, du trägst deinen Staurolit-Anhänger, oder?“

Ich tippte durch meinen Mantel darauf. Staurolit war ziemlich verbreitet, nicht besonders hübsch anzusehen, aber es half, Geister davon abzuhalten, mich wie einen teuren Anzug zu tragen. Und bisher hatte das Amulett seinen Zweck erfüllt. Ich hatte es am selben Tag von Ezra gekauft, an dem ich meinen Zauberstab bestellt hatte. Nur einer dieser beiden

Käufe hatte sich seitdem als wirklich nützlich erwiesen. „Natürlich", sagte ich zu Ruby. „Punkt für dich."

Ich verzichtete ohne jedes schlechte Gewissen auf Ezras heute feilgebotenen Waren und trat vorsichtig in die Menge der Halloween-Kirmes.

Während die meisten mit ihren eigenen kleinen Alpträumen beschäftigt schienen, hatte ich eine wichtige Tatsache nicht vergessen: Ich war öffentlich bekannt als das entscheidende Stück des Fünften Windes in Eastwinds erstem vollständigen Zirkel seit Jahrhunderten. Und als solcher würde nicht jeder eine Träne vergießen, wenn jemand mich ausschaltete. Es brauchte nur etwas Tödliches, das einem von uns Fünfen passierte, damit der Zirkel zerbrach und im Wesentlichen nutzlos wurde. Aber solange wir alle zusammen waren, würde fast niemand in Eastwind etwas versuchen, weil, na ja, wir mächtiger waren.

Theoretisch zumindest. Wenn wir wüssten, was bei den sieben Geistern wir tun, wären wir es. Aber das taten wir nicht. Natürlich musste das niemand wissen.

Eva und Donovan waren die Ersten, die ich entdeckte, als sie sich durch die Menge zu mir durchschlängelten.

„Happy Halloween!", sagte Donovan so sarkastisch, wie er konnte, während der Geist einer kichernden Banshee ihn mit Spritzern eisiger Luft bombardierte.

„Gleichfalls, Donny", sagte ich.

Er schnitt eine Grimasse.

Eva sagte: „Wir haben uns schon gefragt, wo du bist."

„Nur ein bisschen spät dran."

„Alles okay?", fragte sie.

„Ja. Alles klar. Und bei dir?"

Sie nickte fröhlich. „Es ist nicht so schlimm, wie ich dachte", sagte sie. „Alle haben es als große Sache dargestellt, aber es ist nicht so, als könnten die Geister was tun."

„Die Poltergeister schon", korrigierte Donovan.

Sie zuckte mit den Schultern. „Na gut. Die können, aber ansonsten ist das Gefährlichste hier draußen die chaotische Menge. Und die bin ich gewohnt. Das ist nur ein typischer Samstagabend auf der Bourbon Street. Das ist nichts im Vergleich zum Mardi Gras. Hier gibt's nicht einmal Waffen!"

„Da hast du recht", sagte ich. Man konnte leicht vergessen, dass Eva hart wie Stahl war. Ihre freundliche und offene Art ließ mich oft denken, sie sei irgendwie weich. Aber sie hatte immer wieder bewiesen, dass es ihre innere Stärke und ihr Mut waren, die es ihr erlaubten, so fürsorglich zu sein, wie sie war.

„Hast du Tanner oder Landon gesehen?", fragte Donovan und scannte die Menge nervös.

„Noch nicht, aber sie wissen, dass wir uns hier treffen, also —"

Ich spürte eine Hand, die sich um meine Taille legte, und nahm an – und hoffte –, dass es Tanners war.

„Schönes Wetter", bemerkte er und musste geradezu schreien, um gehört zu werden. Eine vorbeiziehende Gruppe von Teenager-Hexen kreischte, als sie hastig den Platz durch den Festbogen verließen, verfolgt von einem Werbären-Geist.

Landon Hawker stand direkt hinter ihm und wirkte nervöser als üblich. Die rosigen Wangen des Nordwindhexenmeisters leuchteten wie ein Stoppschild. Und doch fühlte ich mich sofort besser, sobald wir fünf zusammen waren, trotz seiner Nervosität. „Ist schon irgendwas Schlimmes passiert?", fragte er.

Donovan schien zumindest Landons Elend zu schätzen, da er ihm damit Gesellschaft leistete. „Meinst du außer allem?"

„Wo ist Grace?", fragte ich und sprach nur laut genug, um von unserer Gruppe gehört zu werden.

„Zu Hause", sagte er. „Offensichtlich kann sie sich nicht hier sehen lassen, also habe ich Ruby gebeten, das Haus zu schützen, damit es heute Nacht ruhig ist. Keine Geister erlaubt."

„Ruby hat das für dich gemacht?", fragte ich. „Guter Golem, was schuldest du ihr jetzt?"

Er nickte. „Ich verstehe, was du meinst, aber sie war einfach gut gelaunt. Jeder in der Stadt weiß: Wenn man was von ihr will, ist Halloween die Zeit, um zu fragen."

Er irrte sich. Nicht jeder in der Stadt wusste das, weil ich es nicht gewusst hatte, bis er es mir gesagt hatte. Verdammt! Das musste ich mir für nächstes Jahr merken. Obwohl ich irgendwie bezweifelte, dass sie für mich solche Ausnahmen machen würde.

„Und?", fragte Eva. „Wohin?"

Ich wusste, wohin ich musste, und zwar, wo immer Serenity Springsong war. Aber ich musste das ohne den Rest meiner Gruppe hinbekommen. Ich war nicht bereit, Tanner alles zu erklären, was ich von den Culpeppers erfahren hatte, und ich müsste viel zu viel erklären, um Landon, Eva oder Donovan auf den neuesten Stand zu bringen. Na ja, vielleicht nicht Donovan, da er bei seinen Eltern dabei gewesen war, als wir vieles davon besprochen hatten. Aber wenn ich eines sicher wusste, dann dass die Geschichte vom verpatzten Mordversuch seiner Eltern an mir, als ich noch ein Kind war – ein Vorfall, der schließlich zu ihrem Tod führte –, genau die Art von Information war, die wieder dazu führen konnte, dass mein Freund als Letzter erfuhr, was wirklich wichtig war. Und dann war da noch der offensichtliche Salzstreuer in die Wunde, wenn Donovan der Erste in unserem Zirkel wäre, den ich einweihte.

Ich war mir noch nicht sicher, wie ich es schaffen würde, alle unauffällig abzuhängen und einen Moment mit der Hohepriesterin zu bekommen, aber ich müsste clever vorgehen. Immerhin stand sie wahrscheinlich ganz oben auf der Liste der

Leute, die mit unserem Zirkel nicht glücklich waren, und Zeit allein mit ihr zu verbringen war ...

Na ja, ehrlich gesagt, einfach dumm. Also würde ich Grim mitnehmen. Seine Anwesenheit würde sie sicher zweimal darüber nachdenken lassen, irgendwas zu versuchen.

„Das Blind Draw fängt in ein paar Minuten an", sagte Tanner. „Das wollen wir nicht verpassen."

Ich hatte das mit dem Blind Draw jetzt ein paarmal gehört und wollte ihn fragen, was das war, aber ich dachte, ich würde es in einer Minute sowieso selbst sehen.

Auf dem Weg dorthin kamen wir an einigen Ständen vorbei und hielten beim Pixie-Mixie-Pop-up, um Kayleigh und Stella Lytefoot Hallo zu sagen, die auf eine kleine Tafel geschrieben hatten, was sie heute anboten. Nur zwei Artikel waren aufgelistet. Der erste war ein Trank, um Ohnmächtige aufzuwecken, und der zweite – proaktiver – war ein Beruhigungstrank. Nach den leeren Regalen hinter ihnen zu urteilen, waren sie fast ausverkauft. Sie lächelten uns an, sagten uns, wir sollten uns aus Ärger raushalten, und dann ließen wir sie weiter Münzen einstreichen.

Wir kamen am Necro-Coffee-Stand vorbei, der nur Kamillentee anbot – offensichtlich war Koffeinzittern überflüssig bei all den anderen Nervenreizen, die jeder zu bewältigen hatte.

Ich kaufte mir eine Bratwurst am Spieß von Crawfords Metzgerstand. Das warme Fett überzog sofort meinen Mund, und der erste Bissen war wie der Himmel. Metaphorisch gesprochen. Ich konnte nicht bestätigen, ob es Ähnlichkeit mit dem Reich gab, aus dem Gabby Bloom kam. Wie auch immer, es war etwas universell Beruhigendes an ungesundem Kirmesessen.

Und da ich wusste, dass ich bald seine Kooperation brauchen würde, kaufte ich eine Wurst für Grim – eine aus Hühnchen, um auf der gesunden Seite zu bleiben. Er beschwerte sich nicht. Aber das lag vielleicht daran, dass er sie praktisch inhalierte, ohne sie zu schmecken.

Als wir den Bereich für das Blind Draw erreichten, war ich mir nicht sicher, was ich davon halten sollte.

Der Wettbewerb hatte noch nicht begonnen, aber dem Anblick nach würde es bald losgehen. Diejenigen, die sich in der Nähe versammelten und den innersten Ring um die drei Teilnehmer in der Mitte bildeten, wirkten fast glücklich.

Fast, aber nicht ganz.

Nur nicht vollkommen verängstigt.

Sogar die Geister, die in der Nähe herumschwebten, schienen zu vergessen, dass sie nur da waren, um die Lebenden zu nerven.

Im Zentrum des kleinen Kreises stand neben den Teilnehmern niemand anderes als Liberty Freeman, der wie immer entspannt vor der Menge wirkte. Sein Charisma hatte unter dem Chaos keinen Schlag erlitten, und vielleicht färbte etwas von seiner Magie auf die Zuschauer ab und schuf eine ansteckende Blase des Selbstvertrauens. Ich traute ihm zu, diese Fähigkeit zu haben. Der Mann war wahrscheinlich das mächtigste Wesen in der Stadt (vielleicht abgesehen von seiner Partnerin Emagine), obwohl man das nicht bemerken würde, wenn man mit ihm sprach.

Liberty, von dem ich natürlich annahm, dass er die Sache moderieren würde, anstatt teilzunehmen, plauderte locker mit einem der baldigen Wettbewerber. Unter ihnen waren zwei junge Eastwinder, die ich schon mal gesehen hatte, aber nicht namentlich kannte – ein männlicher Werwolf, Anfang zwanzig, und eine Elfe, die wie Mitte dreißig aussah, aber wahrscheinlich Mitte dreihundert war.

Den dritten Teilnehmer kannte ich. Es war Ansel Fontaine, Jane Saxons Ehemann, ein Werbär. Ich war mir nicht sicher, wo ich mit ihm stand. Einerseits machte er nicht gerade einen

Hehl aus seiner Voreingenommenheit gegen Hexen. Andererseits hatte ich zusammen mit vier anderen Hexen geholfen, ihn vor den Doppelgängern zu retten. Ich beschloss, mir keine Gedanken zu machen und ihn bei dieser Blind-Draw-Sache anzufeuern, was auch immer das war.

Jeder der drei stand neben einer leeren Staffelei, aber es wurde keine Erklärung gegeben, warum. War das einfach nur ein Malwettbewerb?

Emagine trat aus der Menge und flüsterte Liberty etwas ins Ohr, und seine Augen weiteten sich für einen Moment, bevor er sie in seine Arme zog und sie küsste. Sie kicherte, als der Kuss endete, und er gab ihr einen kleinen Klaps auf den Po, als sie in die Menge zurückkehrte.

Ich tastete hinter mich, fand Tanners Hände und zog sie um meine Taille, damit ich etwas von seiner Wärme an meinem Rücken stehlen konnte.

Liberty räusperte sich dramatisch, bevor er sprach, und seine Stimme hallte weit über den Platz und zog eine angespannte, erwartungsvolle Stille von den kürzlich noch stöhnenden und quietschenden Kirmesbesuchern in Hörweite nach sich.

„Zu diesem Zeitpunkt bitte ich unsere erste Welle von Teilnehmern, ihre Augenbinden anzulegen", sagte er.

Ich hatte die Augenbinden, die jeder von ihnen hielt, bis dahin nicht bemerkt. Die Teilnehmer taten, wie ihnen geheißen, und ich dachte, es sei eine törichte Sache in dieser Umgebung, aber okay. Ich persönlich war nicht scharf darauf, an Halloween einen meiner Sinne aufzugeben, und ich hatte mindestens einen mehr als die meisten.

„Wer ist bereit für die erste Runde des Blind Draw?", fragte Liberty.

Nach der aufgeregten Reaktion der Menge zu urteilen, war jeder bereit dafür.

„Dann bitte ich alle willigen Geister unter den Gästen, hierher zu schweben, und ich wähle die ersten drei aus."

Zu meinem Erstaunen gehorchten die Geister. Zumindest einige von ihnen. Während nicht alle herunterschwebten, um vor Liberty zu warten, taten es mindestens ein halbes Dutzend, einen davon hatte ich nur Minuten zuvor dabei beobachtet, wie er Ketchup auf Hyacinth Bouquets teuer aussehenden Hut gegossen hatte.

(Das war ein Highlight!)

Liberty wählte drei aus der Gruppe aus und wies sie an, in Armlänge vor jedem Teilnehmer zu stehen.

Offenbar war der Dschinn so sympathisch, dass selbst die unausstehlichsten Wesen begierig waren, ihm zu gefallen.

„Okay, Teilnehmer", sagte er, „wenn ich ‚Los' sage, habt ihr zwei Minuten, um ein vollständiges Porträt zu ertasten. Und Geister, muss ich euch erinnern, dass ihr, sobald die Zeit beginnt, völlig stillhalten müsst? Keine Positionswechsel, um die Künstler zu verwirren. Bereit ... auf die Plätze ... Malen!"

Daher also der Name *Blind Draw* – blindes Malen!

Sofort brach die Menge in Jubel aus, aber ich war zu vertieft in die Aktivität, um auch nur einen einzigen Anfeuerungslaut für Ansel von mir zu geben, als die Zeit zu laufen begann. Ich beobachtete, wie der riesige Werbär die Luft vor sich abtastete, während seine Hand durch den äußeren Rand des Geistes vor ihm glitt.

„Süßes Baby-Jackalope", hauchte ich, als ich begriff, was passierte. Ansel versuchte, die Umrisse des Geistes auf der leeren Leinwand zu zeichnen, indem er die Temperatur der Luft vor sich spürte, um zu erkennen, wo der Geist anfing und endete.

Die entstehenden Figuren auf den Staffeleien waren lachhaft schlecht. Ich vermutete, dass ein Teil davon daran lag, wie schlecht jedermanns präziser Tastsinn für Temperaturunterschiede war, und ein Teil an der üblichen Schwierigkeit, zu malen, wenn man nicht sehen kann.

Aber ich vermutete auch, dass die urkomisch schlechten Zeichnungen der ganze Punkt waren.

Es war unmöglich, nicht zu lachen, während man dieses Spektakel beobachtete, und die Jubelrufe aller verwandelten sich schnell in Anfälle hysterischen Lachens, als der junge Werwolf den Kopf des Geistes genau dort malte, wo er bereits den Hintern hingemalt hatte, und die Elfe vergaß, dass sie den rechten Arm schon gemalt hatte, und der Figur einen zweiten und dann einen dritten auf derselben Seite gab.

Nicht einmal Liberty war immun gegen den Humor, und der Dschinn krümmte sich vor Lachen und konnte kaum rufen, als die Zeit abgelaufen war.

Tanner, immer noch hinter mir, mit seinen Armen um meine Taille, drückte sein Gesicht in die Kuhle meiner Schulter, während er vor Lachen heulte.

Sogar Donovan und Landon konnten sich dem nicht entziehen, und ihre allgemeine Aura von Paranoia nahm irgendwo eine Rauchpause.

Eva sah genauso erstaunt aus, wie ich mich fühlte. Vielleicht kam sie zu demselben Schluss wie ich: Wer auch immer den Blind Draw an Halloween erfunden hatte, war ein Genie.

Es brachte nicht nur die Lebenden und die Toten zusammen, sondern auch Fraktionen der Lebenden, die in letzter Zeit nicht einmal in Spuckweite voneinander sein wollten.

Ich war mir nicht sicher, ob ich an Wunder glaubte (obwohl, warum nicht, da ich täglich von unglaublichen Dingen umgeben war?), aber wenn ich es täte, wäre dieser Moment definitiv qualifiziert.

Obwohl ich vermute, dass es immer etwas Wunderbares an Lachen gab.

Sobald Ansel seine Augenbinde abgenommen und sein

Meisterwerk erblickt hatte, stimmte er in das Lachen ein. Jane trat aus der Menge hervor, und er legte einen großen Arm um ihre Schulter, während sie auf die lächerlichsten Teile seiner Zeichnung zeigte, bis er sich Tränen aus den Augen wischte.

Graf Malavic erschien neben Liberty mit einem uncharakteristisch echten Lächeln, das den Vampir fast sympathisch wirken ließ. Wenn er nur die ganze Zeit so aussehen würde, könnte ich ihn vielleicht nach einer Weile ertragen.

Für einen kurzen und beschämenden Moment dachte ich: Ja, ich kann verstehen, warum Bloom und Ruby auf ihn standen. Dann schüttelte ich den Gedanken mit einem kräftigen, ernüchternden Schauder aus meinem Kopf und gönnte mir den letzten Bissen meiner Wurst.

Die Juroren, bestehend aus Graf Malavic, Kelley Sullivan und seltsamerweise Echo Chambers, inspizierten jedes Bild, obwohl mir schleierhaft war, nach welchen Kriterien sie urteilten. Keines der Endprodukte ähnelte auch nur annähernd den Geistern, die sie darstellen sollten.

„Wer ist wohl in der nächsten Runde?", fragte Tanner, als die Menge sich zur zweiten sammelte.

„Ich bin erst in der sechsten Runde dran", sagte Landon.

Ich drehte meinen Kopf, um ihn anzusehen. „Du machst mit?"

Er zuckte mit den Schultern. „Klar. Warum nicht?"

„Ja, warum nicht?" Dieses Ereignis schien der beste Teil der ganzen Kirmes zu sein.

Die Angstpegel begannen, um mich herum anzusteigen – ich konnte es praktisch auf meiner Haut spüren und in der Luft schmecken.

Bevor sie zu erdrückend werden konnten, kündigte Liberty an, dass die Punkte gezählt waren und am Ende der ersten Runden, direkt vor dem Viertelfinale, bekannt gegeben würden. Als die nächsten drei Teilnehmer ins Zentrum des

Kreises traten, fanden meine Augen die der Frau, mit der ich sprechen musste, und zogen mich aus dem glückseligen Hoch der Heiterkeit zurück zu meiner dringenden Aufgabe.

Springsong bahnte sich ihren Weg durch die äußeren Ränder der versammelten Menge, und bevor ich mir eine Ausrede einfallen lassen konnte, um mich von der Gruppe abzuspalten und ihr nachzugehen, sagte Liberty das Wort, und die nächste Runde des Blind Draw begann.

„Grim, du musst mit mir kommen."

Ich sah hinunter zu der Stelle, wo er gerade noch gestanden hatte, aber er war weg.

„Grim?"

Das keuchende Kichern um mich herum übertönte meine Stimme. Wo war er hin verschwunden?

Als ich zurück ins Zentrum des Kreises schaute, entdeckte ich ihn. Er war schwer zu übersehen.

Grim hatte ein großes, dummes Grinsen im Gesicht, als er rückwärts in einen der Geister direkt vor dem mit einer Augenbinde versehenen Darius Pine lief.

Liberty lachte so sehr, dass es aussah, als würden ihm die Knie wegknicken, und als Darius schließlich eine große Handvoll von Grims pelzigem Hinterteil griff und schreiend zurücktaumelte, knickte das linke Bein des Dschinns ein, und er fiel kichernd zu Boden.

Die Menge hielt nicht viel besser durch, und die Tatsache, dass alle so dicht gedrängt waren, um alles zu sehen, war vielleicht der einzige Grund, warum nicht mehr Knie nachgaben.

Ich lachte mit den anderen mit, und Grim winkte mir mit einer großen Pfote zu, bevor er aus dem Kreis trabte (nicht ohne Darius vorher über die Wange zu schlabbern) und an meine Seite zurückkehrte.

„*Fertig?*", fragte ich, unfähig, die Belustigung aus meiner telepathischen Stimme zu halten.

„Sorry, ich musste das tun."

„Musstest du nicht."

„Stimmt. Aber ich wollte wirklich."

„Verständlich. Ich habe gerade Springsong gesehen. Du musst mit mir kommen, um sie aufzuspüren."

„Und mehr von der Action verpassen? Nein, danke."

„Grim."

„Was?"

Ich seufzte. *„Da ist noch eine Wurst am Spieß für dich drin."*

Zu meiner Überraschung sagte er: *„Na und? Denkst du wirklich, dass die Leute, nach dem Stunt, den ich gerade abgezogen habe, mich nicht den ganzen Tag wie einen König füttern werden? Ich könnte monatelang allein von Bodenkrümeln leben."*

Einhornäpfel! Wenn Essen nicht genug Motivation war, was dann? *„Ich nehme dich später mit in die Deadwoods."*

Ich konnte spüren, wie er darüber nachdachte, bevor er antwortete: *„Skala von eins bis zehn, wie wahrscheinlich ist es, dass wir nicht zurückkommen?"*

„Acht."

„Na gut. Ich bin dabei."

Als die zweite Runde endete und ich mir Gehör verschaffen konnte, drehte ich mich zu den anderen in meinem Zirkel und sagte: „Ich gehe kurz zur Toilette. Bin gleich wieder da."

„Perfekt", erwiderte Eva. „Ich muss auch."

Wirklich? *Ugh!* Das hätte ich wissen müssen. Normalerweise störte mich diese soziale Konvention nicht, aber jetzt war nicht der richtige Zeitpunkt dafür.

Ich versuchte, an einen Grund zu denken, warum ich ohne sie zur Toilette müsste, und kam zu keinem Ergebnis. „Ja, okay. Gehen wir." Und wir lösten uns von den Männern.

„Wo ist Zola?", fragte ich, als ich bemerkte, dass Evas Vertraute nirgends zu sehen war.

„Ich habe ihr gesagt, sie soll außerhalb der Kirmes herumstreifen. Sie kann nicht gut mit vielen Leuten umgehen."

Wir erreichten die Schlange für die mobilen Toiletten, und ich beobachtete die Menge in die Richtung, in der ich Springsong zuletzt gesehen hatte.

„Wen suchst du?", fragte Eva.

„Hä? Oh, niemanden."

Ihren geschürzten Lippen nach zu urteilen, kaufte sie mir das nicht ab. „Du bist auf einer deiner kleinen Missionen, oder?"

Da ich wusste, dass ich eine schreckliche Lügnerin bin, wenn es um Leute geht, die ich mag, sagte ich: „Ja, bin ich."

„Und du musstest gar nicht wirklich zur Toilette, oder?"

„Nein. Obwohl, jetzt, wo ich in der Schlange stehe, muss ich irgendwie schon."

„Dann erzähl mir, während wir warten, was los ist, damit ich dir helfen kann."

Ich spähte über ihre Schulter und dann hinter mich. Niemand in unserer Nähe schien an unserem Gespräch interessiert, also lehnte ich mich zu ihr und legte los. Zumindest mit den Teilen, die unmittelbar relevant dafür waren, warum ich mit Springsong sprechen musste. Ich beschloss, einige Details darüber auszulassen, warum Tanners Eltern durch das Portal gegangen waren, und erwähnte nur, dass es ein Versuch war, das Gleichgewicht wiederherzustellen.

Als wir die Spitze der Schlange erreichten, hielt ich mit dem Erzählen inne, und wir trafen uns einen Moment später mit viel glücklicheren Blasen wieder.

Die kurze Zeit allein hatte ihr offensichtlich geholfen, ihre Gedanken zu ordnen, und das Erste, was sie fragte, war: „Es gibt ein offenes Portal zu unserer Welt in den Deadwoods?"

„Zumindest vermute ich das. Ich muss Springsong finden und sie fragen, was sie weiß. Ruby sagt, sie würde mehr darüber wissen und was wir tun müssen, um die Krise abzuwenden, vor der Dean und Aria mich gewarnt haben."

Eva nahm das alles gelassen hin. Es war eine Menge Information, die bestenfalls nur lose zusammenpasste.

Aber ich hatte die Vermutung, dass Springsong die fehlenden Teile hatte, um alles zusammenzufügen.

„Okay", sagte sie schließlich, „lass uns die Hohepriesterin aufspüren und ein paar echte Antworten bekommen."

Kapitel Sechzehn

Ach, wenn es nicht zum Plan gehörte, Eva mitzunehmen, war ich überrascht, wie schön es war, jemanden an meiner Seite zu haben für diesen Teil meiner Untersuchung. Aber es war, wie Ted gesagt hatte, oder? Wenn du wusstest, dass du etwas Unangenehmes tun musst und es kein Entrinnen gab, war es besser in Gesellschaft. Ich hoffte nur, dass ich Eva nicht in Gefahr brachte, indem ich sie mitnahm.

Ich entdeckte Springsong in ihrer seidigen, jagdgrünen Robe beim Necro-Coffee-Stand. Erst als ich direkt neben ihr stand, erkannte ich, mit wem sie sprach.

Einhornäpfel! Das war die letzte Person, die ich in dieses ohnehin schon komplizierte Chaos verwickelt haben wollte.

Bürgermeisterin Cordelia Esperia lächelte mich an, aber es erreichte ihre Augen nicht. „Nora Ashcroft und Evangeline Moody! Das muss euer erstes Halloween in Eastwind sein! Wie gefällt es euch?"

„Bin mir nicht sicher, ob ‚gefallen' das richtige Wort ist", sagte ich.

„Aber das Blind Draw ist ziemlich lustig", fügte Eva hinzu

und legte ein bisschen mehr Höflichkeit an den Tag, als ich aufbringen konnte.

Daraufhin erreichte das Lächeln der Bürgermeisterin tatsächlich ihre Augen. „Das ist es, nicht wahr? Nicht, um anzugeben, aber ich habe es vor elf Jahren gewonnen."

„Können wir Ihnen bei irgendwas behilflich sein?", fragte die Hohepriesterin kühl und sprach mich direkt an.

„Ja, tatsächlich. Ich frage mich, ob ich kurz allein mit Ihnen sprechen könnte."

Ihre Augenbraue wanderte ihre Stirn hinauf. „Worum geht's?"

„Es ist privat. Ich erzähle es Ihnen, wenn wir allein sind."

Ihre Augen wanderten zu Eva. „Und ich nehme an, sie darf es hören?"

„Ja."

Springsong nickte. „Also gut. Dann haben Sie sicher nichts dagegen, wenn die Bürgermeisterin es auch hört."

„Ich –"

„Immerhin", fuhr sie fort, „würde ich es ihr sowieso erzählen, im Geiste der Transparenz zwischen dem Zirkel und dem Hohen Rat."

Oh, bitte!

Dieses Gespräch unter vier Augen wurde ganz schön voll. Aber was hatte ich schon zu verlieren?

Na ja, offensichtlich könnten sie mich umbringen lassen, und jetzt stand ich zwei mächtigen Hexen gegenüber statt einer.

Aber wenn Springsong wollte, dass ich ihre schmutzige Wäsche vor der Bürgermeisterin sortierte, dann sei's drum.

„Gut. Wo können wir reden?"

Springsong sagte: „Folgen Sie mir", und wir taten es und schlängelten uns durch die Ränder der Menge zum Uhrenturm in der Mitte des Emporiums.

Ah. Richtig.

Es war ein so unscheinbares Wahrzeichen, und ich war so oft daran vorbeigegangen, dass ich vergessen hatte, dass es auch ein Tor zu den Besprechungsräumen des Hohen Rates war.

Ich war nur einmal dort gewesen, damals, als ich die schlechte Nachricht überbringen durfte, dass Quinn Shaws Sohn, Seamus, zu denen gehörte, die den Goldschatz der Stadt unter Rainbow Falls gestohlen hatten.

Soweit ich wusste, hatte Eva die Kathedrale des Hohen Rates (aus Ermangelung eines besseren Wortes) noch nie besucht, und sie wirkte vollkommen verwirrt, als wir vor dem Turm standen und Bürgermeisterin Esperia ihren Zauberstab hervorholte.

Einen Moment später waren wir nicht mehr auf der Halloween-Kirmes.

Die Stille des Raumes klingelte in meinen Ohren, aber es war nicht derselbe Ort, an dem ich zuvor gewesen war. Er war viel, viel kleiner – ein einfacher Raum mit einem großen, lodernden Kamin, der einen großen Teil der hinteren Wand einnahm. In der Mitte standen vier Sessel um einen Sofatisch, der wie ein Querschnitt einer uralten Eiche aussah.

„Das sollte reichen", sagte Esperia, und mit einem weiteren Schwenk ihres Zauberstabs erschien ein Teetablett auf dem Tisch, und Dampf stieg aus jeder der vier orangefarbenen Tassen auf, die um eine Kanne in der Mitte standen.

Als wir uns setzten, mit Grim, der sich schwer neben meinem Sessel auf den Boden fallen ließ, nickte die Bürgermeisterin zu den Getränken und sagte: „Kamille und Lavendel. Gut für die Nerven an Halloween."

Ich würde auf keinen Fall etwas trinken, was Esperia aus dem Nichts heraufbeschworen hatte. Es war vielleicht nicht ideal, sie als Feindin zu betrachten, aber ich konnte die kalte Feindseligkeit spüren, die in Wellen von ihr ausging.

Trotzdem nahm ich die warme Tasse in die Hand und tat so, als hätte ich jede Absicht, die Flüssigkeit zu trinken, sobald sie kühl genug war.

Eva tat dasselbe, aber nicht, ohne mir fast unmerklich zuzunicken, was ich so interpretierte, dass sie es auch nicht trinken sollte.

„Und?", sagte die Hohepriesterin, trank einen gemächlichen Schluck und hielt inne, um den Duft einzuatmen.

Der Tee roch wirklich köstlich. Vorausgesetzt, es war nichts im Dampf selbst, das mich außer Gefecht setzen oder vergiften könnte, konnte es nicht schaden, zumindest diesen beruhigenden Effekt zu genießen.

Ihre knappe Frage ließ mich überlegen, wie um alles in der Welt ich anfangen sollte. Und wo.

Also entschied ich mich für das, wovon ich dachte, dass es sie am meisten aus der Fassung bringen würde. „Ich habe mit Dean und Aria Culpepper gesprochen."

Ich versuchte, nicht zu selbstgefällig zu wirken, als ihr fast die Augen aus dem Kopf sprangen. Sie schluckte, senkte ihre Teetasse auf die Untertasse und fand schnell ihre übliche Fassung wieder. „Mit ihren Geistern, nehme ich an. Was könnten die zu sagen haben?"

„Eine ganze Menge, tatsächlich." Ich bemühte mich, nicht über Bürgermeisterin Esperia zu grinsen, die kerzengerade saß und an jedem Wort hing. Wahrscheinlich wusste sie zumindest genug über ihre Morde, um sich bewusst zu sein, dass der Fall ungelöst war und es wahrscheinlich einen Grund gab, warum ich die Hohepriesterin gebeten hatte, unter vier Augen mit ihr darüber zu reden. Aber möglicherweise wusste die Bürgermeisterin mehr.

Vielleicht würde sich herausstellen, dass ihre Anwesenheit hier nützlich war.

„Sie haben mir alles über ihre Mission erzählt."

Ich suchte nach einem zusätzlichen Funken Neugier von der Bürgermeisterin bei der Erwähnung und war überrascht, keinen zu finden. Wusste sie bereits, was die Culpeppers tun sollten?

„Ich nehme an", sagte Springsong, „sie haben Ihnen auch erzählt, dass sie dabei versagt haben. Und dass ich enttäuscht von ihnen war."

„So in etwa."

„Ich war nicht enttäuscht." Sie ließ die Worte einen Moment wirken, dann erklärte sie: „Ich hatte Angst. Um sie. Um ihre Sicherheit."

„Wie wäre es dann, die Karten auf den Tisch zu legen?", schlug ich vor. „Haben Sie sie ermordet?"

Sie schüttelte traurig den Kopf. „Natürlich nicht, obwohl ich vermute, dass Sie das tief im Inneren schon wussten. Teil Ihrer Gabe der Einsicht, nicht wahr? Ich bin sicher, Sie hätten es geliebt, herauszufinden, dass ich sie ermordet habe, da wir beide nie ganz auf einer Wellenlänge waren."

Untertreibung des Jahres.

Aber ihr Leugnen war leider glaubwürdig. „Wissen Sie, wer es war?"

„Darf ich fragen, warum es plötzlich wieder Interesse an dem Fall gibt?"

„Ich habe schon gesagt, sie sind aufgetaucht und haben angefangen, darüber zu reden."

„Über ihren Mord oder über etwas anderes?"

Wusste sie es? „Über etwas anderes. Über das Gleichgewicht der Natur. Sie sagen, es ist in Gefahr."

Esperia brach ihr Schweigen mit einem hastigen: „Ich habe es dir gesagt, Serenity. Ich habe von dem Moment an, als sie angekommen ist, gesagt, dass dies der Anfang vom Ende war. Du wolltest es nicht hören, aber genau das ist, was der Hohepriester –"

Springsong hob eine Hand, und Esperia schluckte den Rest ihrer Worte herunter.

„Wenn das stimmt", sagte die Hohepriesterin und sprach mich anstatt der Bürgermeisterin an, „dann könnten wir zum ersten Mal im selben Team spielen."

„Was bedeutet das?"

„Das bedeutet viele Dinge. Aber eins nach dem anderen. Ich weiß, wer die Culpeppers ermordet hat."

„Serenity", warnte Esperia, aber die Hohepriesterin hob ihr Kinn und fuhr fort.

„Ich habe es Manchester nie erzählt, weil ich Angst hatte, dass die Wahrheit über ihren Tod mein eigenes Verbrechen ans Licht bringen würde. Und ich wusste, dass niemand es verstehen und die Stadt annehmen würde, ich hätte es aus Gier und Ehrgeiz getan, und nicht aus dem tatsächlichen Grund: Rache."

„Wovon reden Sie?", fragte ich. Ich konnte spüren, wie ich am Rand eines Abgrunds schwankte. Alle Antworten, die ich brauchte, waren auf der anderen Seite des tiefen Lochs im Boden, aber traute ich mich zu springen?

„Hohepriester Clearbrook hat die Culpeppers persönlich ermordet, als er herausfand, dass sie die Mission nicht ausgeführt hatten. Es ist tatsächlich ganz offensichtlich. Ich glaube, Bloom hatte ihre Vermutungen, aber sie konnte keine Beweise dafür finden, und niemand hat geredet. Und dann wurde es irrelevant, als er kurz darauf tot aufgefunden wurde."

„Und wie ist er –"

Ihre Stimme schnitt wie ein Messer. „Ich habe ihn getötet. Er stand sowieso schon mit einem Fuß im Grab, und sein Verstand begann zu schwinden. Man kann so jemanden nicht in einer so mächtigen Position lassen, und sein schlampiges Vorgehen mit den Culpeppers war Beweis genug. Außerdem war ich wütend auf ihn. Ich wusste, dass Dean und Aria nie einer Seele verraten hätten, womit er sie beauftragt hatte, wenn er sie einfach gebeten hätte, es nicht zu tun. Ich hatte vorgehabt, am nächsten Morgen mit ihm über sie zu reden. Aber ich war dumm und habe ihm eine Eule geschickt, um ihn über den Ausgang der Mission zu informieren, und dachte, er würde bis zum nächsten Tag warten, bevor er etwas Voreiliges tut." Sie verzog das Gesicht. „Mein Auftritt in der Elch-Lodge hätte warten können. Ich hätte direkt zum Hohepriester gehen und einfach später zur Versammlung kommen sollen. Niemand hätte viel darüber nachgedacht. Aber ich war dumm. Und es hat die Culpeppers ihr Leben gekostet und ihren Sohn seine Eltern."

Ich hatte noch nie ein Mordbekenntnis wie dieses gehört. Anstatt sie hinter Gittern sehen zu wollen, wollte ich ihr einen Drink spendieren.

Natürlich war es weder der richtige Zeitpunkt noch der Ort dafür.

Ich wandte mich Esperia zu. „Sie wussten von alldem?"

Einen Moment lang dachte ich, ich würde gegen eine Mauer des Schweigens stoßen, aber dann gab sie nach und sagte: „Ja. Ich war beim Hohepriester, als er die Nachricht erhielt. Er verließ sofort sein Anwesen, und ich folgte ihm. Ich hatte keine Ahnung, was er vorhatte, bis wir schon vor dem Haus der Culpeppers standen. Er trat ein, ohne zu klopfen, und da dämmerte mir, was er vorhatte. Ich packte ihn, versuchte, ihn aufzuhalten, flehte ihn an, es nochmal zu überdenken. Aber seine Magie war meiner weit überlegen, und er fesselte mich, sodass ich mich nicht bewegen oder sprechen konnte, und ging nach oben. Er löste den Bannzauber erst, als es vollbracht war." Sie senkte den Blick. „Ich – ich glaube, ich habe noch nie in meinem Leben jemanden so angeschrien. Er musste mich schließlich wegzerren, bevor der Streit Manchester oder Bloom alarmierte. Mir wurde klar, dass mein eigenes Leben in Gefahr war wegen dem, was ich wusste. Also riss ich mich zusammen, als wir zu seinem Anwesen zurückkehrten, und versicherte ihm, dass ich nur ihm und dem Zirkel gegenüber loyal war, und wenn er wollte, würde ich die Mission der Culpeppers übernehmen und selbst zu Ende bringen."

Die Bürgermeisterin hielt inne und trank einen Schluck Tee. „Nun, natürlich hatte ich nicht vor, das zu tun. Da war mein Entschluss schon gefasst. Ich sprach mit Serenity, erzählte ihr, was passiert war ..."

„Und ich wusste", sagte Springsong und nahm die Geschichte auf, „der einzige Weg, dafür zu sorgen, dass niemand von uns das gleiche Schicksal wie Dean und Aria erlitt, war, den Hohepriester aus dem Spiel zu nehmen."

„Verstehe", sagte ich. „Sie haben getan, was Sie tun mussten."

Sie nickte. „Oh ja, aber glauben sie nur nicht, ich hätte den Akt, das Leben aus ihm weichen zu sehen, nicht genossen. Das habe ich, sehr sogar. Ich werde Sie nicht mit den blutigen Details langweilen, weil sie leider nicht so blutig waren. Ich musste es wie einen natürlichen Tod aussehen lassen. Ich bin mir nicht sicher, ob ich gute Arbeit geleistet habe, aber zum Glück war die magische Pathologin damals –"

„Sie", sagte ich.

Ich spürte, wie Eva im Sessel neben mir aufhorchte. Ich hatte dieses Detail in meiner Zusammenfassung nicht erwähnt, und es schien, als bekäme sie endlich ein Gefühl dafür, wie tief diese Vertuschung ging.

„Gab es eine Untersuchung zu seinem Mord?"

„Nein", sagte die Bürgermeisterin. „Weil er nie als Mord

eingestuft wurde. Oh, ich glaube, Bloom hatte ihre Vermutungen, aber sie war auch nicht gerade eine große Bewunderin des Mannes. Es war nur eine Frage der Zeit, bis seine schlechte Gesundheit oder seine schlechte Behandlung anderer ihn einholte."

Dafür haben diese beiden zumindest gesorgt.

„Sind Sie sich bewusst", fragte ich und wechselte das Thema in der Hoffnung, eine oder beide unvorbereitet zu erwischen, „dass das Portal, durch das die Culpeppers gereist sind, und vermutlich dasselbe, durch das ich nach Eastwind gekommen bin, derzeit offen ist?"

Ich achtete genau auf Anzeichen von Überraschung, fand aber keine.

Springsong zuckte gemächlich mit den Schultern und trank einen Schluck Tee, bevor sie sagte: „Ich wusste es nicht, aber es erklärt einiges."

„Ruby sagte, Sie wüssten vielleicht mehr darüber. Das Portal, meine ich."

„Ich weiß nichts über dieses spezifische Portal, aber in meinen umfassenden Studien habe ich viel über Portale gelernt."

„Und was haben Sie gelernt, dass es Sie so wenig überrascht, dass dasjenige zu meiner Welt offen ist?"

Sie atmete ein, richtete sich mit einer Würde auf, die völlig sinnfrei schien nach einem Mordbekenntnis, und legte los. „Portale entstehen natürlich. Sie sind das beste Werkzeug der Natur, um das Gleichgewicht wiederherzustellen. Sie lassen den Energiefluss zwischen Reichen passieren, verteilen ihn dort, wo er gebraucht wird, und füllen ihn anderswo auf. Exaktes Gleichgewicht ist natürlich unmöglich, aber es gibt tolerierte Schwankungen, bevor die Natur verzweifelt und ein Druckventil öffnet. Cordelia und ich haben jedoch gesehen, wie das Ungleichgewicht in den letzten Monaten immer stärker wurde – die heulenden Winde der Veränderung sind ein weiterer Beweis dafür –, und wir haben versucht, wenn auch ohne großen Erfolg, alles wieder ins Lot zu bringen. Aber ich fürchte, wir haben diesen Kampf offiziell verloren. Ich denke, wir haben ihn in dem Moment verloren, als ihr euren Zirkel gebildet habt. Sie haben zu viel Macht an einem Ort angesammelt, und die Natur kann das nicht ausgleichen, ohne ein weiteres Portal zu öffnen. Eigentlich würde es mich überraschen, wenn es nur eines wäre. Es könnte aus diesem Grund überall in unserem Reich Risse geben."

Nicht erpicht darauf, das auf meinem Gewissen zu haben, fragte ich: „Was ist mit etablierten Portalen wie dem nach Avalon? Wollen Sie mir sagen, dass sich das jederzeit schließen könnte, wenn Eastwind stabiler wird?"

Die Hohepriesterin schüttelte den Kopf. „Während das natürlich entstanden ist, wird es jetzt durch eine große magische Kraft offengehalten. Es ist möglich, dass solche Zauber langfristig funktionieren, aber es ist selten. Es kann in beiden Reichen erheblichen Schaden anrichten, aber mit der Zeit beruhigen sie sich und neutralisieren sich. Es ist jedoch stark reguliert, von vielen weisen und mächtigen Wesen. Solche Entscheidungen zu treffen, ist keine einfache Sache. Die meisten Portale in Eastwind kommen und gehen völlig unbemerkt. Einige bleiben offen und werden schließlich dauerhaft, aber niemand weiß, welche es schaffen. Nur Mutter Natur kennt das Schicksal jedes Einzelnen."

„Und wissen Sie, wie man ein Portal schließt?", fragte ich.

„Es gibt zwei Wege", sagte sie. „Einer ist durch Magie. Das ist aber nur ratsam, wenn man das Portal durch magische Kraft geöffnet hat. Der andere Weg ist in der Theorie einfach, in der Praxis kompliziert, nämlich, das zu reparieren, was aus dem Gleichgewicht geraten ist – indem man das Element entfernt, das das Portal überhaupt erst geöffnet hat. Wenn die Natur zufrieden ist, schließt sie das Portal."

Nach so viel Schweigen sprach Eva endlich. „Warum erzählen Sie uns das alles? Ich weiß, dass Sie nicht versuchen, uns zu helfen."

Das Grinsen, das sich auf Springsongs Gesicht ausbreitete, erinnerte mich an einen Riss in trockener Erde. „Sehr wahr. Ich habe kein Interesse daran, Ihnen zu helfen. Aber ich habe ein Interesse daran, meiner Heimatwelt zu helfen, zu überleben. Und wenn das bedeutet, Außenstehenden wie Ihnen die Informationen zu geben, die Sie brauchen, um das Chaos, das Sie angerichtet haben, zu beheben, dann bin ich gern zu Diensten."

„Ich verstehe", sagte ich. „Irgendeine Idee, wie man das Chaos ‚behebt'?"

Ihr Grinsen wurde breiter. „Ich habe eine Vermutung. Es könnte sogar eine sehr gute Vermutung sein." Sie ließ uns einen Moment warten, während sie sich eine frische Tasse Tee eingoss und sich in ihrem Sessel zurücklehnte, während sie sie mit beiden Händen hielt. „Die Natur ist offensichtlich nicht glücklich über Ihren Hexenzirkel. Aber die Winde der Veränderung haben angefangen, bevor er gebildet wurde, oder? Also frage ich mich, welches Wesen, das der Natur zuwiderläuft, kürzlich in Eastwind aufgetaucht ist. Hmm ..." Sie tippte spöttisch mit einem Finger an ihre Lippen. „Ach ja. Wie wäre es mit dem Fünften Wind? Es braucht keinen besonders scharfen Verstand, um die Frage zu beantworten, warum das Portal, von dem Sie annehmen, dass es wieder offen ist, zum einzigen Reich führt, wo Hexen des Fünften Windes erschaffen werden. Ihre Welt will Sie zurück, Nora Ashcroft. Wenn Sie das Portal schließen wollen, ist es – glaube ich – ganz einfach. Sie müssen Eastwind verlassen. Für immer."

Kapitel Siebzehn

Eastwind für immer verlassen? Auf keinen Fall. Ich hatte nichts, wohin ich zurückkehren konnte. Alle zu Hause dachten, ich sei tot, und wahrscheinlich interessierte es sowieso niemanden.

Konnte ich Tanner und Ruby und Grim und alle anderen verlassen?

Mein Bauch antwortete sofort: Nein.

Es war eine egoistische Antwort, aber was schadete es wirklich, wenn ich blieb? Klar, die Winde der Veränderung waren nervig, aber sie waren nicht gefährlich. Noch nicht.

Ich konnte die Augen im Raum auf mir spüren.

Ich sollte etwas sagen.

Aber was?

Ich öffnete den Mund, um etwas herauszupressen, in der Hoffnung, dass es meine egoistische Reaktion auf diese Enthüllung nicht verriet, aber bevor auch nur ein Quietschen aus mir herauskam, antwortete Eva.

Braves Mädchen.

„Wissen wir genau, wann die Winde der Veränderung anfingen?"

„Sie kamen Mitte August in die Stadt, glaube ich", sagte Springsong. „Vielleicht etwas früher."

„Sie waren vorher schon in den Deadwoods", korrigierte ich. „Ted hat mir erzählt, sie kurz nach dem Lunasa-Fest gehört zu haben."

Eva nickte, als würde das eine Vermutung bestätigen, die sie hatte, aber ich fragte sie nicht, was diese Vermutung war. Ich respektierte ihr Recht, stillschweigend eine Theorie zu formulieren. Sie würde sie mir wahrscheinlich erklären, sobald wir die beiden anderen loswaren.

„Also", fuhr ich fort, „Sie glauben, dass –"

Ich wurde von einem lauten Schlag zu meiner Linken unterbrochen. Ich drehte mich um und fand die Quelle. Ein kleiner Goblin, den ich regelmäßig dabei gesehen hatte, wie er die anspruchsvolleren Mitglieder des Hohen Rates bediente, war gerade in die Kammer gestolpert und kämpfte um sein Gleichgewicht. Seine runden Augen waren weit aufgerissen, und er keuchte. „Bürgermeisterin, Hohepriesterin – Sie müssen sofort kommen!"

Esperia sprang auf die Füße, und Springsong, obwohl anmutiger und bedachter in ihren Bewegungen, stellte ihre Tasse ab und schritt zu dem kleinen Mann. „Was ist los, Krakow?"

Zwischen seinem verzweifelten Keuchen brachte er heraus: „Schrecklich! Sie sind überall. Ich weiß nicht, wie man sie aufhält."

Sie legte eine Hand auf seinen Kopf, um ihn zu beruhigen. „Sprich vernünftig! Wer weiß nicht, wie man was aufhält?"

„Die Schlangen, Hohepriesterin! Und mehr! Ich weiß nicht, wie man sie nennt!"

Ihr Kopf fuhr herum, um uns anzusehen, und die Angst in

ihren Augen entwaffnete mich. Eva, Grim und ich waren jetzt auf den Beinen, und ich nickte Springsong zu, um ihr klarzumachen, dass ich ihre unausgesprochene Frage verstand und meine Antwort Ja lautete.

Ja, ich wusste, dass das wahrscheinlich meine Schuld war, und ja, ich würde tun, was nötig war, um es zu richten.

Der Moment der Selbstsucht verschwand wie ein Windhauch, sobald ich begriff, dass Eastwinder in echter Gefahr sein konnten ... und das war wahrscheinlich meinetwegen.

Aber ich hatte keine Ahnung, wie schlimm es war, bis wir den stillen Raum verließen und auf das Emporium zurückkehrten.

„Alptraum" beschrieb es nicht einmal annähernd.

Als Krakow von riesigen Schlangen gesprochen hatte, hatte er nicht übertrieben. Die Kreaturen waren dicker als ein Auto, und wenn sie sich aufrichteten, waren ihre Köpfe auf Höhe der Dächer der umliegenden Gebäude.

„Wo kommen die her?", fragte Eva, offensichtlich genauso fassungslos wie ich.

„Wenn ich raten müsste, würde ich sagen, aus diesem riesigen Riss in der Raum-Zeit." Ich zeigte auf die andere Seite des Emporiums, wo es aussah, als hätte jemand den Vorhang der Realität zurückgezogen, und zwischen dem Stoff strömten immer mehr unbeschreibliche Kreaturen herein. Nicht nur Schlangen, sondern grausige haarige Kreaturen und Ghule mit mehr Köpfen als Gliedmaßen.

Ein Portal hatte sich mitten auf der Halloween-Kirmes geöffnet.

Fühlte ich mich wie ein schrecklicher Mensch, weil ich kurz zuvor beschlossen hatte, nicht zu handeln, obwohl ich wusste, was getan werden musste?

Höllenhund, ja, das tat ich.

Für jeden Eastwinder, der floh, blieben mindestens zwei, um die widerlichen Biester abzuwehren.

Liberty Freeman sprengte eine der schnellen und pelzigen Kreaturen und ließ sie in einem Schwall pinkfarbener Funken explodieren. Mann, ich war froh, dass wir ihn auf unserer Seite hatten.

„Nein, Sir!", kam ein Schrei von meiner Linken, und als ich mich umdrehte, sah ich Ruby eine Welle grässlicher Monstrositäten fünf Meter weit zurückschleudern, nur mit ihren Händen.

Merke: Miete nie zu spät zahlen!

Bloom schoss über uns hinweg, beschwor riesige goldene Speere aus der Luft und schleuderte sie auf die Köpfe der Schlangen. Und dann flog etwas hinter ihr heran, das wie eine Wolke aus Feuer aussah. Als es näherkam, erkannte ich jedoch, dass es eher wie ein Schwarm aus Feuer war.

Teds Phönixe.

Und Heiliger Geist, hatte er ihre Population angekurbelt! Es mussten Hunderte sein, und sie begannen, die Alpträume, die aus dem Portal strömten, anzugreifen, und setzten jede der Kreaturen in Flammen, bevor sie sich wieder in die Luft schwangen.

Und angesichts so vieler Eastwinder, die alles gaben (ich erhaschte einen Blick auf Graf Malavic, der ein grünes Ding mit fast einem Dutzend Beinen bekämpfte, und mein Mund blieb offenstehen, als ich riesige schwarze Krallen aus den Spitzen der Finger des Vampirs hervorschießen sah, kurz bevor er das Monster damit in zwei Hälften schnitt), erkannte ich, wie vollkommen nutzlos ich hier war.

Und doch, wenn meine Vermutungen stimmten, war ich die Einzige, die dem ein Ende setzen konnte.

„Bereit für einen Trip in die Deadwoods?", fragte ich Grim.

„Weiß nicht. Zum ersten Mal scheint es besser, mich umbringen zu lassen. Noch einmal.“

„Wo gehst du hin?“, rief Eva mir nach, als Grim und ich vom Chaos auf der Kirmes weg sprinteten. Ich versuchte, nicht zu sehr darüber nachzudenken, wie es aussehen würde, dass ich vor der Gefahr weglief, nicht darauf zu.

Ich antwortete Eva nicht, sondern rannte weiter.

Sie jagte uns nach, und einen Moment später hörte ich sie pfeifen, und Zola tauchte aus den Schatten auf. Der Berglöwe hätte Grim und mich leicht einholen können, aber sie blieb an Evas Seite.

Ich versuchte, nicht zum Medium Rare zu schauen, als wir durch die Outskirts sprinteten. Ich würde es nie wieder geöffnet sehen. Würde Tanner es wieder öffnen, wenn ich weg war, oder würde er es verkaufen?

Einen Moment lang dachte ich, jemand hätte tatsächlich ein scharfes Objekt durch meine Brust gestoßen, aber es war nur die brutale Erkenntnis dessen, was ich zurückließ. Wen ich zurückließ. Tanner mochte es auf einer Ebene verstehen – immerhin wusste er von Selbstaufopferung für andere –, aber ich hatte das Gefühl, dass er mir nie ganz verzeihen würde.

Ich würde mir wahrscheinlich selbst nie verzeihen, ihn verletzt zu haben.

Ich lief langsamer, als wir die Deadwoods erreichten, und Eva und Zola holten uns schließlich ein. Es war klar, dass wir nun direkt in die Winde liefen. Wie kam es, dass ich nie bemerkt hatte, dass sie immer aus dieser Richtung wehten?

„Du musst die Führung übernehmen“, sagte ich. *„Ich habe keine Ahnung, wo dieses Ding ist.“*

„Ich tue mein Bestes.“

Während der Impuls zu rennen immer noch stark war, war die einzige kluge Zeit, bei Nacht kopflos durch die Deadwoods zu sprinten, wenn etwas hinter einem her war. Ansonsten war es am besten, darauf zu achten, wo man hintrat und so wenig Lärm wie möglich zu machen. Wissen Sie, damit nichts anfängt, einen zu jagen.

Zum Glück war Telepathie ein lautloser Akt, also konnte ich nach Herzenslust mit Grim plaudern. Leider war er nicht immer großartig in Konversation. Aber ich war ohnehin nicht in der Stimmung für Smalltalk.

„Kommst du mit?"

„Das hängt davon ab. Wie gefährlich ist es dort?"

Ich dachte darüber nach. Einerseits gab es dort keine Magie. Andererseits gab es viele Autos.

„Wenn du meinen Anweisungen nicht folgst –"

„Du weißt, dass ich das nicht tue."

„– dann ist es extrem gefährlich."

„Perfekt. Ich bin dabei."

Ich gebe es nur ungern zu, wie viel besser ich mich fühlte, zu wissen, dass zumindest Grim mit mir kommen würde. Wahrscheinlich nicht meine erste Wahl für einen Begleiter auf einer Reise ohne Wiederkehr, aber besser als nichts.

„Wir können dort vielleicht nicht telepathisch kommunizieren", warnte ich.

„Hör auf, es mir schmackhaft zu machen. Ich bin schon überzeugt."

Es war erstaunlich, wie viel stärker die Winde der Veränderung jetzt waren, nachdem wir die Baumgrenze passiert hatten. Sie heulten in meinen Ohren. Vielleicht musste ich mir keine Sorgen um den Lärm machen, den wir machten.

Und zumindest war klar, dass wir der Quelle näherkamen.

Trotz des Risikos, gesehen zu werden, entzündete Eva eine Flamme am Ende ihres Zauberstabs, gerade genug, damit wir nicht über jeden gefallenen Ast auf unserem Weg stolperten.

„Ich weiß, was du tust", sagte Eva und lehnte sich dicht an meine Seite, damit ich sie hören konnte. „Du musst das nicht tun."

„Versuchst du, es mir auszureden?"

„Würde ich nicht wagen. Aber nur, weil ich weiß, dass du nie zuhören würdest."

Stimmt. „Warum bist du dann mitgekommen?"

„Ich lasse dich nicht allein in die Deadwoods gehen."

„Ich bin nicht allein. Grim ist bei – echt jetzt, Grim?"

Er blickte zurück zu mir, sein Hinterbein immer noch erhoben, während der kräftige Strahl gegen einen Baumstamm spritzte. „*Was? Das ist meine letzte Gelegenheit, das zu tun! Denkst du, ich lasse zu, dass die Deadwoods mich so leicht vergessen?*"

Ich verdrehte die Augen. „Danke", sagte ich dann zu Eva.

„Du wirst ihm das Herz brechen, das weißt du."

Ich versuchte, nicht daran zu denken. „Ich weiß." Ich hielt inne. Hätte ich ihn finden und mich verabschieden sollen? Nein, es gab keine Zeit in diesem Chaos. „Wirst du für mich ein Auge auf ihn haben? Dich vergewissern, dass es ihm gut geht?"

„Natürlich."

Während Grim voranging, schlich Zola um uns herum und kehrte gelegentlich zurück, um auf die andere Seite zu wechseln.

Obwohl meine Augen sich ein wenig an die Dunkelheit des Waldes gewöhnt hatten, wusste ich, als ich etwas im Wald zu meiner Rechten rascheln hörte, zwei Dinge: Was auch immer es war, musste riesig sein, um so viel Lärm zu machen, und die Flamme am Ende von Evas Zauberstab hinderte mich daran, es richtig zu sehen.

Grim war bereits stehen geblieben, seine Nackenhaare gesträubt, und Eva und ich traten dicht an ihn heran, während ich sanft ihren Zauberstabarm herunterdrückte.

Das Erste, was ich sah, war Zolas Hinterteil, als sie sich in unsere Richtung zurückzog, tief geduckt, bereit zu springen, falls es dazu käme.

Sie zog sich direkt vor Eva zurück, den Blick weiter in die Dunkelheit gerichtet, wo das Geräusch herkam, aber einen Moment später war klar, dass wir nicht angegriffen, sondern umzingelt wurden.

Und dann hörte ich das erste Heulen.

Einhornäpfel!

Es waren Höllenhunde.

Der erste Ruf wurde von vielen weiteren beantwortet, alle innerhalb weniger Meter von der Stelle, wo wir vier erstarrt standen. Aber vielleicht konnte Grim sie davon überzeugen, uns nicht zu fressen, wie er es beim letzten Mal getan hatte, als wir ihnen begegnet waren.

Zugegeben, das waren nur drei Höllenhunde gewesen, und er hatte ihnen eine Lüge aufgetischt, die wahrscheinlich nicht nochmal funktionieren würde.

„Oh, Mann", murmelte Grim.

„Was meinst du mit ‚Oh, Mann'? Das sind deine Leute. Kannst du nicht mit ihnen reden?"

Es waren leicht zwei Dutzend Höllenhunde um uns herum, und aus dem Kreis traten drei vor.

„Das sind sie", sagte er. *„Die, die wir reingelegt haben."*

„Oh, Fänge und Klauen ..." Von allen Gelegenheiten, zu denen mein Karma mich einholen konnte, war das definitiv die unglücklichste.

„Ruhig, Zola", zischte Eva ihrer Vertrauten zu, die bereit aussah, einen Kamikazeangriff auf die Meute zu starten.

Grim tauschte eine Reihe tiefes Knurren und gedämpftes Kläffen mit den drei Höllenhunden aus, die vorgetreten waren.

„Was sagen sie?", drängte ich.

„Sie wissen, dass wir sie über den See angelogen haben, dass er sich wieder füllen würde, wenn sie uns helfen."

Dachte ich mir. „Aber er hat sich doch wieder gefüllt, oder?"

„Ja, aber sie sagen, sie mussten warten, bis es wieder geregnet hat. Und jetzt, mit all den kürzlichen Regenfällen, ist er über die Ufer getreten. Sie denken, wir sind daran schuld."

„Das ist lächerlich!"

„Niemand hat gesagt, dass sie schlau sind."

„Sag ihnen, dass wir nichts mit dem Regen zu tun hatten."

„Denkst du nicht, dass ich das schon getan habe? Sie glauben mir nicht, weil, na ja, wir sie schonmal angelogen haben."

Grim sagte noch etwas in Hundesprache, und es kam nicht gut an. Sofort begann der Kreis, sich um uns zu schließen.

„Was machen sie?"

Grim wich zu mir zurück. *„Sie haben beschlossen, uns zu fressen."*

„Kannst du sie nicht umstimmen?"

„Oh, hm. Hatte nicht einmal daran gedacht, es zu versuchen", sagte er sarkastisch.

Der Geruch von muffigem Hundeatem wurde überwältigend, als sie näherkamen. Ich wusste nicht, warum sie nicht einfach sprangen. Vielleicht waren sie sich nicht ganz sicher, wozu wir fähig waren, oder vielleicht hatte Grim genug Zweifel an unserem Geschmack gesät, um sie vorsichtig herankommen zu lassen.

Doch sie kamen immer näher, bis ich nicht nur ihren Atem riechen, sondern auch die feuchte Wärme spüren konnte.

Und dann ertönte plötzlich ein Jaulen von hinten. Dann noch eines. Ich wirbelte herum, gerade rechtzeitig, um zwei Höllenhunde in hohem Bogen davonfliegen zu sehen, bevor sie zehn Meter entfernt hart auf dem Boden landeten.

Weitere Lichtblitze aus der Dunkelheit, und in einem davon konnte ich ein Gesicht erkennen.

Tanner.

Die Höllenhunde, die den beiden, die von hinten erwischt wurden, am nächsten waren, schlichen gerade lange genug weg, damit nicht nur Tanner, sondern auch Donovan, Landon und Hera ins Zentrum stürmen konnten, um uns zu treffen.

„Schnell!", rief Tanner, steckte seinen Zauberstab weg und streckte die Hände aus. Eva und ich nahmen je eine, und wir fünf bildeten schnell unseren Zirkel. Vielleicht war es das Adrenalin, das durch mich schoss, meine Überlebensinstinkte weckte und meinen schwerfälligen bewussten Verstand unterdrückte, aber meine Einsicht übernahm sofort. Obwohl ich die Sterne nicht sehen konnte, um Kraft aus ihnen zu ziehen, brauchte ich das nicht. Nicht an Halloween. Die Luft war geladen mit der Energie, die ich für meine Magie brauchte, und ich zog sie zu uns.

Die Verbindung wurde in einem Herzschlag stärker, und ich wusste, ich konnte nicht länger warten, die Energie freizusetzen, schon allein, weil der Schock der Höllenhunde bald nachlassen würde und wir dann Kauknochen werden würden.

Meine Einsicht sagte mir, was zu tun war, und ich kauerte mich nieder und hielt Tanner und Landon fest. Obwohl ich die Augen geschlossen hielt, konnte ich spüren, wie der Rest des Zirkels mit mir auf die Knie ging, und als ich unsere verschlungenen Hände tiefer senkte, bis sie die Erde berührten, taten es die anderen auch. Das Ergebnis war sofort da.

Der Boden wellte sich um uns herum, eine Schockwelle schnellte von uns nach außen und schleuderte jeden der Höllenhunde zurück.

Ein vertrautes Jaulen, ein Brüllen und ein Zischen gingen im Lärm nicht ganz unter.

„Danke für die Vorwarnung, blöde Kuh", knurrte Grim mich an.

Als ich die Augen öffnete und sah, dass die Höllenhunde

mit eingezogenen Schwänzen in alle Richtungen davonrannten, wusste ich, dass es sicher war, den Zirkel zu brechen.

Ich joggte zu meinem Vertrauten, der auf einem stacheligen Busch lag, eingeklemmt zwischen den dicken Stämmen zweier uralter Bäume. „Tut mir leid", sagte ich. „Ich wusste nicht genau, was passieren würde." Ich half ihm, aus dem Gestrüpp zu kriechen, und zupfte ein paar Zweige aus seinem Rückenfell.

Eva und Landon kümmerten sich ähnlich um ihre Vertrauten, die ebenfalls durch die Luft geschleudert worden waren, aber im Gegensatz zu den Höllenhunden nicht mit eingezogenen Schwänzen davongelaufen und anders als Grim auf ihren Katzenpfoten gelandet waren.

Während ich erleichtert war, diesem besonders unattraktiven Tod entkommen zu sein, war keine Zeit zum Feiern.

„Danke", sagte ich zu den Männern. „Aber wir müssen los." Ich nickte Grim zu, der wieder tiefer in den Wald ging.

Ein Teil von mir hoffte, dass Tanner mir nicht folgen würde. Mich von ihm zu verabschieden, wenn es so weit war, wäre zu schwer. Wenn wir es so beließen, könnte ich vielleicht so tun, als wäre es kein Abschied.

„Wo gehst du hin?", fragte er und eilte uns nach.

Fänge und Klauen!

„Zum Portal", sagte ich und hoffte, dass das reichte.

Landon mischte sich ein. „Warte, wir gehen zu einem Portal? Wie, in eine andere Welt?"

„Ja."

„Und dann was?"

„Dann werde ich es schließen." Ach, so einfach, oder?

Wenn dem doch nur so wäre!

Wie üblich würde die einfachste Handlung die dauerhaftesten Komplikationen nach sich ziehen.

Und obendrein war ich nicht einmal ganz sicher, dass es

funktionieren würde. Meine Vermutung war, dass ich hindurchgehen würde und die Natur zufrieden wäre und die Tür hinter mir schließen würde. Aber was, wenn das nicht passierte?

„Weißt du, wie man das macht?", fragte Tanner.

„Ja. Ich glaube, ich habe es herausgefunden."

Donovan sagte zu Eva: „Und warum bist du hier? Um zu helfen?" Die beiden waren ein paar Schritte hinter mir, und Eva muss eine nonverbale Antwort gegeben haben, denn ich hörte sie nicht antworten, und Donovan fragte nicht nochmal.

„Woher wusstet ihr, dass ihr uns folgen solltet?", fragte ich, obwohl die Antwort nicht helfen würde.

Landon antwortete. „Ich habe euch zwei vom Emporium weglaufen sehen. Und ich wusste, dass es nicht deine Art ist, vor Gefahr wegzulaufen. Also musste es da, wohin du gelaufen bist, gefährlicher sein. Ich habe mir Tanner und Donovan geschnappt, und wir sind euch nachgegangen."

„Es ist nicht gefährlich", sagte ich, „aber ich hoffe, es wird dem ein Ende setzen, was auch immer in der Stadt los ist."

„Dann kannst du auf mich zählen. Ich helfe bei allem, was nötig ist", sagte Tanner. „Je früher, desto besser. Als wir gingen, hat die Hälfte des Zirkels zusammengearbeitet, um etwas zu erledigen, das ich nur als riesige Schnodderraupe beschreiben kann."

„Vielleicht will ich diesen Ort nicht verlassen", sagte Grim. *„Es wird endlich interessant."*

„Geh einfach weiter. Und wenn du ein bisschen schneller gehen könntest, wäre das toll."

Da jetzt mehr Zauberstäbe den Weg erleuchteten, und ich wusste, dass wir als vollständiger Zirkel hier waren, falls sich uns sonst noch irgendwas in den Weg stellen würde, konnten wir genau das tun.

Ich wusste, dass wir nah dran sein mussten, als die Winde

der Veränderung so stark wehten, dass jeder Schritt vorwärts eine Anstrengung war.

Und dann sah ich das Leuchten.

Ein Kreis in der Größe eines Hula-Hoop-Reifens schwebte nur einen halben Meter über dem Boden. Rundherum waren die Deadwoods, aber wenn man hindurchschaute ... war auf der anderen Zeit nicht Nacht, aber ich vermutete, ich sollte mich nicht daran festbeißen. Die Zeit könnte zwischen den Welten etwas anders laufen. Sekunden könnten hier länger oder kürzer sein. Nur, weil ich in der Nacht gestorben und hier in der Nacht angekommen war, bedeutete das nicht, dass die Zeitlinien immer übereinstimmten.

Weil es auf der anderen Seite Tag war, konnte ich sehen, wohin dieses Portal führte.

Wenn meine Vermutungen stimmten, war es genau der Ort, an dem ich gestorben war.

Natürlich konnte ich damals nicht viel von meiner Umgebung sehen, da es in Strömen geregnet hatte und es schon dunkel gewesen war. Aber jetzt konnte ich einen Blick auf eine Weide erhaschen, und dahinter die hohen Nadelbäume von Ost-Texas.

Ich näherte mich vorsichtig und sah mich um. Als ich direkt neben das Portal trat, war ich aus dem Pfad der Winde der Veränderung heraus, und als ich dahinter trat, konnte ich nichts sehen ... außer Tanner, Landon, Donovan, Eva und drei aufgeregte Vertrauten, die alle gebannt auf das Portal starrten.

Natürlich sah es von meiner Perspektive aus, als würden sie mit großem Interesse auf meinen Hosenladen starren, und das ging nicht, also ging ich zurück zu ihnen.

„Was jetzt?", fragte Tanner. „Wie schließen wir es?"

Ich nickte Eva zu, die mir den Gefallen tat, Donovan beiseitezuziehen. Sie traten aus dem Pfad der Winde, und Landon, der vielleicht spürte, dass er wieder einmal das fünfte Rad am

Wagen war, gab sowohl ihnen als auch uns etwas Raum ... aber nicht, ohne nervös die Hände zu ringen.

Eva flüsterte Donovan etwas zu, vielleicht erklärte sie ihm die Situation und bat ihn, nichts Dummes zu tun, und ich hatte meinen letzten schrecklichen Moment mit dem Mann, den ich liebte.

Ich schmiegte mich an ihn und legte meine Hände um sein Gesicht, wärmte sie an seinen stoppeligen Wangen, während ich in seine haselnussbraunen Augen blickte. „Du musst verstehen, dass ich das nicht tun würde, wenn ich irgendeine Wahl hätte. Aber diese Stadt hat mich aufgenommen und mir ein Leben gegeben, das ich nicht für möglich gehalten habe. Sie hat etwas in mir geweckt, das ich nie vergessen werde. Und sie hat mir dich gegeben. Ich verdiene dich wahrscheinlich nicht."

Ich spürte, wie er mich fester hielt, als sich eine tiefe Falte sich zwischen seine Brauen grub. „Wovon sprichst du?"

Wie viel sollte ich ihm erzählen? Eva wusste jetzt das meiste, und ich vertraute darauf, dass sie ihm alles erzählen würde, was er brauchte, um darüber hinwegzukommen.

„Deine Eltern wollten, dass ich das Gleichgewicht in East-wind wiederherstelle. Das ist schon lange im Kommen, und ich – ich liebe dich."

„Ich liebe dich auch. Nora, was –"

Ich küsste ihn und erwartete fast, dass Grim uns sagen würde, wir sollen uns ein Zimmer nehmen. Aber offensichtlich hatte mein Vertrauter irgendwo in seinem toten Herzen ein wenig Anstand, und er ließ mich den Moment genießen.

So sehr ich konnte, wenn ich zugleich wusste, dass es das letzte Mal war, dass ich Tanners weiche Lippen auf meinen spüren würde.

Ich zog mich zurück, starrte ihn immer noch an und versuchte, seinen Anblick in meinen Geist zu brennen. Er mochte darüber hinwegkommen, wenn ich weg war, aber konnte ich das?

Etwas hinter meiner Schulter erregte seine Aufmerksamkeit. Er riss die Augen weit auf, schob mich beiseite und rief: „Eva! Was machst du?"

Ich wirbelte herum und sah Zola in das Portal springen. Eine halbe Sekunde später folgte Eva. Ich keuchte und stolperte hinter Tanner her.

Donovan rief seiner Freundin hinterher und rannte direkt auf das Portal zu, aber Tanner fing ihn ab, stieß ihn zu Boden und schrie: „Sei kein Idiot!"

Und dann sprang auch Tanner in das Portal.

Ich hielt abrupt inne, blinzelte, spürte die Taubheit des Schocks. Dann schüttelte ich sie ab.

„Wo wir gerade von Idioten sprechen", murmelte ich und steuerte auf den leuchtenden Riss in der Luft zu. Natürlich würde Tanner den Helden spielen und ihr folgen. Jetzt müsste ich sie beide retten.

Was hatte Eva sich nur gedacht?

Aber der Wind nahm zu, wehte wie ein Hurricane aus dem Portal. Ich lehnte mich hinein, kämpfte mit jedem Schritt, entschlossen, mich durchzukämpfen. Ich musste zu ihnen, sie zurückrufen, sie nach Eastwind zurückbringen, damit ich das Portal hinter mir schließen konnte.

Vor mir konnte ich ihre sonnenbeschienenen Rücken sehen, Eva und Zola rannten in vollem Tempo davon, und Tanner war ihnen dicht auf den Fersen, zweifellos entschlossen, sie einzuholen und wenn nötig zurückzuzerren, auch wenn sie um sich trat und schrie.

Wie war das gerade so schrecklich schnell so schiefgegangen?

Als die Winde der Veränderung aufhörten, als ob ein Schalter umgelegt worden wäre, stolperte ich nach vorn und

bereute sofort, dass ich meine alte Welt auf die ungeschick-
teste Weise betreten würde.

Nur, als ich kopfüber auf das Portal zustürzte, war da nichts außer den Deadwoods.

Das Portal hatte sich geschlossen.

Eva und Tanner waren weg.

Und ich war immer noch hier.

Kapitel Achtzehn

Ich hatte noch nie eine solche Stille erlebt. Sobald ich mich nach meiner Bauchlandung aufrappelte und auf meinen Allerwertesten zurückfiel, starrte ich in die Luft vor mir, unfähig zu atmen, unfähig zu denken.

Nein, das stimmt nicht ganz. Ich konnte denken, aber meine Gedanken waren wie die eines Höhlenmenschen.

Portal da.

Jetzt Portal weg.

Kein Tanner mehr.

Tanner weg.

Ich hier.

Das Verschwinden der tosenden Winde der Veränderung schien einen negativen Raum um mich herum zu hinterlassen, wo sich keine Schallwellen ausbreiten konnten.

Es war nicht still; es war leiser als das.

Vielleicht gab es Geräusche um mich herum, aber ich nahm sie nicht wahr.

Mein Verstand taumelte. Was hatte Eva sich gedacht? Warum war sie hindurch gerannt?

Obwohl, es hatte funktioniert, oder?

Ich vermutete, dass ich, wenn ich die Deadwoods je wieder verlassen würde – und ich dachte ernsthaft darüber nach, es nicht zu tun –, würde ich feststellen, dass das Portal im Emporium ebenfalls geschlossen war.

Er ist nicht tot. Als ob das ein echter Trost wäre. Der Punkt war, er war nicht hier. Er war weg. Er war in einer Welt gefangen, die nicht seine war, möglicherweise für immer.

Vielleicht konnte ich das enochische Buch benutzen, um das Portal zu öffnen, aber was dann? Ich würde wieder mit dem Gleichgewicht der Natur herumspielen, und wir wären genau da, wo wir waren – mit Monstern, die die Stadt terrorisierten.

Das Knirschen von Blättern drang endlich zu mir durch, und Grim kam, um sich wortlos neben mich zu legen. Er legte seinen Kopf in meinen Schoß und ließ mich ihn streicheln, und in diesem Moment wusste ich, dass ich wirklich in Schwierigkeiten war. Wenn Grim zu einem echten, liebevollen Begleiter reduziert wurde, war etwas wirklich Schreckliches passiert. Ich konnte die volle Wirkung wahrscheinlich noch nicht spüren, aber es war meinem Vertrauten offensichtlich.

Nach ein paar weiteren Streicheleinheiten sagte er: „*Ich wäre wirklich mit dir gegangen.*"

„*Ich weiß.*"

„*Du konntest nicht wissen, dass sie das tun würde. Und dass er das tun würde.*"

„*Ich weiß.*"

„Nora?"

Ich drehte mich erschrocken um. Ich hatte Landon vollkommen vergessen. „Nora, wir sollten gehen", sagte er vorsichtig. „Ich glaube nicht, dass es sich wieder öffnen wird."

Meine Brust fühlte sich an, als wäre sie im Zentrum eines

Gummibandballs. „Gib ihm noch einen Moment", brachte ich atemlos heraus.

„Wir sitzen seit fast einer Stunde hier."

Ich blinzelte. „Oh."

Mit Grims Hilfe stand ich auf. Meine Beine wehrten sich gegen das Gehen, aber ich befahl ihnen, nicht nachzugeben. Und dann sah ich ihn dort sitzen, genau wie ich gesessen hatte, nur dass seine Vertraute nicht da war, um ihn zu trösten.

Donovan war genau an der Stelle, wo er gelandet war, als Tanner ihn aus dem Weg gestoßen hatte. Sein Mund stand offen, während er dorthin starrte, wo das Portal gewesen war. Eine Hand rieb die Basis seines Nackens, während die andere auf dem Zauberstab in seinem Schoß ruhte.

Vor ein paar Sekunden hätte ich geschworen, dass ich nichts mehr zu geben hatte, aber als ich ihn so sah, fand ich Reserven. „Komm", sagte ich und bot ihm meine Hand. „Wir müssen los."

Anstatt das Angebot anzunehmen, flüsterte er nur: „Sie hat gesagt, es sei ihre Schuld und dass sie es richten müsse."

Es würde später viel Zeit für Schuldgefühle und das Durchgehen der Ereignisse geben. Landon hatte recht – es war Zeit zu gehen.

„Komm", sagte ich wieder. „Wir ... wir kriegen das hin."

Mann, war ich eine schlechte Lügnerin. Ich hatte keinen Grund zu glauben, dass wir das je hinkriegen würden.

Aber Donovan ergriff meine ausgestreckte Hand, und ich half ihm auf.

Und dann machten wir uns auf den Weg aus den Deadwoods heraus.

Ich hatte keinerlei Bedürfnis zu sprechen, denn es gab einfach nichts zu sagen. Ich hatte Tanner verloren. Donovan hatte Eva verloren. Und ich vermutete, sobald Landon uns abgeben konnte, würde er direkt nach Hause laufen, um sich zu vergewissern, dass es Grace gut ging.

Als wir die Outskirts erreichten, lauschte ich nach Lärm von anhaltendem Kampf und Zerstörung in der Stadt, hörte aber nichts.

Durch die verlassenen äußeren Ränder von Eastwind zu gehen war, als würde man einen Friedhof betreten. Angst überwältigte mich fast, als wir uns dem Kirmesgelände oder dem, was davon übrig war, näherten. Es klang, als wäre die Schlacht vorbei, aber hatten wir die Kreaturen rechtzeitig gestoppt? Hatte der Kampf geendet, bevor es zu viele Verluste gegeben hatte?

Als wir den Hügel erklommen und das Emporium in Sicht kam, zog sich mein Herz zusammen. Ich hatte nicht mit viel Feuer gerechnet, aber kleine Flammen tanzten hier und da.

Das Portal in der Mitte war weg, aber tote Kreaturen lagen überall.

Sheriff Bloom schoss aus der Luft herab und jagte einen goldenen Speer durch das letzte verbliebene Monster, das sich zu bewegen wagte.

Ich hielt den Atem an, als ich durch das Chaos ging – Holzsplitter von beschädigten Gebäuden, zerbrochene Pflastersteine um Krater im Boden, Aschehaufen und natürlich Kadaver.

Aber soweit ich sehen konnte, waren keine Eastwinder unter den Toten. Konnten wir wirklich so viel Glück gehabt haben? Oder vielleicht war es kein Glück. Wir hatten Leute wie Bloom und Liberty und Ruby auf unserer Seite.

Geister schwebten über dem grausigen Anblick, aber jegliches Verlangen, die Lebenden zu quälen, schien verflogen zu sein. Stattdessen halfen einige, die Verletzten zu finden und Hilfe für sie zu rufen. Vielleicht war geteiltes Leid wirklich halbes Leid.

Leises Stöhnen wehte aus mehreren Richtungen, und durch eine Rauchwolke erhaschte ich einen Blick auf Kayleigh Lytefoot, die über jemandem schwebte.

Ich stieg über ein großes haariges totes Ding und eilte zu ihr. Die Pixie bemühte sich verzweifelt, in der Luft zu bleiben, da einer ihrer Flügel im rechten Winkel geknickt war. Sie flößte dem Mann am Boden irgendeinen Trank ein.

Sein Gesicht war so schmutzig, dass ich ihn fast nicht erkannt hätte. „Stu!" Ich rannte zu ihm und ließ mich neben ihm auf die Knie fallen.

Er versuchte, den Kopf zu heben, begann aber zu husten und verzichtete darauf. Seine Freizeitkleidung war blutverschmiert, aber ich konnte nicht sagen, wessen Blut es war. „Freut mich, dich zu sehen, Nora", sagte er mit heiserem Krächzen. Er hustete wieder.

„Du wirst wieder, Deputy. Du musst durchhalten, okay?"

Ich sah Kayleigh an, die fast ein Lächeln zustande brachte. „Ich tue mein Bestes", sagte sie, „aber ich glaube, ein Horn hat ihn direkt unter den Rippen erwischt."

Also war es sein Blut. Zumindest ein Teil davon.

„Ich bin okay", grunzte Stu. „Aber du könntest Bloom fragen, ob ich etwas von dem Urlaub nehmen kann, den ich angespart habe. Ich glaube, ich werde ihn brauchen. Tanner ist mittlerweile gut genug eingearbeitet, um den Job für eine Weile allein zu handhaben."

Plötzlich fühlte es sich an, als hätte *mich* gerade ein Horn unter den Rippen durchbohrt.

Ich ließ Kayleigh sich weiter um Stu kümmern und stand auf, um zu sehen, wo ich helfen konnte. Ein paar Meter entfernt kümmerten sich Donovan und Stella um Kelley Sullivan, der noch schlimmer aussah als Stu.

Diejenigen, die geblieben waren, um zu kämpfen, und nicht zu schwer verletzt waren, um aufzustehen, wanderten umher, als wären sie gerade aus einem seltsamen Traum erwacht.

Ein Piepsen am Boden neben meinem rechten Fuß zog meine Aufmerksamkeit auf sich, und ich senkte den Blick, um einen kleinen rot-gefiederten Kopf aus der Asche auftauchen zu sehen. Ich hob den kleinen Vogel auf und wischte ihn ab, und er blickte mit großen orange-schwarzen Augen zu mir auf.

„Danke, Nora! Ich nehme sie." Ted schlurfte herauf und streckte die Hände aus. Unsicher, was ich sonst tun sollte, reichte ich das kleine Ding dem Sensenmann. „Ich bin so stolz auf sie", sagte er. „Sie haben wirklich Feuer auf die brennbaren Biester regnen lassen, die aus diesem Loch gekrochen sind. Natürlich sind sie gestorben, aber das gehört zum Leben eines Phönix dazu. Muss sie nur wieder großziehen." Aus seiner Robe piepste es schon an mehreren Stellen, als er den kleinen Vogel in eine der Taschen steckte. „Schätze, ich werde mit dem Sheriff darüber reden müsse, dass ich sie nach Eastwind zurückgebracht habe. Ha! Ich hoffe nur, sie hat nichts dagegen."

„Ich glaube, sie hat im Moment dringendere Sorgen", sagte ich.

„Ach, stimmt, stimmt."

Gerade als Ted losschlurfen wollte, den Kopf gesenkt, um nach mehr seiner Küken zu suchen, kam mir ein Gedanke. „Hey, Ted!" Er blickte zurück. „Wenn du nicht zu beschäftigt bist, nach deinen Küken zu suchen, bedeutet das ..."

Er nickte. „Ja. Keine dringenden Angelegenheiten für mich im Moment. Klar, hier liegen eine Menge toter Kreaturen herum, aber die sind ungeladen in mein Reich gekommen und haben meine Freunde terrorisiert. Ich habe es nicht eilig, sie aufzuräumen. Alles zu seiner Zeit."

Es stimmte also. So unmöglich es schien, kein Eastwinder war gestorben.

Ich hatte es rechtzeitig zum Portal geschafft. Mein Moment der Selbstsucht hatte keine Leben gekostet.

Die Erleichterung linderte fast den erdrückenden Schmerz in meiner Brust, Tanner verloren zu haben. Ich wünschte, es gäbe eine Möglichkeit, ihm zu sagen, dass sein dumm-heldenhafter Akt Leben gerettet hatte. Eva würde das auch gern wissen, da war ich sicher.

Doch als ich Bloom sah, die eine verletzte Frau in einer jagdgrünen Robe trug, fragte ich mich, ob ich mich vielleicht zu früh gefreut hatte. Noch war niemand tot. Aber offensichtlich waren einige schwer verletzt.

Bloom kletterte auf einen Haufen Schutt, wo eine kleine Steinmauer eingestürzt war. Sie setzte Hohepriesterin Springsong gegen einen großen Steinbrocken neben sich und sprach die ziellosen Massen an. „Jeder, der dazu in der Lage ist, sollte nach Hause gehen. Wir haben viel zu besprechen, noch mehr wieder aufzubauen, aber was alle jetzt brauchen, ist Ruhe. Ich weiß, es ist Halloween, und ich danke den Geistern für ihre Hilfe in dieser einzigartigen Situation und bitte sie, für den Rest des Abends davon abzusehen, Häuser heimzusuchen. Wenn ihr helfen wollt, bin ich sicher, dass wir einen Weg finden können." Dann ließ sie den Blick über die Menge schweifen. „Deputy Culpepper?"

Ich biss die Zähne zusammen.

Eine Hand drückte sanft zwischen meine Schulterblätter, und Donovans Stimme sagte: „Wirst du es ihr sagen, oder soll ich?"

Ich begegnete seinem Blick, dann rief ich Bloom zu: „Deputy Culpepper ist weg!"

Die plötzliche Aufmerksamkeit der Menge war erdrückend, aber ich hielt meine Augen auf den Sheriff gerichtet.

„Was meinst du?", fragte sie.

„Er ... es gab ein weiteres Portal. Er ist durchgegangen. Er und Eva sind durchgegangen, um es zu schließen. Und es hat funktioniert."

Die Welle der Traurigkeit in Blooms blauen Augen war unverkennbar, selbst aus dieser Entfernung. Aber sie hob das Kinn und antwortete: „Das klingt ganz nach ihm."

Ich hätte fast gelacht – so erschöpft war ich wohl.

Dann sagte sie leiser: „Nun, dann schätze ich, ist es an mir, dieses Chaos aufzuräumen."

„Eva ist weg?", polterte eine tiefe Stimme aus dem hinteren Teil der Menge. Ich drehte mich um und fand einen fassungslosen Darius Pine. Er steuerte auf mich zu, und die Leute traten beiseite, um den mächtigen Werbären durchzulassen. Er hielt nur einen halben Meter entfernt an und fragte: „Was meinst du? Sie ist nicht ... tot, oder?"

Ich konnte Donovans Eifersucht in Wellen von ihm ausgehen spüren, aber zum Glück sagte er nichts.

„Nein. Es geht ihr gut. Sie sind in ihrer alten Welt. Meiner alten Welt."

Es dauerte einen Moment, bis die Worte zu ihm durchdrangen, dann, ohne ein weiteres Wort zu sagen, ging er zu Bloom, kletterte neben sie und sprach die Menge selbst an. „Werbären, wir bleiben, bis das aufgeräumt ist. Wer wären wir, wenn wir zulassen würden, dass zwei Hexen sich opfern, um uns zu schützen, und dann so tun, als wäre es das Problem von jemand anderem? Wenn auch nur einer von euch das Emporium verlässt, bevor es wieder so ist wie früher, muss er sich vor mir verantworten. Und Werwölfe, ich weiß, ich kann euch nicht befehlen, was ihr tun sollt, aber unsere Arten haben eine lange Geschichte. Wir haben an eurer Seite gestanden, als ihr darum gebeten habt, und ich hoffe, ihr tut jetzt dasselbe."

Als ich mehrere Wölfe heulen hörte, vermutete ich, dass eine Art Pakt geschlossen wurde.

Stella Lytefoot kam hinauf geflattert, um sich um Springsong zu kümmern, aber die Hohepriesterin winkte sie weg und rappelte sich auf. Sie blutete stark, und ihre jagdgrüne Robe war jetzt größtenteils kastanienbraun. Bürgermeisterin Esperia eilte hinüber, um sie auf den Beinen zu halten.

„Ich fürchte, ich brauche ein bisschen Zeit frei von meinen regulären Pflichten", sagte Springsong, „in dieser Zeit möchte ich, dass alle Zirkelmitglieder alles tun, was Sheriff Bloom von euch verlangt. Aber heute hört ihr auf mich: Bleibt und räumt auf! Ein großes Ungleichgewicht wurde abgewendet, wenn auch nur knapp. Jetzt ist es Zeit, den Frieden wiederherzustellen. Arbeitet mit euren Mitbürgern zusammen und denkt daran, dass wir alle durch das, was heute passiert ist, vereint sind. Zwei von unserer Art wurden dieser Welt entrissen, und wir werden ihr Andenken nicht entehren."

Sie zuckte zusammen und murmelte der Bürgermeisterin etwas zu, und dann gingen die beiden Frauen langsam, Stella dicht dahinter, um Springsongs Wunden zu versorgen.

Bloom sah ihnen nach, eine Augenbraue hochgezogen. Sie wirkte nicht ganz unzufrieden, obwohl das offensichtlich nicht so lief, wie sie es sich vorgestellt hatte. „Okay", sagte sie zur Menge gewandt, „schätze, wir bleiben alle. Dann lasst uns an die Arbeit gehen."

„Alles okay bei euch?", fragte Landon von meiner Rechten. Er sprach sowohl Donovan als auch mich an.

„Eher nicht", sagte Donovan.

„Ja, zumindest für eine Weile nicht", fügte ich hinzu.

Landon verzog das Gesicht.

„Keine Sorge", sagte ich, „geh du nur los und sieh nach Grace. Und wenn jemand dir Ärger machen will, weil du gehst, werde ich ... weiß nicht, endlich lernen, wie man Flüche wirkt, und sie dann verfluchen."

Er nickte, und dann – sehr zu meiner Überraschung – warf er seine Arme um meinen Hals. Ich hatte nicht einmal Zeit, zu reagieren und die Umarmung zu erwidern, bevor er losgelassen hatte, dasselbe mit Donovan tat und davoneilte.

Ich wandte mich dem letzten verbliebenen Mitglied unseres zerbrochenen Zirkels zu. „Schätze, wir könnten genauso gut mit dem Aufräumen anfangen."

„Oh, sei nicht albern, Liebes", kam Rubys Stimme von hinten. „Ihr zwei habt genug getan." Kurz bevor sie über ein langes schleimiges Ding am Boden trat, regte es sich, und sie trat hart gegen das, was vielleicht sein Kopf war oder auch nicht. Es erschlaffte wieder, und sie stieg darüber. „Kommt, kommt." Sie winkte uns zu sich. „Wenn jemand eine Ausnahme von diesem Chaos verdient, seid ihr zwei es. Wie wäre es mit Tee? Ich glaube keinen Moment, dass die Geister auf Bloom hören werden – schließlich hören sie nie auf jemanden –, also können wir genauso gut unsere Nerven beruhigen, wo es sicher ist."

Als sie uns zurück zu ihrem Haus führte, sagte sie: „Ich nehme an, ihr habt das Portal geschlossen?"

„Ja", sagte ich. „Leider haben wir das. Das Gleichgewicht der Natur ist wiederhergestellt."

Sie schnaubte. „Oh, pfft, was das angeht. Ich habe nie daran gezweifelt, dass das Gleichgewicht der Natur wiederhergestellt würde. Das Universum sorgt immer dafür, so oder so." Sie hielt inne, drehte sich um, um uns zu mustern, und fügte hinzu: „Wir haben später noch reichlich Zeit zum Philosophieren. Jetzt ist Zeit für einen beruhigenden Tee. Mit Schuss, natürlich. Wie hört sich das an?"

„Ich nehme zwei", sagte Donovan niedergeschlagen, und wir trotteten schweigend den Rest des Weges zu Rubys Haus.

Kapitel Neunzehn

Donovan hielt sich nach Rubys Angebot eines starken Drinks nicht zurück. Er saß neben mir am Salontisch und kippte seinen ersten Hot Toddy herunter, während er noch praktisch kochend heiß war, und nahm freudig noch einen weiteren von ihr an, den er genauso heiß trank.

Erst bei seinem Dritten begann er, ihn tatsächlich zu nippen.

Ich war immer noch bei meinem Ersten, obwohl ich dem Ende nahe war, und die beruhigenden Effekte des Whiskeys begannen sich einzustellen. Alles, was das bewirkte, war jedoch, dass ich weinen wollte.

Nein, Nora! Egal, wie schlimm die Dinge sind, du wirst nicht das Mädchen sein, das einen Whiskey trinkt und anfängt zu heulen!

Ich suchte den Raum nach Grim ab, um sicherzustellen, dass er mein Selbstgespräch nicht mitgehört hatte, während ich erschöpft war und meine mentalen Grenzen nicht gerade stabil waren. Aber er war nirgends zu sehen. „Grim?" Ich sah Ruby an. „Ist er nach oben gegangen? Oder ist er auf der Veranda?"

War ich wirklich in einem solchen Zustand, dass ich nicht wusste, wo mein Vertrauter war? Ich wusste nicht einmal, wann ich ihn zuletzt gesehen hatte. Er hatte die Deadwoods mit uns verlassen, und ich war mir ziemlich sicher, dass er bis zum Emporium bei uns gewesen war ...

In dem Moment schlug etwas zweimal gegen die Haustür, und Ruby öffnete sie. Da stand Grim. Er sah nicht allzu glücklich über die Katze aus, die auf seinem Rücken ritt.

Es war nicht Monster, obwohl wir bald nach Tanners Munchkin-Katze sehen müssten, sondern Gustav.

Donovans Vertrauter sprang von Grim herunter, offenbar genauso eilig darauf bedacht, Abstand zu Grim herzustellen. Der graue Fellball sprang sofort auf Donovans Schoß und rollte sich zusammen.

„Guter Junge", flüsterte Ruby und tätschelte Grim den Kopf.

Ich war jedoch nicht so bereit, ihn zu belohnen. „Wie bist du in Donovans Haus gekommen?"

„Ich habe die Tür nicht eingetreten, wenn du das denkst."

„Genau das denke ich."

„Ezra hat mir geholfen."

„Dir geholfen einzubrechen, meinst du?"

„Wenn du es so negativ ausdrücken willst, ja. Aber es sieht nicht so aus, als würde Mr. Groß-dunkel-und-gutaussehend sich beschweren, seinen kleinen Knallkopf von einem Vertrauten jetzt bei sich zu haben."

Ich blickte zu Donovan, der Gustav liebevoll streichelte.

„Selbst wenn du ein guter Junge bist, schaffst du es irgendwie, ein böser Hund zu sein."

„So bin ich eben", sagte er, bevor er sich an seinem üblichen Platz beim Kamin niederließ.

Ruby ging los und brachte die Kanne mit dem Tee, Zitrone

und Honig, bereits gemischt, und stellte dann eine große Flasche Whiskey daneben.

Sie setzte sich in einen der freien Stühle. „Es wird heute Nacht nicht leichter, also könnt ihr euch genauso gut richtig betrinken und in eure Kissen heulen. Da gibt's nichts anderes, was hilft."

Als Donovans dritte Tasse halb leer war, griff er nach der Whiskeyflasche und füllte seine Tasse bis zum Rand auf.

Wow, er nahm sich ihren Rat wirklich zu Herzen.

„Vielleicht solltest du mit dem Austrinken warten", sagte sie. „Es gibt noch ein kleines Geschäft zu erledigen."

Sie schloss die Augen, und als sie sie wieder öffnete, erschienen zwei geisterhafte Gestalten im Salon.

Ich spürte, wie der Hot Toddy versuchte, meine Speiseröhre emporzukriechen. Das waren die letzten beiden Geister, die ich jetzt sehen wollte.

Und, Mann, sahen die entsetzt aus, mich zu sehen.

„Ah", sagte Dean Culpepper. „Wir, ähm ..." Er wandte sich an Ruby. „Wir haben die frühen Stadien eines Ziehens zurück ins Jenseits gespürt, und wir haben angenommen, das bedeutet, dass das Gleichgewicht wiederhergestellt wurde."

„So ist es", sagte Ruby.

Arias Augen schossen immer wieder zu mir. „Aber, äh, na ja, wir dachten nur, es könnte erfordern ..."

„Dass Nora durch das Portal geht?" Es war Donovan, der es sagte, und mir entging das leichte Lallen nicht. „*Nein*. Wie sich herausgestellt hat, musste sie es nicht."

Dean nickte. „Also das ist gut. Ich hatte sicher nicht auf diesen Ausgang gehofft, es schien nur, als könnte es die nötige Maßnahme sein."

„Warte", sagte ich, als der Groll die Verdauungsstörung überwältigte. „Ihr habt vermutet, dass ich in meine alte Welt zurückkehren müsste, um das zu richten? Und ihr wart damit einverstanden?"

„Natürlich nicht!", fauchte Aria. „Aber wir waren auch nicht einverstanden damit, dass hier ein Krieg ausbricht. Es ist nicht so, als wäre deine Welt so schrecklich. Seltsam, ja. Ein bisschen langweilig ohne Magie, aber kein schrecklicher Ort."

Was ich sagen wollte, war, dass es gut war, dass sie das dachte, da ihr einziger Sohn jetzt dort festsaß, bis er starb. Aber ich brachte es nicht übers Herz.

„Wie habt ihr das Portal geschlossen?", fragte Dean.

Das war das Letzte, was ich jetzt tun wollte. Ich hatte kaum angefangen, den Verlust selbst zu verarbeiten, und jetzt musste ich es seinen Eltern erzählen?

Aber dann ersparte Donovan mir die Mühe. „Eva und Tanner sind stattdessen durch das Portal gegangen. Es hat sich hinter ihnen geschlossen. Sie sind weg."

Dean runzelte die Stirn, und Arias Lippen öffneten sich, als sie ihre Hand an ihre Brust presste. „Was sagst du da?"

„Sie sind durch das Portal gesprungen. Ich weiß nicht, wie ich es sonst erklären soll. Eva ist zuerst durchgerannt, dann lief Tanner hinterher. Und dann hat es sich geschlossen."

„Wer ist Eva?", fragte Dean.

„Meine Freundin", schnauzte Donovan. Seine Stimme zitterte. „Oder jetzt Ex-Freundin, schätze ich." Er trank einen langen Schluck.

„Aber wie du gesagt hast", schaltete Ruby sich ein, „es ist nicht so, als wäre dein Sohn tot. Er ist nur in einer langweiligen neuen Welt. Und er ist mit Eva zusammen, die eine Einheimische ist. Ich bin sicher, sie wird dafür sorgen, dass ihm nichts passiert."

Sie könnte mehr tun als das, dachte ich, mit einem scharfen Stich in meinem Magen.

Nein, daran durfte ich noch nicht denken.

Die Culpeppers wirkten sprachlos. Und dann begannen sie zu verblassen.

„Sieht aus, als wäre eure Arbeit hier getan", sagte Ruby. „War schön, euch zwei wiederzusehen. Wir haben euch nach eurem Tod wirklich vermisst, und wir werden es wieder tun. Genießt den ewigen Frieden." Sie winkte ihnen zum Abschied, und dann waren sie weg.

Ich hätte etwas zu ihnen sagen sollen, aber ich hatte nicht die geringste Idee, was. Ich war sicher, sobald mein eigener Kummer und Ärger nachgelassen hatten, würde ich Mitgefühl mit ihnen haben, aber noch nicht.

Donovan trank den Rest seines Drinks aus und scheuchte Gustav von seinem Schoß. „Ich gehe jetzt besser." Aber als er versuchte aufzustehen, brauchte er mehrere Anläufe und musste den Tisch benutzen, um seine Balance zu finden.

Ich warf Ruby einen besorgten Blick zu, und sie zuckte mit den Schultern.

„Komm", sagte ich, sprang auf und folgte ihm zur Tür, „ich bringe dich nach Hause."

Er winkte ab. „Mach das nicht. Wir wissen beide, dass du am Ende reinkommen und bei mir übernachten würdest."

Ich spürte, wie meine Wangen heiß wurden und sich ein Knoten in meinem Bauch bildete. Ruby unterdrückte ein Kichern hinter uns. „Das ist nicht wahr", protestierte ich lahm.

Ich begnügte mich damit, ihn zur Veranda zu begleiten und die Tür hinter uns zu schließen, sobald Gustav hindurch war.

„Kommst du klar?", fragte ich.

Er stellte seine Füße auf die alten Holzbretter direkt vor den Stufen und drehte sich zu mir um. „Wahrscheinlich nicht. Du?"

„Nein."

Es sah aus, als würde er den Atem anhalten, und er machte noch keine Anstalten zu gehen. Irgendetwas beschäftigte ihn.

Und eine Sekunde später sprudelte es aus ihm heraus. „Ich bin so ein Idiot", hauchte er. „Ich habe vor der Kirmes mit ihr gesprochen, wie du vorgeschlagen hast. Ich habe sie gefragt, was sie stört. Sie hat gesagt, sie habe Heimweh. Sie vermisst ihre Großmutter. Sie vermisst New Orleans. Sie hat gesagt, sie fühle sich hier fehl am Platz. Und weißt du, was ich gesagt habe?" Er schnaubte verächtlich. „Ich habe ihr im Grunde gesagt, sie soll sich zusammenreißen. Ich hab' ihr gesagt, sie gehöre jetzt hierher, und vielleicht fühle sie sich nicht so, weil sie immer noch an ihrem alten Leben festhält. Ich hab' gesagt: ‚Schau dir Nora an. Wenn eine Hexe des Fünften Windes sich in dieser Stadt einen Platz schaffen kann, kannst du das auch. Aber du musst dein altes Leben loslassen. Wie Nora.'"

Er fuhr sich mit einer Hand übers Gesicht. „Ich habe sie praktisch dazu angestachelt zu gehen, oder? Ich habe sie durch das Portal getrieben, und deshalb hast du Tanner verloren."

„Nein", sagte ich und trat näher. „Du kannst dafür nicht die Verantwortung übernehmen."

„Wetten doch?"

Ich legte eine Hand auf seine Schulter und zwang ihn, mich anzusehen. „Ich lasse das nicht zu." Dann zog ich ihn in eine Umarmung.

Es dauerte einen Moment, bis ich spürte, wie er ausatmete und seine Arme um mich legte. Ich wollte nicht, dass die Umarmung endete. Es war ein Trost für die Wunden des Tages zu wissen, dass ich zumindest nicht allein war mit dem, was ich fühlte.

Donovan verstand es. So ungern ich es zugab, er hatte mich immer verstanden.

Und er schien ähnlich zu denken, denn er flüsterte: „Vielleicht solltest du mich nach Hause begleiten."

Ich unterdrückte ein Lächeln und zog mich zurück. „Nein. Ich denke, du hattest recht mit dem, was passieren würde."

Seine blauen Augen bohrten sich in mich. „Ich weiß, dass ich recht hatte. Und ich denke immer noch, dass du mich nach Hause begleiten solltest."

Ich will nicht lügen. Ich habe es in Erwägung gezogen. Ich meine, ich habe ernsthaft darüber nachgedacht. Ich sah, wie die Szene sich abspielen würde. Zwei gebrochene Herzen, die versuchten, an der Art von Verbindung festzuhalten, die wir gerade verloren hatten. Rohe, ungezügelte Emotionen. Lang bestehende Spannungen, die überkochten ...

„Ja" wäre die falsche Antwort. Zumindest für heute Nacht.

Also sagte ich stattdessen: „Wäre vielleicht ein bisschen komisch, wenn wir beide in dein Kissen heulen."

Das brachte ihn zum Lachen, und er sagte: „Stimmt. Ich versuche, so wenige Frauen wie möglich in meinem Bett zum Weinen zu bringen."

Ich schmunzelte und vergrub die Hände in meine Hosentaschen. „Gute Regel."

Er bückte sich und hob Gustav hoch, dann machte er sich mit einem letzten Nicken auf den Weg nach Hause.

Kapitel Zwanzig

SILVESTER

Ich warf Grim ein halbes Stück Speck zu, wo er im Medium Rare unter der Theke lag. Ich hatte seinen Entzug aufgegeben und beschlossen, allen das Leben leichter zu machen, indem ich dafür sorgte, dass Mr. Goodboy glücklich war. Schade, dass ein voller Mund ihn nicht davon abhielt, mit mir zu reden.

„Monster will auch was."

Ich verdrehte die Augen, brach ein kleines Stück ab und warf es der Munchkin-Katze zu, die sich an Grim gekuschelt hatte.

„Sie sagt, du sollst aufhören, sie zu beschummeln."

„Sag ihr, wenn ich ihr so viel gebe wie dir, wird sie am Ende so groß wie du."

„Ich glaube, darauf hofft sie."

„Na gut, aber viel Glück, wenn sie dann fett ist und immer noch auf deinem Rücken reiten will." Ich gab nach und warf ihr noch ein Viertelstück des Specks zu, dann stopfte ich den Rest in meinen Mund, bevor sie weiter betteln konnten.

Sie tat mir leid. Es gab kaum etwas Traurigeres als einen Vertrauten ohne seine Hexe. Wir hatten sie natürlich aufgenommen. Ich konnte mir nicht vorstellen, sie zu zwingen, den Rest ihrer Tage im Sanctuary zu verbringen. Ich wusste, Zoe Clementine würde sich gut um sie kümmern, aber das kleine Ding würde nicht die persönliche Aufmerksamkeit bekommen, die es brauchte. Und vor allem würde Grim das nicht dulden.

Und vielleicht wollte ich ein bisschen von Tanner behalten.

Greta Fontaine, Ansels Nichte, schlenderte heran. Die Teenagerin war seit zwei Monaten wieder bei der Arbeit, was offenbar lange genug war, dass sie sich wohl genug fühlte, mir und allen um sich herum mit einer großen Klappe zu begegnen. Das störte mich nicht. Ich war einfach froh, dass ihre Mutter ihre Probleme damit überwunden hatte, dass ihre Tochter für eine Hexe arbeitete.

Greta ließ ein leeres Tablett an ihrer Seite baumeln und sagte: „Königin Hyacinth will mit der Managerin sprechen."

Wunderbarerweise schaffte ich es, die Augen nicht zu verdrehen. „Was ist es diesmal?"

„Was ist es je mit ihr?", schnaubte sie und verschwand in die Küche.

Ich schob mir schnell einen Bissen meiner Rühreier in den Mund, wischte mir die speckigen Hände an meiner Schürze ab und ging zum Tisch der Bouquets.

Meine anfängliche Freude, sie nach ihrem inoffiziellen Boykott wieder im Diner zu sehen, hatte schnell ihren Glanz verloren, als ich mich erinnerte, dass Hyacinth, nun ja, Hyacinth war. Klar, es war schön zu sehen, dass die Eastwinder wieder lernten, mit anderen auszukommen, aber das bedeutete keineswegs, dass es plötzlich leicht war, mit jedem auszukommen.

„Guten Morgen", sagte ich, als ich an ihren Tisch kam.

James Bouquet hatte sein Gesicht in der heutigen Ausgabe

der *Eastwind Watch* vergraben. Ich erhaschte einen Blick auf die Schlagzeile auf der Titelseite, die lautete: *Rückkehr der Phönixe: Umweltsieg oder öffentliche Bedrohung?*

Das Urteil darüber war für mich noch offen. Teds Vögel hatten sich als nützlich erwiesen, als es hart auf hart gekommen war, aber ich war mir nicht sicher, wie viele kleine Feuer in der Stadt sie noch legen durften, bevor sie die Geduld der Eastwinder überstrapazierten und nicht mehr willkommen waren.

Hyacinth tupfte einen Klecks Gelee am Mundwinkel mit einer Serviette ab und sagte dann: „Guten Morgen, Nora!"

„Wie kann ich euch helfen?"

Sie legte freundlich ihre Hand auf meinen Arm, was ich mehr als Taktik erkannte, um Leute davon abzuhalten, wegzugehen, als ein Zeichen echter Intimität. „Ich musste dir einfach sagen, wie wunderbar das Essen heute ist."

Ich brachte ein Lächeln zustande. „Danke. Ich gebe das gern an Anton weiter."

Die Wahrscheinlichkeit, dass das wirklich der Grund war, warum sie mich hergerufen hatte, ging gegen null, aber ich tat so, als hätte ich es nicht bemerkt.

„Außerdem", begann sie und senkte ihre Stimme, „frage ich mich, ob du was davon gehört hast, wen sie für die neue Deputy-Stelle nehmen werden. Ich habe gehört, sie könnten eine neue Hexe dafür in Betracht ziehen, aber ich denke, ein Elf würde das ganz wunderbar machen."

„Ich weiß nichts davon. Schließlich arbeite ich nicht für das Sheriff's Department."

„Oh, aber du sprichst doch immer mit Stu. Ich dachte, er würde dir davon erzählen. Und du weißt, ich würde es niemandem erzählen." Sie zwinkerte verschwörerisch.

„Wenn ich was wüsste, würde ich es dir sagen", log ich. „Kann ich euch noch mehr Kaffee bringen?" Ja. Bei ihrer Rückkehr hatte sie mir das Du angeboten, und was hätte ich sagen sollen? Also waren wir jetzt *beste Freundinnen*.

James nickte, ohne von der Zeitung aufzublicken, und als Hyacinth ablehnte, eilte ich davon und wünschte mir, sie würde wieder Hexen hassen, denn dann würde sie endlich aufhören, hier aufzutauchen und dumme Fragen zu stellen, die mich unweigerlich wieder an die eine Person erinnerten, die ich mir mit aller Macht aus dem Kopf schlagen wollte.

Nicht, dass ich viel Hoffnung darauf hatte, während ich weiter jeden Tag im Medium Rare verbrachte. Aber dennoch. Es gab Momente hier und da, in denen ich an andere Dinge denken konnte. Immerhin waren zwei Monate vergangen, seit Tanner durch das Portal gesprungen war, und das war nicht mein erstes Rodeo, wenn es darum ging, jemanden zu verlieren.

Nachdem ich James' Kaffee nachgefüllt und einem weiteren Gesprächsversuch mit Hyacinth entgangen war, machte ich mit der Kanne die Runde, beginnend am hintersten Ecktisch.

„Noch eine Tasse, Ted?"

„Sicher, danke." Der Sensenmann hielt seine Tasse hoch.

Während ich einschenkte, fragte ich: „Hast du mein Angebot nochmal überdacht?"

Er räusperte sich trocken und setzte sich etwas gerader hin. „Sorry, aber meine Antwort hat sich nicht geändert. Du weißt, wenn ich es für jemanden tun würde, dann für dich, aber ich denke, wir haben selbst gesehen, was passiert, wenn Leute mit dieser Art von Magie herumspielen."

Ich beugte mich nahe genug vor, um zu flüstern: „Ich will nur wissen, wie man es macht. Das heißt nicht, dass ich es unbedingt durchziehen würde. Ich will nur wissen, dass ich es könnte."

Er schüttelte mechanisch den Kopf. „Nein. Ich glaube

nicht, dass dir das guttun würde. Wie sollst du darüber hinwegkommen, wenn du weißt, dass er nur einen dunklen Zauber entfernt ist?"

Ich schluckte die scharfe Erwiderung herunter, die mir auf der Zunge lag, und antwortete stattdessen: „Warum überlässt du es nicht mir, mir Sorgen um mich zu machen? Glaub mir, wenn ich sage, ich bin ein Profi darin, darüber hinwegzukommen. Du glaubst mir nicht? Pass auf." Ich drehte ihm den Rücken zu und ging.

Ted hatte offensichtlich recht. Wenn er den enochischen Zauber für mich übersetzen würde, um ein Portal zu meiner alten Welt zu öffnen, meinen Freund aufzuspüren und zurückzubringen, war die Wahrscheinlichkeit, dass ich es nicht durchziehen würde, sobald mich die nächste Welle der Traurigkeit wie ein Güterzug rammte, unglaublich gering. Und die Wahrscheinlichkeit, dass das erneute Ungleichgewicht wieder alptraumhafte Monster ins Herz der Stadt rufen würde, war unglaublich hoch.

Nein, ich konnte mir selbst mit diesem Wissen wahrscheinlich nicht trauen. Trotzdem beschloss ich, einen kleinen Groll gegen den Sensenmann zu hegen. Wie konnte er es wagen, besser zu wissen, was gut für mich war, als ich selbst?

Dämliche unsterbliche Wesen mit all ihrer Weisheit und Einsicht. Was für eine Hilfe waren die?

Nachdem ich eine frische Kanne Kaffee aufgebrüht hatte, kam Deputy Manchester herein, ließ sich auf seinem bevorzugten Hocker an der Theke nieder und richtete seinen Dienstgürtel mit einem Grunzen. „Morgen, Nora."

„Morgen, Stu. Das Übliche?"

„Ja." Ich goss ihm seinen Kaffee ein und gab die Essensbestellung bei Anton auf.

Ich bemerkte den sehnsüchtigen Blick, den er der Ecke der Theke zuwarf, wo früher die Kuchenvitrine gewesen war.

Das Diner hatte seit der Wiedereröffnung kein einziges Stück Kuchen serviert. Ich hatte es nie geschafft, mir von Tanner das Geheimnis seiner Rezepte beibringen zu lassen, und meine schwachen Versuche, seine dekadenten Kirsch- und Blaubeerkuchen nachzumachen, waren so weit daneben, dass es sich respektlos angefühlt hätte, sie zu verkaufen.

Als Stus Bestellung ein paar Minuten später fertig war, brachte ich ihm seinen Pfannkuchenstapel und Beilagen und füllte seinen Kaffee nach, bevor ich eine Sirupflasche holte und sie vor ihn stellte. Er nahm seinen ersten Bissen und stöhnte. „Hast du heute was anderes damit gemacht?", sagte er mit vollem Mund und deutete mit der Gabel auf den kleinen Stapel.

„Uns sind die Erdbeeren ausgegangen, also habe ich stattdessen frische Kirschen benutzt."

Er stopfte sich einen weiteren großen Bissen in den Mund. „Solltest du jeden Tag machen."

„Wie bitte?"

Er kaute fertig. „Das solltest du jeden Tag machen. Mit Kirschen sind sie viel besser."

Ich wusste, er lechzte nur nach dem Kuchen. „Ich werde es in Erwägung ziehen. Vielleicht als Alternative."

Ich ließ ihn in Ruhe das Frühstück nach seiner Schicht genießen, und als ich zurückkam, wischte er den letzten Sirup auf seinem Teller mit seiner Wurstbeilage auf. „Weißt du, Nora", sagte er.

„Ja?"

„Ich bin stolz auf das, was du hier gemacht hast."

Die Bemerkung traf mich unvorbereitet, und ich kicherte. „Sagst du."

Er nickte, und ich ignorierte die Krümel in seinem Schnurrbart. (Keine Sorge, ich würde ihn darauf hinweisen, bevor er ging, wenn sie noch da waren.) „Ja, sage ich. Ich ... na ja, ich frage mich manchmal, wie du das machst. Besonders nach ... du weißt schon."

„Ja, ich weiß."

„Du hast einen Fall gelöst, der mich jahrelang verfolgt hat. Du hast alles aufs Spiel gesetzt. Du hast, na ja, ziemlich viel verloren, und hier bist du und hältst alles am Laufen."

„Wusstest du nicht, dass das alles zum Leben als Fünfter Wind dazugehört?"

Seine Augenbrauen krochen seine Stirn hoch.

Ich erklärte: „Wir können alle äußeren Zeichen von Unglücklichsein magisch verschwinden lassen. Schreckliche Tragödie? Puff! Niemand merkt es. Dein Privatleben löst sich in Wohlgefallen auf? Voilà! Nicht der geringste sichtbare Hinweis. Es ist so ziemlich die einzige Magie, die ich beherrsche."

„Ich bin mir nicht sicher, ob das eine Kraft des Fünften Windes ist oder eher ein Überlebensinstinkt. Und einer, mit dem ich mich identifizieren kann. Besonders der Teil mit dem Privatleben."

„Mit dem Daten läuft es gerade nicht so gut, nehme ich an?"

„Du nimmst richtig an. Besonders jetzt, wo wir einen Deputy weniger haben und ich wieder wie früher jeden Tag ganztags arbeite." Er hielt inne. „Na ja, ich schätze, du hast, was das angeht, nicht viel Mitgefühl für mich. Wir haben einen Deputy weniger, aber du –"

„Ich verstehe es. Schon gut."

„Er hat mir auch viel bedeutet, weißt du?"

Nach zwei Monaten, in denen ich um dieses Gespräch mit Stu herumgetanzt war, war jetzt nicht die Zeit dafür. Also sagte ich nur: „Ja, ich weiß."

„Ich wünschte, ich hätte mit ihr sprechen können, als sie hier war."

„Mit wem?“

„Aria.“

Ich suchte in seinem Gesicht nach Hinweisen, was er wirklich fühlte, und fand reichlich. „Ich denke, sie hätte gern mit dir gesprochen.“

Offenbar bedeutete ihm das viel, denn der Deputy räusperte sich und wandte die Augen seinem leeren Teller zu, bevor er einen langen Schluck Kaffee trank und es vermied, mich direkt anzusehen.

„Es gibt andere Frauen, Stu. Viele. Und ich denke, sie wären unglaublich glücklich, den mutigen Deputy dieser Stadt zu daten.“

Er verdrehte die Augen. „Ich denke, ich sollte erstmal ganz gesund werden, bevor ich wieder Frauen hinterherjage.“

„Stimmt. Wie läuft's damit?“

Er tätschelte seinen Bauch, genau dort, wo das monströse Horn ihn vor zwei Monaten durchbohrt hatte. „Kommt gut voran. Stella sagt, ich soll Koffein und Zucker meiden, bis meine Milz komplett geheilt ist.“

Ich starrte auf seine Kaffeetasse und den leeren Teller. „Du machst das super.“

„Ach was, ich bin noch nicht tot, oder?“ Er hob seine Tasse. „Apropos, könntest du bitte nochmal nachfüllen?“

Ich zögerte, aber Stu war ein erwachsener Mann. Definitiv nicht mein Job, ihn auf Kurs zu halten.

Während ich einschenkte, sagte er leise: „Weißt du, Nora“ – ich hätte fast den Kaffee verschüttet, als ich seinem Blick begegnete – „Tanner war ein guter Mann. *Ist* ein guter Mann, wo auch immer er ist. Aber ich habe das Gefühl, er ist nicht der Einzige, der dich glücklich machen könnte.“

Ich erstarrte, die Kaffeekanne hing in der Luft, und ich warf Stu einen ernsten Seitenblick zu. „Ähhh ... machst du –“

„Was? Oh!" Er zuckte mit dem Kopf zurück. „Oh, nein. Ich meinte nicht –"

„Weil es sich anhörte, als ob –"

„Nein, nein. Du bist viel zu jung für mich."

„So viel jünger bin ich nicht."

„Aber du bist ... ich empfinde das nicht für dich, Nora. Nichts für ungut. Du bist eine schöne Frau, aber ... ich habe nicht von mir gesprochen."

„Richtig. Gut."

„Ich spreche von Mr. Stringfellow."

Ich stellte die Kaffeekanne etwas zu hart auf die Theke und zeigte warnend mit dem Finger auf ihn. „Stu. Nein."

„Warum nicht?", fragte er schamlos, bevor er leise hinzufügte: „Ich weiß, ihr zwei habt eine Geschichte."

„Genau deshalb nicht. Wir haben eine Geschichte. Und wir haben beide entschieden, dass es nicht richtig ist."

Er schnaubte. „Ich bin schon eine Weile Gesetzeshüter, Nora, und das hat mich ein oder zwei Dinge über Körpersprache gelehrt. Und wenn ich mich nicht irre, hast *du* entschieden, dass es nicht stimmt. Ich habe nie auch nur ein Signal von dem armen Jungen gesehen, das darauf hindeutet, dass er deiner Meinung ist."

„Sei's drum, wie könnten wir beide je sicher sein, dass es nicht nur eine Reaktion zweier gebrochener Herzen ist, um sich nicht ganz so gebrochen zu fühlen?"

Stu kniff die Augen zusammen. „Was ist falsch daran, wenn es so ist? Mir scheint, ein gebrochenes Herz ist kein Zustand, den jemand freiwillig beibehalten würde, wenn er eine andere Wahl hat."

„Und wie würde das für den Rest von Eastwind aussehen? Wir haben beide erst vor zwei Monaten unsere Partner verloren und sind schon über sie hinweg?"

Stu zog amüsiert eine Braue hoch. „Nora, du hast nie den

Eindruck erweckt, als würdest du auch nur zwei Pfifferlinge darauf geben, was irgendwer in dieser Stadt denkt. Das ist eine deiner besseren Eigenschaften. Also klingt das, was du gerade gesagt hast, wie eine Ausrede, wenn ich je eine gehört habe. Vielleicht solltest du in Betracht ziehen, dir nicht länger selbst im Weg zu stehen."

Ich öffnete den Mund, um zu antworten, aber der Deputy hob beschwichtigend die Hände und unterbrach mich mit: „Aber was weiß ich schon? Ich bin nicht der, der Beziehungsratschläge erteilen sollte. Allerdings sage ich das: Es ist Silvester. Wenn es je eine Gelegenheit gab, sich selbst zu erlauben, loszulassen und neu anzufangen ..."

„Es ist nur ein willkürliches Datum", brummte ich, schnappte mir einen Lappen und schrubbte an einem vermeintlichen Fleck auf der Theke.

„Heißt das, du kommst heute Abend nicht zum Fest?"

„Nein, ich komme nicht zum Fest."

„Es ist wichtig, weißt du? Ich denke, ganz Eastwind könnte nach diesem Jahr einen Neuanfang gebrauchen."

Das war wahr, also nickte ich, und Stu trank den Rest seines Kaffees aus, warf ein paar Münzen auf die Theke und ging zur Tür. Aber er hielt mit der Hand am Türgriff inne und rief zurück zu mir: „Ich bin immer früh da, um einen guten Platz zu ergattern! Ich werde zwei weitere für dich und ... wen auch immer reservieren!"

Ich entspannte meinen Kiefer und spürte, wie meine Schultern nachgaben, als mein Widerstand erschlaffte.

Dann sagte ich: „Deal."

Kapitel Einundzwanzig

❧

Der Karren voller Chips und Queso schwebte direkt vor mir den Hügel hinauf zum Eastwind Emporium. Das Silvesterfest war ein Mitbring-Buffet, das örtliche Geschäfte ermutigte, zu spenden, was sie konnten, um die Stadt zu versorgen. Offenbar war es eine Art Wettbewerb, wer am großzügigsten sein konnte.

Wissen Sie, weil Großzügigkeit so gut mit Wettbewerb harmoniert.

Chips und Queso mitzubringen war ein Kinderspiel. Immerhin war es offiziell ein preisgekrönter Snack. Klar, das letzte Mal, als ich das zu einem Stadtfest mitgebracht hatte, hatte es versehentlich alle Mitglieder des Hohen Rates dazu gebracht, die Geister ihrer nörgelnden Vorfahren zu sehen. Aber das würde nicht nochmal passieren. Ich hatte doppelt überprüft, dass diesmal niemand daran herumgefummelt hatte (indem ich zuerst Grim etwas davon gefüttert hatte).

Ich freute mich sagen zu können, dass es im Medium Rare ein Lieblingssnack geworden war, und einige Gäste hatten in der Woche zuvor gefragt, ob ich es heute mitbringen würde.

Und hier war ich.

Der Karren war gemietet, denn ich hatte die Magie des Schwebens immer noch nicht gemeistert, und ich war mir nicht sicher, ob ich es je tun würde. Also musste ich mich damit begnügen, einen verzauberten Karren zu mieten, der, wie ich annahm, ähnlich funktionierte wie der schwebende Polizeiwagen, da Stus Werelch-Abstammung ihn nicht mit besonderen magischen Fähigkeiten segnete.

Vielleicht war ich teilweise Werelch.

Denn Ruby hatte sicher ein paar Tricks im Ärmel, von denen ich nicht gewusst hatte, dass Hexen des Fünften Windes dazu fähig waren. Was natürlich bedeutete, dass ich nicht wusste, dass ich dazu fähig war, und sie und ich waren die einzigen Hexen des Fünften Windes, die ich kannte.

Sie war unglaublich verschwiegen über die Kräfte, die sie in der Schlacht im Emporium an Halloween eingesetzt hatte, was schade war. Vielleicht war es nur mein Überlebensinstinkt, der mich dazu trieb, das volle Spektrum der Magie verstehen zu wollen, die die Frau besaß, mit der ich ein Haus teilte.

Ich erreichte das Emporium. Wenn ich nicht gewusst hätte, dass sich in der Mitte ein Portal geöffnet hatte, das allerlei fiese Dinge ausgespuckt hatte, hätte ich es nie erraten. Eastwind hatte sich wunderbar zusammengeschlossen, um den Platz sowohl mit körperlicher Arbeit als auch magisch zu reparieren, sodass er tatsächlich besser aussah als zuvor. Einige der alternden Gebäude hatten endlich die strukturellen Reparaturen bekommen, die sie brauchten, und die frischen Pflastersteine waren ordentlich ausgerichtet, in einem helleren Rotton als zuvor und ohne Grasbüschel, die dazwischen gewachsen waren.

Reihen um Reihen langer Tische nahmen den Großteil des Platzes ein, und ich lenkte meinen Beitrag zu den Buffetzelten. Sofort wurde ich von freiwilligen Schülern der Mancer-

Akademie umschwärmt, die heute Abend unsere Kellner sein würden (gegen Trinkgeld, natürlich). Ich reichte das Essen an ein paar der älteren weiter, von denen ich annahm, dass sie eher den richtigen Erwärmungszauber kannten, um die Kessel voller Käse nicht explodieren zu lassen, dann verließ ich das Zelt.

Ich spürte die Aufregung der Menge wie Meeresströmungen. Erwachten meine latenten empathischen Kräfte?

Und worauf genau war diese ängstliche Vorfreude gerichtet?

Auf den Neuanfang.

Stu hatte recht. Diese Stadt konnte einen gebrauchen. Wenn der Liebeszauber, den der Archetyp gewirkt hatte, mir etwas gezeigt hatte, dann, dass jeder hier allerlei komplizierte Geschichten mit anderen hatte, und in den Monaten voller Uneinigkeit mussten einige dieser Verbindungen angespannt, wenn nicht ganz durchtrennt worden sein.

Es war Zeit, das alles zu reparieren.

Es ist nur ein willkürliches Datum, protestierte mein Verstand wieder. *So viel darauf zu setzen, als würde alles magisch reingewaschen werden, ist lächerlich.*

Aber war es das? Es gab ständig allerlei seltsame Magie um mich herum.

„Nora!"

Ich sah mich um und fand Stu an einem der Tische nahe der Bühne stehen. Er deutete lebhaft auf die zwei leeren Plätze zu seiner Linken.

Ich verdrehte die Augen und nickte, um ihm zu sagen, dass ich mich rechtzeitig dorthin begeben würde. Ich hatte das überwältigende Verlangen, zuerst die Runde zu machen.

„Hallo, Nora."

Ich folgte der Stimme und lächelte Bloom an. „Hallo, Sheriff."

Sie winkte ab. „Oh, bitte. Nenn mich einfach Gabby, wenn ich nicht in Uniform bin. Jedenfalls freue ich mich, dich hier zu sehen. War mir nicht sicher, ob du kommst."

„Wirklich?"

„Ja, na ja, weißt du. Feiern können sich wie Salz in der Wunde anfühlen, wenn man mit einem Verlust zu kämpfen hat."

Aus irgendeinem Grund störte es mich nicht, dass der Engel so beiläufig darüber sprach. Es lag etwas in ihrer Präsenz, das von einem tiefen, persönlichen Verständnis von Schmerz zeugte.

„Wie läuft das Department ohne ihn?"

„Oh, zum Teufel mit dem Department! Wen interessiert das? Ich vermisse den Jungen, nicht den Deputy."

Ich spürte einen Kloß in meinem Hals und schluckte ihn herunter. Ich hoffte, sie verstand, wie sehr ich das zu schätzen wusste, ohne dass ich es aussprechen musste.

„Komm her", sagte sie.

Ich war mir nicht sicher, was sie meinte, selbst als sie ihre Arme für mich ausbreitete.

„Das ist längst überfällig", fügte sie hinzu, und dann umarmte sie mich.

Ich war nicht vorbereitet darauf, einen Engel zu umarmen, das kann ich Ihnen sagen. Es fühlte sich an wie …

Wissen Sie, wenn Sie sich nach einem langen Tag auf den Beinen ins Bett legen und sich die Muskeln in Ihrem Rücken entspannen und es sich anfühlt, als würden Sie tiefer und tiefer in die Matratze sinken?

Einen Engel zu umarmen fühlt sich ein bisschen so an, aber auf mehr Ebenen als nur der physischen. Es fühlte sich wie ein Ganzkörperseufzer an.

„Wir plaudern bald mehr", sagte sie, „aber jetzt muss ich Springsong und Esperia finden und unsere Eröffnungsreden besprechen.“

„Ja, natürlich.“ Dann ging der Engel davon und ließ mich eine gefühlte Tonne leichter zurück.

Ich bahnte mir meinen Weg durch die Tischreihen zu dem in der Mitte, wo Stu wartete, aber bevor ich dort ankam, rief jemand anderes.

„Ah“, sagte ich, als ich zuerst die Bürgermeisterin und dann die Hohepriesterin entdeckte, „Bloom hat gerade nach Ihnen beiden gesucht.“

„Auf ein Wort?“, sagte Bürgermeisterin Esperia.

„Sicher.“ Ich folgte den beiden Frauen ein Stück weg von der Menge, wo wir nicht belauscht werden konnten.

Springsong begann: „Wir möchten Sie wissen lassen, dass wir Ihre Diskretion zu schätzen wissen.“

„Was meinen Sie?“

„Was wir Ihnen über Hohepriester Clearbrook erzählt haben. Da wir nicht in Ironhelm sind, nehme ich an, dass Sie es Bloom nicht erzählt haben.“

„Ich habe, wenn ich ehrlich bin, nicht daran gedacht, ihr davon zu erzählen. Ich dachte, eine von Ihnen würde das tun.“

Esperia lachte nervös. „Richtig, richtig. Und wir werden es tun. Zu gegebener Zeit.“

Ja, klar.

Die Hohepriesterin fuhr fort: „Ich weiß, dass Sie viel verloren haben, um das Gleichgewicht wiederherzustellen, und ich möchte Ihnen dafür danken. Tatsächlich würde ich Ihnen gern eine unverbindliche Mitgliedschaft im Zirkel anbieten, um Ihr Opfer zu ehren.“

Anstatt darüber zu lachen, dass sie das als eine Art Belohnung ansah, sagte ich nur: „Danke. Das ist nicht nötig. Ich habe eigentlich nichts getan. Wenn jemand eine Ehrenmitgliedschaft verdient, dann Eva.“

„Und wenn sie je zurückkommt, biete ich ihr gerne auch eine an.“

Das unausgesprochene, aber logische Ende dieses Gedankens, dass wir, wenn sie je zurückkäme, wieder vor demselben Chaos stehen könnten, das sie zum Gehen veranlasst hatte, hing schwer in der Luft, bis die Bürgermeisterin die Spannung brach.

„Ich hoffe, die Dinge, die Sie kürzlich erfahren haben, werfen ein neues Licht auf unser Verhalten, seit Sie in Eastwind angekommen sind. Es war nicht persönlich gegen Sie gerichtet. Wir hatten nur … na ja, wir hatten das Gefühl, dass Sie es sein könnten.“

„Was meinen Sie?“

„Dass Sie diejenige sein könnten, zu der die Culpeppers geschickt worden sind, damit sie sich, ähm … um Sie kümmern.“

Das war nun ein interessanter Euphemismus für Mord.

„Und Sie dachten, meine Ankunft würde Chaos in Eastwind nach sich ziehen?“

Beide nickten.

„Nun, Sie hatten recht. Schätze, ich kann Ihnen das nicht verdenken.“

Die Hohepriesterin lächelte und nickte. „Ich bewundere Ihren Mut, Nora, und jetzt, da die Luft zwischen uns gereinigt ist und Sie verstehen, warum wir getan haben, was wir getan haben, hoffe ich, dass wir unsere Differenzen begraben und das neue Jahr im selben Team beginnen können.“

Vertraute ich ihnen? Nein, nicht wirklich. Aber es konnte nicht schaden, die beiden davon zu überzeugen, dass ich auf ihrer Seite war.

Aber welche Seite war das und wobei? Und wer war auf der anderen Seite? Ich wusste die Antwort auf nichts davon.

„Betrachten Sie das Kriegsbeil als begraben“, sagte ich.

„Kriegsbeil?", fragte Esperia besorgt. „Was ... welches Kriegsbeil?"

„Oh, das ist nur eine Redewendung aus meiner Welt. Es kommt von ... na ja, ich weiß eigentlich nicht, woher es stammt, aber es bedeutet einfach, dass wir neu anfangen."

„Ah", sagte sie, nur leicht beruhigt durch meine schwache Erklärung. „Nun, dann lassen Sie uns das Kriegsbeil begraben."

Nachdem ich beiden die Hand geschüttelt hatte, verkündete Springsong, dass sie besser Bloom finden sollten, und ich war nicht traurig, das Gespräch zu beenden.

Ja, zu wissen, dass sie geglaubt hatten, ich würde Zerstörung über das Reich bringen, warf ein anderes Licht darauf, wie sie mich behandelt hatten, und ihre fehlgeleiteten Versuche, die Stadt zu schützen, als die Winde der Veränderung zu wehen begannen, aber ich war immer noch nicht ganz auf ihrer Seite. Immerhin ist es schwer, es nicht persönlich zu nehmen, wenn jemand in eine Verschwörung verwickelt war, mich zu ermorden.

Endlich schaffte ich es zu meinem Platz am Tisch. Grim und Monster waren schon da und versteckten sich darunter, bereit, alle Krümel aufzuklauben, die sie erreichen konnten.

Und ich hatte keinen Zweifel, dass es viele geben würde, besonders als ich sah, wer mir gegenüber am Tisch saß.

„Hey, Darius", sagte ich.

Darius Pine konnte Grims Betteln nicht widerstehen. Vielleicht lag es daran, dass die beiden eine langjährige Bromance hatten, weil sie zusammen in den Deadwoods gelaufen waren, schon bevor ich in die Stadt gekommen war und vielleicht sogar bevor Grim gestorben war und sich von einem Höllenhund in einen Grim verwandelt hatte.

Ich hatte keinen Zweifel, dass der Anführer der Werbären einen ganzen Teller voller „Krümel" für meinen immer weiter wachsenden Vertrauten fallen lassen würde.

„Wie geht's?", sagte Darius mit seiner tiefen Stimme.

„Oh, du weißt schon."

„Ja, ich weiß."

Was ich von ihm seit Evas Verschwinden gesehen hatte, beschränkte sich meist auf seine etwas regelmäßigen Besuche im Medium Rare. Er war fast immer mit Ansel unterwegs, wenn er vorbeikam, und während Ansel schamlos mit seiner Frau flirtete, während sie arbeitete, war Darius sehr gut darin, so zu tun, als störte es ihn nicht.

Aber ich durchschaute es. Weil ich ein Profi darin war, so zu tun, als wäre alles okay. Ich kannte alle verräterischen Signale.

Eva hatte lange darauf bestanden, dass sie und Darius nur Freunde waren, und vielleicht stimmte das, aber ich hatte den leisen Verdacht, dass diese Sicht einseitig war und sie ihm vielleicht mehr bedeutet hatte, als ihr bewusst war.

Wer konnte das schon sagen, außer Darius, und er war nicht der Typ, der über Gefühle sprach. Es war durchaus möglich, dass ihre Freundschaft ihm gerade genug weiblichen Einfluss in seinem Leben gegeben hatte, um sich während seiner endlosen Suche nach der Einen nicht so einsam zu fühlen.

Oder es könnte viel einfacher gewesen sein. Er könnte in sie verliebt gewesen sein.

So oder so, ich fühlte eine Verbindung zwischen ihnen.

Eine Bewegung hinter Darius zog meine Aufmerksamkeit auf sich, und ich lehnte mich zur Seite, um besser sehen zu können. Es war Landon ein paar Tische weiter, und er winkte. Grace saß neben ihm. Jetzt, da die Spannungen zwischen Hexen und Werwesen sich etwas gelegt hatten, konnte sie sich wieder in die Öffentlichkeit wagen. Nur die Zeit würde zeigen, ob das Baby, mit dem sie schwanger war, eine Hexe oder ein Werwolf sein würde (offenbar hatte Eastwind nicht die Technologie oder

Magie, um das vor der Geburt herauszufinden). Ich vermutete, dass sowohl sie als auch Landon auf eine Hexe hofften. Dann wäre es unmöglich zu beweisen, dass es nicht Landons war, und ihr Leben – und das des Babys – würde viel einfacher sein.

Ich versuchte, ihn mir als Vater vorzustellen, konnte es aber nicht. Ich war sicher, dass er es irgendwie hinbekommen würde. Die beiden hatten wahrscheinlich schon hundert Bücher über Elternschaft gelesen.

Stu brach sein Gespräch mit den Tomlinsons ab, die sich um den Tisch auf der anderen Seite von ihm versammelt hatten, und wandte sich mir zu. „Ich dachte, du würdest einen Freund mitbringen."

„Warum einen mitbringen, wenn ich schon einen hier habe?" Ich legte einen Arm um Stus Schultern und umarmte ihn spielerisch.

Stu versteifte sich, und ich kicherte. Es war so einfach, den Mann zu verunsichern. Und so lustig.

„Und ich habe Darius Pine mir gegenüber", fuhr ich fort. „Eastwinds begehrtesten Junggesellen." Ich zwinkerte ihm zu, und er lachte. Stu lachte auch. „Wer braucht einen Begleiter, wenn ich schon zwei habe?"

„Stimmt", sagte Stu, „aber ich werde mit dir über das mit dem begehrtesten Junggesellen streiten. Was ist das Kriterium dafür? Wenn es die Gesamtzeit als Single ist, bin ich ziemlich sicher, dass ich diesen Titel halte."

„Da hast du recht", sagte Darius. „Aber vielleicht können wir das bald ändern."

Jane und Ansel nahmen die zwei Plätze rechts von Darius ein, und Jane fragte: „Was ändern?"

„Stu braucht ein Date", erklärte ich. „Ich denke, Darius und ich haben es uns gerade zur Lebensaufgabe gemacht, ihn zu verkuppeln."

Darius nickte, und Jane fragte: „Damit ihr zwei euch nicht um euch selbst sorgen müsst?"

„Natürlich nicht", sagte ich wenig überzeugend.

„Was ist mit euch beiden?", fragte Ansel und zeigte auf Stu und dann auf mich. „Warum versucht ihr es nicht? Vielleicht bringt euch eure gemeinsame Liebe, mich zu verhören, während ich bei Whirligig's arbeite, zusammen."

Ich wandte mich Stu zu. „Er hat recht. Und jetzt, wo ich darüber nachdenke, wann immer ich in Schwierigkeiten gerate, wer taucht auf, um mir den Rücken zu stärken, außer dir? Hast du mich verfolgt, Deputy?"

Stus Gesicht war knallrot. „Du weißt ganz genau, Nora, dass –"

„Ich weiß, ich weiß", unterbrach ich ihn und tätschelte ihm den Rücken, ohne mich auch nur ein bisschen schlecht zu fühlen, ihn aufgezogen zu haben. „Du bist viel zu gut für mich."

Das brach endlich den Bann, und er lachte zusammen mit dem Rest von uns.

„Ist dieser Platz besetzt?"

Ich sah über meine Schulter und begegnete dem eisblauen Blick, der sich in den letzten zwei Monaten in den unpassendsten Momenten in meine Gedanken geschlichen hatte.

Stu räusperte sich auf eine Weise, die sehr nach „Hab ich dir doch gesagt" klang.

„Nein. Er gehört dir", sagte ich.

Donovan setzte sich, als das Lachen verklang. „Wow, habe ich die Stimmung kaputt gemacht?"

„Kommt drauf an, von welcher Stimmung du sprichst", sagte Darius.

Jane sprang ein. „Wir haben gerade versucht, Stu und Nora davon zu überzeugen, dass sie füreinander bestimmt sind. Keine große Sache."

Donovans Lippen verzogen sich zu einem Grinsen, und seine dunklen Augenbrauen hoben sich zu seinem Haaransatz. „Ach so? Warum, weil keiner von beiden die Nase aus den Angelegenheiten anderer raushalten kann?"

Zu meinem Missfallen löste seine Frage schallendes Gelächter von Ansel, Jane und Darius aus.

„Siehst du?", sagte Ansel, „Ich bin nicht der Einzige, der das Potential sieht."

Ich tauschte einen Blick mit Stu, und wir verdrehten beide die Augen, bevor das Gespräch zu anderen Themen überging.

Die jungen Kellner begannen, die Vorspeisen auf den Tischen zu verteilen, und ich war mehr als ein bisschen zufrieden mit den Geräuschen von Leuten, die auf Tortillachips kauten, während sie Queso in ihre Münder schaufelten.

Es gab natürlich auch andere Vorspeisen, aber meine war die lauteste. Meine wettbewerbsorientierte Seite freute sich sehr darüber.

Bevor die Hauptgerichte kamen, lenkte Liberty Freeman die Aufmerksamkeit aller auf die Bühne und stellte Eastwinds mächtigste Personen vor: Bürgermeisterin Cordelia Esperia, Hohepriesterin Springsong und Sheriff Gabby Bloom.

Während sie alle schick gekleidet waren – Springsong in ihrem schimmernden Grün, das die Ostwinde bevorzugten, Esperia in feurigem Orange und Gold, um die Südwinde zu repräsentieren, und Bloom in ihrem puderblauen Kleid (sie konnte jede Farbe tragen, davon war ich überzeugt) – gab es etwas anderes, das meine Aufmerksamkeit auf sie zog. Vielleicht war es einfach die Macht, die sie in sich trugen. Zusammen kontrollierten die drei den Zirkel, den Hohen Rat und Recht und Gesetz in Eastwind. Und nach Jahren der Uneinigkeit waren sie endlich vereint.

Göttin bewahre jeden, der versuchte, ihnen in die Quere zu kommen! Besonders Bloom.

Da die Bürgermeisterin genau genommen die ranghöchste Beamtin war, begann sie mit der Begrüßung. Sie trat vor, während die beiden anderen Frauen mit ihren hochgewachsenen, schlanken Figuren imposant hinter ihr warteten.

Es folgte eine generische Begrüßung zum Fest. Doch dann kam sie zu den guten Themen.

„Wie Sie wissen, hatte Eastwind ein denkwürdiges Jahr, um es milde auszudrücken. Wir haben viele neue Freunde willkommen geheißen, die zu Säulen unserer Gemeinschaft geworden sind. Da ist Zoe Clementine, die aus Avalon zu uns gekommen ist und sich im Sanctuary ganz fantastisch um Eastwinds verletzlichste Tiere kümmert." Sie nickte, ließ der Menge Zeit für höflichen Applaus, und ein paar Tische weiter entdeckte ich Zoe, die errötete, und Oliver, der so laut klatschte, dass ich dachte, seine zarten Hände könnten Schaden nehmen. „Natürlich dürfen wir Emagine Independence nicht vergessen, die unseren lieben Liberty vom Markt genommen hat." Eine Runde Applaus wurde von Johlen unterbrochen, als Liberty Emagine an sich zog und sie ungeniert küsste, was sogar die Bürgermeisterin entzückt kichern ließ. „Und dann haben wir Nora Ashcroft, die –" Ich hörte den Rest ihrer Vorstellung nicht, denn etwas geschah, das ich in einer Million Jahren nicht erwartet hätte.

Die Menge explodierte.

Um das klarzustellen, sie explodierte in Jubel, nicht in Buhrufe.

Ich weiß. Wie gesagt, völlig unerwartet.

Jane war die Erste, die aufstand, und Stu folgte gleich darauf. Als immer mehr Leute von ihren Plätzen aufstanden, fand ich Donovans Augen. Er lachte.

Dieser Sohn eines Ghuls wusste genau, wie unangenehm mir das war.

„Wag' es ja nicht", sagte ich, als er sich bewegte. „Denk nicht mal dran!"

Aber natürlich hörte er nicht auf mich, und er stand zusammen mit dem Rest von ihnen, bis ich, soweit ich sehen konnte, die Einzige war, die saß.

„Steh auf, Dumpfbacke!", sagte Grim unter dem Tisch. *„Wink ihnen zu oder sowas. Was auch immer nötig ist, damit sie endlich aufhören."*

Also stemmte ich mich auf die Füße und fühlte mich mehr wie eine Betrügerin als je zuvor, als ich nickte und ein verzagtes Winken zustande brachte.

Das reichte, und alle sahen das als Signal, freundlicherweise aufzuhören.

Ich wünschte, ich hätte es genießen können und das Gefühl gehabt, irgendwas davon zu verdienen, aber als ich versuchte, mich davon zu überzeugen, hörte ich nur eine lautere Stimme, die mir sagte, dass niemand das getan hätte, wenn ich nicht Tanners Freundin wäre. Es war Mitleidsapplaus. Oder vielleicht dachten sie, ich sei eine Heldin, aber der einzige Grund, warum ich überhaupt etwas ansatzweise Heldenhaftes getan hatte, war, dass meine Anwesenheit in diesem Reich den ganzen Abwärtstrend ausgelöst hatte.

Der Queso drohte, aus meinem Magen emporzukriechen, und ich schluckte ihn entschlossen hinunter. Mich vor allen zu übergeben wäre schon schlimm, doch Queso zu verschwenden wäre unverzeihlich.

„Und natürlich gibt es ein neues Mitglied unserer Gemeinschaft, das heute Abend nicht hier ist. Sie hat zusammen mit unserem sehr geliebten Deputy mutig ihr Leben in Eastwind aufgegeben, damit wir unseres weiter genießen können. Jetzt bitte ich um eine Schweigeminute, um Evangeline Moody und Tanner Culpepper zu ehren."

Fänge und Klauen, sie waren nicht *tot*! Sie waren nur in meiner alten Welt. Und die war nicht so schlimm.

Frustriert und mit allerlei starken Emotionen, für die ich keinen Namen hatte, blickte ich zu der einzigen anderen Person, die mich verstehen würde. Nein, diesmal nicht Darius.

Donovans Miene erzählte keine besonders komplizierte Geschichte. Sein Kopf war wie bei allen anderen gesenkt, und er starrte auf die Hände in seinem Schoß, mit einem Ausdruck purer Traurigkeit im Gesicht.

Ich kämpfte gegen den Drang, seine Hand zu ergreifen, ihm den kleinen Trost zu spenden, den ich ihm bieten konnte. Er würde es hassen, wenn ich das täte, oder? Bevor ich eine Entscheidung treffen konnte, war die Minute vorbei, und Springsong übernahm die Rede.

„Und lasst uns auch die ehren, die dieses Jahr gestorben sind." Sie schloss die Augen, und zu meinem Erstaunen zählte sie alle auswendig auf. „J.C. Shackles, Bruce Saxon, Martha McGovern, Heather Lovelace, Henry Greengrove, Ruth Sullivan und Denise Youngtooth."

Das schien eine Menge Leute für eine so kleine Stadt zu sein. Obwohl vielleicht nicht für eine kleine Stadt mit so vielen tödlichen Kreaturen wie diese. Ich erkannte nur drei der Namen. Einer war Bruce Saxon, dessen Tod mich an diesem seltsamen Ort willkommen geheißen und dessen Geist etwas extra Überzeugung gebraucht hatte, um tot zu bleiben. Dann war da Heather Lovelace, der Mord, der mit einer hinterhältigen Silbervergiftung als Selbstmord getarnt worden war.

Und Martha McGovern, einer meiner frühesten glasklaren Fälle, der mich etwa einen Tag gekostet hatte, um ihn aufzuklären. Sie war ein paranoider Kobold gewesen, überzeugt, dass jemand sie ermordet hatte. Aber als ich herausgefunden hatte, dass sie achtundneunzig Jahre alt gewesen war und alle wussten, dass sie unter einer Herzerkrankung gelitten hatte, die sie zwei Jahrzehnte früher aus dem Leben hätte reißen sollen, und mehrere Zeugen gesehen hatten, wie sie auf der Straße umgefallen war, ihre Brust umklammert und gerufen hatte: „Mein Herz! Es passiert endlich! Danke, meinem Glücksbringer!", gab es nicht viel mehr Protest, den sie leisten konnte, und sie hatte nachgegeben und widerwillig Frieden gefunden.

Als Nächstes trat der Sheriff vor, und es war nicht nötig, um Stille zu bitten – die Menge hing an jedem ihrer Worte. „Ich möchte, dass Sie sich umsehen. Diese Gebäude waren vor nur zwei Monaten fast demoliert. Aber die, die mit Ihnen am Tisch sitzen, haben sich zusammengetan und alles wiederaufgebaut. Eastwind wird keine Spaltung in unserer Gemeinschaft mehr akzeptieren. Unser gemeinsamer Feind ist Hass, nicht unsere Mitbürger. Das Einzige, was wir nicht tolerieren werden, ist Intoleranz. Und Mord, natürlich. Ich schätze, ich sollte das offiziell klargestellt haben." Sie zuckte mit den Schultern. „Es ist kein Geheimnis, dass ich nicht immer mit diesen beiden Frauen einer Meinung war. Und ich habe das Gefühl, dass wir bald und oft wieder aneinandergeraten werden. Aber wir haben einander ein Versprechen gegeben, und jetzt gebe ich Ihnen dieses Versprechen: dass wir nicht aufhören werden, es zu versuchen. Wir werden nicht aufhören zu reden, selbst wenn wir unterschiedlicher Meinung sind. *Besonders,* wenn wir unterschiedlicher Meinung sind.

In nur wenigen Stunden werden wir für einige von Ihnen das Jahr 314 und für andere 1457 einläuten. Tun Sie sich selbst einen Gefallen, und machen Sie reinen Tisch. Vergeben Sie, um sich von der Last des Grolls zu befreien." Sie nahm ein Glas Schaumwein von einem kleinen Tisch auf der Bühne und hob es hoch. Alle an den Tischen griffen ebenfalls nach ihren verschiedenen Getränken. „Auf ein neues Jahr, zweite Chancen und um der Göttin willen, keine Morde mehr. Ernsthaft, der Einzige hier, der einen Urlaub mehr braucht als ich, ist Ted."

Sie trank das Glas in einem einzigen großen Zug aus, und wir folgten ihrem Beispiel (obwohl ich niemanden sah, der sein Getränk ganz so wie Sheriff Bloom leerte, aber vielleicht brauchte auch niemand diesen Drink ganz so sehr wie sie).

Springsong trat wieder vor und sagte: „Nun, wenn Sie jetzt alle die Hand der Person neben sich ergreifen würden, werden wir mit unserem traditionellen Segen abschließen."

Ich ergriff ohne viel Nachdenken Stus Hand – sie war so rau, wie ich erwartet hatte, und er packte meine Hand, als wollte er mich festnehmen.

Als ich mich zu Donovan wandte, bemerkte ich einen Moment des Zögerns in seinen Augen. Ich wusste, was er dachte. Würde unser Verbindungsritual noch irgendwelche Nachwirkungen haben? Existierte unsere Verbindung aus dem Zirkel noch, jetzt, wo der Zirkel zerbrochen war?

„Wir müssen das nicht tun", sagte ich.

Das Zögern war aus seinem Gesicht verschwunden, als er sagte „Doch, müssen wir", und meine Hand nahm.

Ich schluckte schwer, als ich die Energie zwischen uns spürte, aber ich war mir nicht sicher, woher genau sie kam. War es Magie oder etwas Gewöhnlicheres?

„Mutter Mond und Vater Sonne, Winde aus Ost und West, Nord und Süd, Geister und Sterne in uns ...", begann Springsong.

Ich konnte es kaum über das Pochen meines eigenen Herzens in meinen Ohren hören.

Fänge und Klauen! Was war los mit mir? Ich sollte den Verlust des Mannes, den ich liebte, betrauern! Es waren erst zwei Monate vergangen! Es gab keinen Platz in mir für diesen tiefen Verlust *und* ...

Und was?

Was auch immer es war, das durch mich floss, dieses Gefühl, das seit dem Moment, als er sich neben mich gesetzt hatte, simmerte und zu kochen begann, als er meine Hand in seine nahm.

„... und so übergeben wir euch unsere Vergangenheit und bitten eure Macht, eine bessere Zukunft zu gestalten.“

Die Hohepriesterin verstummte, und wir anderen taten auch.

Natürlich öffnete ich die Augen, um zu sehen, ob alle anderen immer noch ihre Köpfe gesenkt und ihre Augen geschlossen hatten.

Das hatten sie.

Schließlich verkündete Springsong: „Lasst uns essen!“, und eine Welle des Geplauders spülte über uns hinweg. Ich ließ schnell die Hand der beiden Männer los, als die Kellner die Teller brachten.

Jane begegnete sofort meinem Blick. Warum grinste sie so?

Und warum konnte ich nicht aufhören, zurückzugrinsen?

Sobald alle Mägen gut gefüllt waren, zog die Feier ein paar Blocks weiter in den Fulcrum Park im Herzen der Stadt. Weiche Decken waren bereits auf der Wiese ausgebreitet, und ich folgte Jane, als sie eine große, besonders weiche für uns auswählte. Es gab genug Platz für Ansel, Darius und Stu, aber nicht genug für Donovan, doch er machte sich trotzdem Platz, indem er sich zwischen Darius und mich drängte, sodass der Werbär an den äußersten Rand unserer Decke verbannt wurde, wo sie an die nächste Decke angrenzte.

Landon und Grace hatten sich die schon gesichert. Landon lag auf dem Rücken und starrte in den Himmel, und Grace lag auf der Seite, an ihn geschmiegt, sein Arm als Kissen unter ihrem Kopf. Dem Landon, den ich vor ein paar Monaten gekannt hatte, wäre es peinlich gewesen, bei einer solchen öffentlichen Zurschaustellung von Zuneigung ertappt zu werden, aber ich schätze, manche Dinge sind so gut, dass es keinen Sinn hat, sich zu schämen.

Da wir uns nach dem Abendessen im Emporium Zeit gelassen hatten – wir hatten uns für eine weitere Runde Drinks entschieden, bevor wir hierher aufgebrochen waren –, mussten wir nicht lange warten, bis die Südwinde der Stadt mit ihrem auffälligen Schauspiel begannen. (Grim und Monster waren zu Rubys Haus zurückgekehrt und hatten sich gegen diesen Teil der Feierlichkeiten entschieden, obwohl ich ihn nicht dazu bringen konnte, zuzugeben, dass es daran lag, dass er Angst vor Feuerwerk hatte.)

Der erste Knall erwischte mich unvorbereitet, und ich zuckte zusammen. Ich verpasste fast das spektakuläre Schauspiel, als es in einem funkelnden Herzen explodierte. Das nächste explodierte, als ein Pfeil direkt in das Herz schoss und beide schimmernden Umrisse in einem Schauer aus Rosa und Violett verdampfen ließ.

Das war nicht wie irgendein Feuerwerk, das ich je gesehen hatte, aber warum sollte es das auch sein?

Ich folgte Donovans klugem Beispiel, lehnte mich zurück und stützte meine Hände auf den Boden hinter mir, um es besser sehen zu können. Es war genau in dem Moment, als ein Arrangement von Raketen den Namen der Stadt am wolkenlosen Himmel buchstabierte, als ich spürte, wie sein Arm meinen streifte. Und für einen Moment fühlte es sich an, als hätte eines der Feuerwerke seinen Weg in meinen Magen gefunden.

Ich nahm an, die Berührung war ein Zufall. Aber dann spürte ich seine Hand über meine gleiten. Ich wandte meine Aufmerksamkeit vom Schauspiel ab, um zu sehen, was er vorhatte.

Er starrte direkt auf mich herab, und die farbenfrohen

Explosionen waren nicht die einzigen Dinge, die ich in seinen klaren blauen Augen sah.

Ich wusste, was er wollte. Es war, wofür jeder hier war. Einen Neuanfang. Und ich konnte ihm das nicht geben, so sehr ich es auch wollte. Die Dinge, die ich erlebt hatte, seit ich hier angekommen war, waren zu tief in mir verwurzelt.

„Ich kann nicht. Es tut mir leid.“

Er wirkte unbeeindruckt. „Was kannst du nicht?“

„Ich kann nicht so tun, als wäre die Vergangenheit nicht passiert.“

Er nickte entschieden. „Gut.“

„Gut?“

„Ja“, sagte er. „Denn ich würde dich nicht so wollen, ohne all deinen chaotischen Ballast.“

Als ich lachte, strich er eine Haarsträhne hinter mein Ohr, ohne ein weiteres Wort zu sagen. Er wartete ab, was ich tun und was ich sagen würde.

Aber es gab zu viel zu sagen. Also rückte ich stattdessen näher an ihn heran und legte meinen Kopf auf seine Schulter, und er schlang seinen Arm um meine Taille und hielt mich sanft, während wir das Feuerwerk betrachteten, das ein neues Jahr einläutete. ☾

Anmerkung der Autorin

„Süßes Baby-Jackalope.“

Das habe ich gesagt, sobald mir bewusst wurde, wie dieses Buch enden würde.

Und kurz darauf „Fänge und Klauen!“ und vielleicht ein paar andere markige Worte, die sie in Eastwind nicht benutzen.

Ich gebe nur ungern die volle Verantwortung für das Erzählen auf, aber bis zu einem gewissen Grad geht die Geschichte, wohin sie will, und ich, die Autorin, muss entweder mitgehen oder dagegen ankämpfen. Es wird nie besonders gut, wenn ich Letzteres versuche.

Als meine Muse also sagte: „Du musst Tanner durch ein Portal schicken und es hinter ihm schließen“, fühlte ich mich wahrscheinlich ein bisschen so wie Sie jetzt.

Aber wenn Sie Team Tanner sind, gibt es ein Licht am Ende

des Portals: Dies ist keineswegs das letzte Buch der Serie (ich weiß schon, dass Sie fragen werden).

Normalerweise habe ich nur eine vage Vorstellung davon, was ein oder zwei Bücher weiter passiert, aber ich weiß, dass ich in Buch 5 etwas versteckt habe, das mir Hoffnung gibt, dass wir Tanner in irgendeiner Form wiedersehen werden.

Ich schreibe Deputy Culpepper gern, aber ich mag auch Mr. Groß-dunkel-und-grüblerisch. Ich freue mich, dass Donovan endlich seine Chance bei Nora bekommt. Nur die Zeit wird zeigen, ob er es königlich vermasseln wird.

Danke, dass Sie Eastwind besucht und einen Zauber lang geblieben sind. Es ist eine solche Ehre, diese Geschichten mit LeserInnen wie Ihnen zu teilen.

Auf neue Anfänge, wann immer wir sie brauchen!

- Nova Nelson

Über die Autorin

Nova Nelson wuchs mit einer stetigen Diät aus Agatha-Christie-Romanen auf. Sie liebt die süße Herausforderung von Cozy-Krimis und webt, seit sie schreiben kann, paranormale Geschichten. Diese beiden Leidenschaften kommen in ihrer Eastwind-Hexen-Reihe zusammen, und es wurde auch Zeit, wenn sie das selbst so sagen darf.
Wenn sie nicht gerade schreibt, genießt sie lange Spaziergänge mit ihren eigensinnigen Hunden und isst Frühstück zum Abendessen.

Schauen Sie vorbei und sagen Sie Hallo:
nova@novanelson.com